묵향 23
묵향의 귀환

급변하는 전장(戰場)

묵향 23
묵향의 귀환

초판 1쇄 인쇄일 · 2007년 12월 24일
초판 4쇄 발행일 · 2020년 12월 30일

지은이 · 전동조
펴낸이 · 유용열
기　획 · 김병준
편　집 · 김민태, 김은희, 유지원
펴낸곳 · 도서출판 스카이미디어

주소 · 서울시 동대문구 용두동 234-35번지 대명빌딩 201호
전화 · (02)922-7466
팩스 · (02)924-4633
E-mail · skymedia62@hanmail.net
출판등록 · 제6-711호

Copyright ⓒ 전동조 2020

값 9,000원

ISBN · 978-89-92133-03-6 04810
ISBN · 978-89-92133-00-5 (세트)

※ 온라인상의 불법 복제물의 유포나 공유는 저작자의 재산권을 침해하는 중대한 범죄 행위로 관련법에 의거해 처벌 대상이 됩니다.
※ 작가와의 협의에 의하여 인지는 생략합니다.
※ 잘못된 책은 본사나 구입하신 서점에서 교환해 드립니다.

DARK STORY SERIES Ⅲ

묵향

묵향의 귀환

전동조 장편 판타지 소설

23

급변하는 전장(戰場)

차례
급변하는 전장(戰場)

꽃보직 남경 분타주 ·················7

찬황흑풍단의 흔적 ···············19

호시절은 가고 ···················34

의문의 실종 사건 ·················53

내 노예가 될래? ·················72

동상이몽 동업자 ·················87

여기가 개방 분타야? 마교 분타야? ········109

악비 대장군의 행방, 그리고 혈전 ········128

아아! 화산파여 ·················155

남경 탈출 ···················172

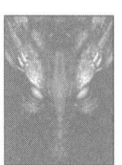

차례
급변하는 전장(戰場)

여우와 너구리 …………………………………186

죽어도 우겨야 할 일 ……………………………196

또 다른 변수 ……………………………………209

복수를 하고 싶은가? ……………………………222

만통음제의 실종 …………………………………232

드러나는 진실 ……………………………………243

사방에는 박쥐들이 득실거린다네 ……………251

죽여야 할 아군 …………………………………262

섭평의 승부수 ……………………………………276

꽃보직 남경 분타주

　남경으로 황도(皇都)를 이전한 후, 개방에서는 전 중원에서 남경 분타주만큼 팔자 좋은 보직이 없다는 말이 은연중에 나돌고 있었다. 과연 그 말이 사실일까?
　언뜻 생각해 봐도 남경 같은 대도시의 분타주인 만큼 그가 할 일은 엄청나게 많아 보인다. 비록 오랑캐의 침략으로 대륙의 반을 잃었지만 남경은 송제국의 황제가 있는 곳이다. 당연히 황제를 모시는 수많은 고관대작들이 즐비하고, 또 송제국을 지탱하는 힘인 군부의 중추 추밀원(樞密院)까지 있다. 무림의 정보통을 자처하는 개방으로서는 이곳에서 벌어지는 아주 작은 사건 하나라도 절대 허투루 여길 수 없을 것이다. 더군다나 남경 자체가 거대도시인 만큼 복잡다단한 사건들이 줄줄이 벌어질 테니, 남경 분타주는 몇 사람 몫의 일을 처리해야만 겨우 잠을 잘 수 있을 게 분명했다.

　물론 이건 언뜻 생각해 봤을 때 나올 수 있는 결론이고, 현실은 전혀 그렇지 않았다. 현재 송 황실의 권위는 땅바닥에 떨어진 상태였다. 황명에 의해 움직일 수 있는 병력이라고 해 봐야 2만 명의 황병이 고작이다. 물론 황군 전체 병력은 5만이지만 적어도 3만 명 정도는 황궁 수비를 위해 남아 있어야 하기 때문이다.

　그렇다고 각지에 있는 군벌에게 명령을 내린다고 해 봐야 그 말이 씨알이나 먹히느냐 하면 그것도 아니었다. 결국 송 황실에서 떠들어 대는 것은 대부분 탁상공론에 지나지 않기에 구태여 알아내기 위해 노력할 만한 가치도 없다는 말이 된다.

　그리고 과거처럼 남경 시내에서 복잡다단한 사건이나 사고가 줄줄이 터지느냐 하면 그것도 아니었다. 황도를 남경으로 이전한 후, 황군들은 치안 유지를 위해 황도 내에 존재하는 모든 무림방파들을 도시 밖으로 내쫓아 버렸다. 금과 내통한 첩자나 자객 등 불온한 자들이 들어와서 활동할 수 있다는 점을 들어 황실 쪽에서 먼저 무림맹에 양해를 구해놓은 상태였기에, 작은 문파들로서는 감히 거부하지 못하고 어쩔 수 없이 고향을 떠나야만 했던 것이다.

　문파들이 없다 보니 세력 다툼도 없었고, 강력한 황군의 존재로 도시 전체가 조용할 수밖에 없었다. 그 때문에 무법천지나 다름없는 다른 도시들과는 달리 남경은 매우 평온한 상태였다.

　황궁에서 나오는 정보는 쓸만한 것이 거의 없고, 남경에서 치고받던 무림세력들은 다 떠나 버렸고……. 몇몇 뒷골목 주먹패들이 남아 은밀히 세력을 키우며 이권 다툼을 벌이고 있기는 했지만,

말 그대로 조무래기들이었다. 자칫 소란을 피우다 황병들의 눈에 띄는 날에는 조직 자체가 거덜 나고 마니, 뒷골목 주먹패들은 숨소리조차 죽이며 살 수밖에 없었다.

그런 이유로 개방의 남경 분타는 중원에서 가장 할 일이 없는 분타로 전락해 버렸고, 개방 내에서 남경 분타주야말로 최고의 꽃보직이라 인정받게 된 것이다. 아무리 세상이 어수선하다지만 남경은 모든 물자가 넘쳐나는 황도가 아닌가. 동냥으로 걷어 들이는 음식은 배터지도록 먹어 대도 남아돌 지경이니, 동냥과 구걸이 본업인 개방의 거지들로서는 더 이상 바랄 게 없는 생활이었다.

"타주님, 총타에서 공문이 내려왔습니다."

햇볕이 따스하게 내리쬐는 자리에 앉아 꾸벅꾸벅 졸고 있던 남경 분타주 독두개(禿頭丐)는 갑작스런 큰 소리에 깜짝 놀라 잠에서 깼는지, 눈곱이 잔뜩 낀 눈으로 거지를 바라보며 퉁명스럽게 물었다. 그 목소리에는 곤한 잠을 자고 있는데 왜 깨웠냐는 약간의 노여움과 나른함이 섞여 있었다.

"뭐야? 새꺄."

거지는 문서를 독두개에게 내밀며 공손하게 대답했다.

"총타에서 공문이 내려왔습니다."

연신 하품을 하면서도 자신의 낮잠을 깨운 거지를 곱지 못한 시선으로 흘겨본 독두개는 곧이어 공문으로 시선을 돌렸다. 사타구니를 벅벅 긁으며 공문을 읽어 내려가던 독두개의 입에서 퉁명스러운 말투가 흘러나왔다.

"빌어먹을! 이번에는 또 뭐야?"

중원 곳곳에서 이유를 알 수 없는 혈겁이 자행되고 있는 만큼, 전 개방도들은 작은 것도 허투루 여기지 말고 정보 수집에 힘쓰라는 지시였다. 투덜거리던 독두개의 얼굴에 갑자기 흐뭇한 미소가 떠올랐다. 남경에는 지금 개방 외에 다른 문파가 존재하지도 않는다. 그런데 누굴 감시하고, 또 무슨 정보를 얻기 위해 뛰어다니라는 말인가?

잠시 허공을 응시하던 독두개의 얼굴에 만감이 교차했다. 개방의 장로가 되어 폼 나게 한번 살아 보겠다던 꿈 때문에 정신없이 뛰어다니던 과거의 기억이 떠올랐기 때문이다. 허구한 날 배 쫄쫄 굶어 가며 정신없이 일만 했었다. 하지만 아무리 일을 해도 개방의 장로가 된다는 것은 요원하기만 했다.

까마귀가 부러워할 정도로 새까맣던 그의 머리가 눈이 부실 정도의 대머리가 되었고, 그 때문에 독두개라는 별호가 붙을 즈음에서야 마침내 그는 꿈을 버렸다. 하지만 그래도 좋았다. 역시 거지 팔자가 상팔자라는 걸 깨달은 후였기 때문이다. 편안한 생활에 젖어 버린 독두개는 내세에 다시 태어나도 남경 분타주가 되었으면 좋겠다고 생각할 정도로 요즘 행복했다.

"저…, 어떻게 할까요?"

하지만 곧이어 들려오는 물음에 독두개의 얼굴에서 미소는 사라졌고, 대신 짜증만이 남았다. 독두개는 거지를 매섭게 노려보며 으르렁거렸다.

"이런 망할 자식! 아무것도 아닌 일을 가지고 감히 노부의 낮잠을 깨워? 이 새끼, 너 한번 죽도록 맞아 볼래?"

거지는 쭈뼛쭈뼛하면서도 할 말은 다했다.

"저, 그래도 상부에서 내려온 공문인데……."

"여기서 하루 이틀 산 것도 아니고…, 멍청한 놈 같으니라구. 한번 생각을 해 봐라, 새꺄. 남경에 이렇다 할 만한 문파가 남아 있는 게 있냐?"

"본방이 있지 않습니까. 혹 불온세력이 본방을 노린다면……."

더 이상 들을 가치도 없다는 듯 독두개는 거지의 머리통을 거칠게 쥐어박으며 소리쳤다.

"미친놈! 겨우 거지 새끼 몇 때려잡겠다고 황군 5만이 철통같이 지키고 있는 황도에 쳐들어와? 너 같으면 그런 미친 짓을 하겠냐? 앙?"

거지는 흠칫한 표정으로 고개를 도리도리 내저으며 작은 목소리로 대답했다.

"아뇨."

독두개는 짜증스런 표정으로 거지의 머리통을 손가락으로 쿡쿡 찌르며 윽박질렀다.

"아무리 빌어먹는 놈이라지만 대가리 좀 굴리며 살아!"

거지가 아무 대답도 못하고 고개를 푹 숙이고 있자, 독두개는 신경질적인 어조로 소리쳤다.

"다음에 또 이런 쓸데없는 거 가지고 내 낮잠을 방해했다간 그 날이 바로 네놈 제삿날이 될 줄 알아! 알겠냐?"

"넷! 앞으로 조심하겠습니다, 타주님."

잠은 이미 깨 버린 상태이기에 독두개는 보고를 마치고 나가려던 거지에게 소리쳤다.

"가서 술이나 가져와! 한잔하고 다시 자든지 해야지, 젠장…….”
 잠시 후 술상이 들어왔다. 뭐, 거지의 술상이라고 해 봐야 커다란 술 한 항아리에 술잔 그리고 구걸로 얻은 몇 가지 안주가 다였지만 말이다. 기갈이라도 들린 듯 한 사발 가득 술을 떠서 벌컥벌컥 들이켜던 독두개는 갑자기 웃음을 터트렸다. 공문을 받아 들고 지금쯤 이리저리 뛰어다니며 고생하고 있을 다른 분타주들의 처지를 생각하니 너무나도 통쾌했던 것이다.
 "불쌍한 새끼들. 그러기에 줄을 잘 섰어야지.”
 물론 독두개의 팔자가 처음부터 이렇게 좋았던 건 아니다. 독두개가 이곳에 왔을 때, 남경은 그리 좋은 부임지가 아니었다. 거대한 남경의 덩치만큼이나 무척이나 혼란스러운 곳이었던 것이다. 수십 개가 넘는 군소방파들과 수백 개에 달하는 뒷골목 주먹패들이 그 소란통의 주역이었다. 누구 하나 완벽하게 남경을 장악하지 못하고 있다 보니, 하루가 멀다 하고 살인 사건이 벌어질 정도로 아수라장이었다.
 그리고 그런 피래미들이 얽혀 있는 사건들에 대해 아무리 철저히 조사해서 보고서를 올려 봐야 상부에서는 그 누구도 관심조차 보이지 않았다. 무림에 아무런 영향도 미칠 수 없는 그런 시시한 사건들이었으니 당연한 결과였다. 그래도 정보 수집을 게을리 할 수는 없었다. 그런 시시한 사건들이 간혹 커다란 사건으로 비화되기도 했기 때문이다.
 그만큼 남경 분타는 할 일만 많고 돌아오는 것은 하나도 없는 그런 곳이었다. 하지만 요 몇 년 사이에 이렇게 일하기 좋은 곳으로 바뀌었으니, 정말 사람 팔자라는 것이 어찌 바뀔지는 알다가도 모를 일이다.

이때 또 다른 거지 하나가 누군가를 데리고 독두개에게로 다가왔다.

"타주님, 저 사람이 타주님을 뵙고 청할 게 있다고 하는뎁쇼."

"청을 한다고?"

독두개는 술잔을 내려놓고 술기운이 돌기 시작하는 게슴츠레한 눈으로 부하 놈이 데려온 사내를 바라봤다. 얼핏 보기에도 사내는 상당한 수준의 무공을 익힌 자였다. 그런데 이런 자가 왜 자신을 찾아왔을까? 상대의 속셈을 알 수 없었던 독두개는 떨떠름한 음성으로 질문을 던졌다. 평소 욕설을 입에 달고 사는 그였지만, 처음 보는 손님 앞에서 경박한 모습을 보일 정도로 어수룩한 독두개가 아니었기에 짐짓 점잖은 어조로 물었다.

"무슨 일로 노부를 찾아왔소?"

사내는 가볍게 포권을 하며 대답했다.

"저는 악비 대장군을 호위하여 이곳에 온 사람입니다."

악비 대장군을 호위해서 왔다면 군부에 소속된 인물이거나 아니면 양양성에 집결해 있는 무림연합 소속의 무사일 것이다. 아마 그 때문에 부하 놈이 차마 거절하지 못하고 이자를 자신에게 안내해 온 모양이다.

독두개는 사내의 말에 고개를 주억거리며 아는 척을 했다.

"아, 악비 대장군. 그저께 도착하셨다고 들었소이다. 그런데 그런 분이 무슨 일로 노부를 찾으셨습니까?"

"한 가지 부탁할 것이 있어서 왔습니다. 이걸……."

사내는 품속을 뒤져 금속으로 만들어진 작은 대롱 같은 걸 다섯

개나 꺼내 독두개에게 건네주며 말을 이었다. 대롱의 수가 다섯 개인 것을 보면, 전서구 다섯 마리를 날려 달라는 말이다. 전서구가 날아가는 도중에 매한테 잡아먹히거나 실종되는 사태가 종종 벌어졌기에 보통 두세 마리를 한꺼번에 날리는 경우가 많다. 그런데 전서구를 다섯 마리나 날려 달라는 것을 보면 정말 중요한 일인 모양이다.

"양양성에 최대한 빨리 보내 주셨으면 합니다. 다른 곳이라면 몰라도, 개방이라면 이것들 중 하나를 내일까지 양양성에 보내 줄 수 있겠지요?"

현재 남경에서 양양성까지 가장 빠른 연락망을 갖추고 있는 곳은 개방뿐이었다. 우선 양양성과 그리 멀지 않은 인근 분타로 전서구를 날리고, 그 분타의 전령이 대롱을 가지고 양양성까지 뛰어간다. 이런 연락 방식은 중원 각지에 수많은 분타들을 거미줄처럼 촘촘하게 깔아 놓은 개방이었기에 가능한 일이었다.

"양양성이라……. 그럼 이걸 누구에게 전해 주면 되겠소?"

그러면서 독두개는 사내의 눈치를 힐끔 살폈다. 이미 몸에 깊이 배어 버려 자신도 모르게 뭔가 정보를 얻을 수 있지 않을까 하는 생각에 던진 질문이었다. 독두개는 사내가 양양성에 모여 있는 문파들 중에서도 꽤 세력 있는 문파의 제자일 것이라고 내심 정의를 내린 상태였다. 그렇게 생각할 만큼 사내의 기도는 잘 정리되어 있었다.

"양양성 북단에 위치한 매화 장원에 전해 주십시오."

"매화 장원? 알겠소이다. 꼭 전해 드리도록 하지요."

"그럼 잘 부탁드리겠습니다."

말을 끝낸 사내는 품속을 뒤져 전표 한 장을 꺼내 독두개에게 건넸다. 독두개는 무림을 위해 함께 싸우는 처지에 이런 걸 받을 이유가 없다고 딱 잘라 거절했지만, 사내는 끝내 전표를 독두개의 손에 쥐어 준 후에야 자리를 떴다.

"허, 제법 예의라는 걸 아는 놈이로구먼. 아마 뼈다귀가 굵은 명문 출신이라 그러겠지. 그런데 매화 장원이라……? 양양성에서 장원을 할당받았을 정도라면 제법 큰 문파일 텐데, 어떤 문파인지 기억에 없네."

고개를 갸웃거리던 독두개는 부하 한 놈을 불러서 명령을 내렸다.

"이걸 양양성 북단에 위치한 매화 장원에 지급으로 보내라. 그리고 매화 장원에 기거하고 있는 문파가 어딘지 알아 보고, 나한테 회신해 달라고 덧붙이도록 해라. 알겠냐?"

"옛, 나주님."

부하가 전서구를 날리기 위해 밖으로 나가자 사내에게서 건네받은 전표를 흐뭇한 미소를 지으며 다시 한 번 쳐다보는 독두개였다.

"허, 자식. 손 하나는 허벌나게 크구만."

안 받겠다고 사양하기는 했지만, 사실 그도 다른 사람처럼 돈이 필요하기는 마찬가지였다. 거지라고 맛있는 음식을 마음껏 먹거나 혹은 아름다운 기녀를 품고 싶은 생각이 왜 없겠는가? 하지만 절대 구걸로는 맛난 음식과 아름다운 여인을 품을 수 없다. 더군다나 그는 아직 정력이 팔팔한 중년이 아닌가. 생각지도 못했던 부수입에 독두개의 입이 찢어질 정도로 함박 벌어졌다.

"흐흐흐, 오랜만에 매향이 년 궁둥이나 두드리러 가 볼까?"

매향이의 허연 궁둥이를 떠올리며 음탕한 미소를 짓던 독두개가 자신의 사타구니를 주물럭거리고 있을 때, 이번엔 늙은 거지 하나가 달려 들어왔다. 부분타주인 소팔개(笑八丐)였다.

"타주님."

독두개는 사타구니에 올라가 있던 손으로 은근슬쩍 술잔을 잡으며 시치미를 뚝 뗐다. 어느샌가 전표는 그의 품속으로 사라지고 없었다.

"오, 자네, 잘 왔네. 마침 술을 마시던 중인데 같이 한잔하지."

"그거 좋지요."

환한 표정으로 자리에 엉덩이를 붙이던 소팔개는 이곳에 오게 된 용건이 떠올랐는지 급히 말을 꺼냈다.

"참, 타주님. 황궁에서 사람이 왔었습니다."

황궁에서 거지 소굴에 사람을 보내올 이유가 없었기에 독두개는 고개를 갸웃하지 않을 수 없었다.

"황궁에서…, 왜?"

"지선 스님께서 서신을 보내오셨습니다."

그러면서 소팔개는 독두개에게 잘 접힌 서신을 건넸다. 지선 스님이라면 현재 황궁 수비를 담당하고 있는 아미파의 1대제자로서, 꽤나 고위급에 속하는 인물이다. 그런 그녀가 서신을 보내왔다면 절대 무시할 수가 없다.

급히 서신을 받아 읽던 독두개는 엉덩이에 손을 넣어 벅벅 긁으며 고개를 갸웃거렸다. 그 내용이 꽤나 황당했기 때문이다. 마교 무사들이 악비 대장군이 실종되었다며 황궁에 난입한 것을 자신이 붙잡아 뒀으니, 그들의 신원을 확인해 달라는 내용이었다.

"대체 이게 무슨 귀신 씨나락 까먹는 소리야? 지선 스님이 술이라도 한잔하고 쓰셨나? 황궁에 마교 무사들이 난입했다니……."

그 말에 고개를 끄덕이는 걸 보면 소팔개도 이미 서신을 읽어 본 모양이었다.

"내용이 좀 엉뚱하기는 하지만, 그래도 아예 무시할 수는 없지 않겠습니까? 그게 만약 사실이라면……."

"그렇다면 양양성에 사람을 보내 이쪽으로 마교가 무사들을 파견한 일이 있는지 알아 보라는 말인가? 젠장, 별 괴상망칙한 일을 다 부탁하고 지랄이야."

독두개의 반응에 소팔개는 고개를 가로저으며 대꾸했다.

"그럴 필요까지야 있겠습니까? 악비 대장군이 묵고 계신 숙소로 사람을 보내 보면 되죠. 대장군께서 행방불명되신 게 맞는지 그것부터 확인하는 게 순서가 아니겠습니까?"

그런 소팔개의 대꾸에 독두개의 얼굴이 왈칵 일그러졌다. 황군이 우글거리는 황도에서 송을 지탱하는 악비 대장군이 실종되었다고 한다면 그 누가 믿겠는가? 더군다나 악비 대장군의 행방을 수소문하겠다며 마교의 무사들이 황궁에 침입했다니. 이건 보나 마나 개방에 뭔가 시켜 먹으려고 하는 아미파의 잔대가리일 게 분명했다.

"빌어먹을! 우리 개방이 자라대가리인 줄 아나! 말도 안 되는 개소리를 둘러대며 부려먹으려고 들다니…, 젠장!"

소팔개는 독두개가 성깔을 부리자 조용히 술잔을 들어 홀짝거렸다. 이럴 때 괜히 나섰다가는 자신까지 줄초상이 난다는 것을 경험으로 잘 알고 있었기 때문이다. 한참을 투덜거리던 독두개는 거칠게 술잔을 들어 마신 뒤 중얼거렸다.

"대장군을 수행하는 놈들이 대장군의 행방을 순순히 말해 줄 것 같아? 보나마나 어딘가에서 기녀 궁둥이나 토닥거리며 은밀한 밀담을 나누고 있을 게 뻔한데……."

"가만히 손 놓고 있기 보다야 똘똘한 녀석 몇 뽑아서 그쪽으로 보내 보는 것도 괜찮지 않습니까? 혹시 압니까? 그러다 군부의 일급 정보가 걸려들지."

"하긴 그것도 그렇군. 그럼 똘똘한 놈 몇 뽑아서 대장군 숙소 쪽으로 보내 봐."

"이미 보냈습니다. 나름대로 열심히 정보를 수집하는 척하면 아미파에서도 뭐라 그러지는 못할 겁니다."

아무리 요즘 할 일이 없어 놀며 지내는 남경 분타라고는 하지만 얼마 전까지만 해도 눈썹 휘날리며 뛰어다녀도 시원치 않을 만큼 일거리가 넘쳐 나던 곳이었다. 그런 곳의 부분타주가 능력이 없을 리가 없었다.

독두개는 부분타주의 일 처리에 흐뭇해하며, 상대의 술잔에 술을 가득 따라 준 뒤 말했다.

"이래서 내가 자네를 좋아한다니까. 자, 귀찮은 일은 대충 끝난 것 같으니 오랜만에 같이 술이나 함께하지. 자, 마시자구."

술을 마시던 두 사람은 얼큰히 취기가 오르자 햇살이 따사로이 내리쬐는 양지 쪽으로 자리를 옮겨 낮잠을 즐겼다. 전쟁의 소용돌이가 대륙을 감싸고 있음에도 이곳은 너무나 평화로웠다.

찬황흑풍단의 흔적

 사내의 청을 받아들여 양양성으로 전통을 보낸 후 3일이 지나자 양양성에 파견 나가 있던 개방 분타로부터 독두개에게 보내는 공문이 도착했다.
 "큰일났습니다, 타주님!"
 한쪽 구석에 앉아 열심히 고개를 끄덕이며 졸고 있던 독두개는 부하의 호들갑에 깜짝 놀라 잠에서 깼다.
 "또 뭐가 큰일이라는 거야? 새꺄. 너, 별 볼일 없는 일이라면 아예 껍데기를 벗겨……."
 "양양성에서 지급으로 보낸 공문입니다. 그런데 발신자가 부운걸개(浮雲乞丐) 장로님이십니다."
 부운걸개 장로가 보냈다는 말에 독두개의 안색이 홱 바뀌었다. 부운걸개 장로 같은 거물이 자신에게 공문을 보내올 이유가 없었기 때문이다.

"이리 내놔 봐!"

빼앗듯이 공문을 받아 읽던 독두개의 안색이 창백하게 변하기 시작했다. 마교에서 대장군의 호위를 위해 무사들을 투입했다고 한다. 그리고 악비 대장군의 실종이 사실인지, 대장군의 본영이 눈에 보일 정도로 술렁거리고 있다는 말도 포함되어 있었다. 공문 말미에는 최대한 빨리 악비 대장군의 실종이 사실인지 알아 보고, 만약 그게 사실이라면 전력을 다해 그를 찾으라는 지시가 적혀 있었다.

독두개는 자신도 모르게 벌떡 일어나 정신없이 외쳤다.

"제자들을 모두 소집해! 비상이야! 비상!"

얼마 지나지 않아 개방의 남경 분타는 마치 벌집이라도 쑤셔 놓은 듯 소란스러워지기 시작했다. 그리고 분타 이곳저곳에 늘어져 있던 거지들이 남경 시내 곳곳으로 퍼져 나가기 시작했다.

악비 대장군의 실종이라는 일대 사건에 남경 분타의 전 제자들이 매달린 지도 벌써 4일이 흘렀다. 엄청난 인원이 동원되어 남경 전역을 이 잡듯이 샅샅이 뒤졌음에도 불구하고 아직까지 쓸 만한 정보는 하나도 건져 낸 것이 없었다. 그나마 독두개가 처리한 일이라고는 아미파에 '귀하들이 구금하고 있는 자들은 진짜 마교도들이니 풀어 주라'고 통보한 일뿐이었다.

지금 자신이 하고 있는 일을 상부에서 주목하고 있다. 그런데도 작은 정보 하나 건진 게 없다. 악비 대장군의 실종에 대한 이렇다 할 정보조차 얻지 못한 독두개로서는 하루하루가 피가 마르는 것만 같았다. 이렇게 되면 상부에서 자신을 어떻게 생각하겠는가. 진급은 고사하고, 무능한 인물로 낙인 찍혀 산골 오지로 좌천될 가능성마저 있는 것이다. 그리고 무엇보다 독두개 자신의 자존심이 이를 허락지 않았다.

초조해지기 시작한 독두개는 휘하의 거지들을 연일 닦달하여 족치기 시작했다. 그의 입에서 튀어나오는 욕설도 점점 더 원색적이며 걸쭉해졌지만 그런다고 없는 정보가 어디서 튀어나오겠는가?

악비 대장군에 대한 작은 실마리조차 찾지 못한 독두개는 잠도 오지 않았다. 그날도 수하들이 쓸어온 자잘한 정보들을 뒤적거리고 있을 때 부분타주 소팔개가 뛰어 들어왔다. 그도 며칠 동안 잠을 자지 못했는지 두 눈이 벌겋게 변해 있었다.

"의외의 인물이 황도에 나타났습니다, 타주님."

"그 새끼가 누군네?"

악비 대장군에 대한 생각만으로도 머리가 터질 것 같은 독두개였기에 그와 관련된 정보가 아니라서 그런지 반응이 심드렁하기만 했다.

"왕태위(王泰偉) 말입니다. 표풍검(慓風劍) 왕태위."

"왕태위? 그 새끼가 왜?"

독두개가 소팔개의 말에 흥미를 보이는 것은 당연했다. 왕태위는 공동파의 1대제자들 중 가장 뛰어난 실력자로, 차기 장문인으로 주목받고 있는 인재였다. 그리고 그가 지금 경호하고 있어야 할 인물은 바로 재상 진회였다. 그런데 그가 재상의 경호는 하지 않고, 왜 황도에 모습을 드러냈다는 말인가?

"예, 무슨 일인지는 알 수 없지만 관도 인근을 전속으로 경공술을 전개해서 내달렸답니다."

"흐음, 그것 참 요상하네."

잠시 말없이 생각에 잠겨 있던 독두개는 갑자기 뭔가 떠올랐다는 듯 소팔개를 향해 물었다.

"그 영감탱이는 지금 어디에 있지?"

영감탱이가 바로 재상 진회를 말한다는 것을 눈치 챈 소팔개는 자신이 아는 대로 보고했다.

"남경으로 상경 중인 것으로 알고 있습니다. 남창에서 며칠 유숙한 후, 갑자기 모든 일정을 취소했다고 합니다."

"흠…, 어쩌면 그 영감탱이가 이번 일을 꾸민 걸 수도 있겠군. 안 그래?"

"글쎄요? 오히려 그럴 가능성이 떨어진다고 봐야 하지 않겠습니까? 만약 재상이 이번 일을 꾸몄다면 기밀 유지를 위해 모든 일을 처리할 수족을 여기에 남겨 뒀을 게 아닙니까? 아무리 자신의 호위를 맡고 있다고는 하지만 이런 민감한 사안에 외부인인 왕태위를 끌어들인다는 건 위험 부담이 너무 크죠."

"흠, 그건 자네 말이 옳군. 하지만 왕태위가 아무리 경공술이 뛰어나다고 해도 남창에서 여기까지 거리가 얼마나 머나? 거리로 따진다면 그 영감탱이는 우리들보다 훨씬 더 빨리 대장군의 실종 소식을 입수했다고 봐야 할 거야. 그런 다음 그 대책을 전할 전령으로 왕태위를 써먹었을 수도 있지 않을까?"

소팔개는 그 말이 그럴듯한지 고개를 주억거렸다. 그렇지 않다면 재상을 호위하고 있어야 할 왕태위가 전속으로 경공을 전개하며 남경에 나타날 이유가 없었다. 그리고 무엇보다 악비 대장군이 실종된 지금, 갑작스런 왕태위의 등장은 우연이라고 하기에는 너무 공교로웠다.

"현재로서는 그게 가장 현실성 있는 추론인 것 같습니다, 타주님."

"어쨌건 왕가 놈에게 꼬리를 하나 붙여. 빠릿빠릿한 놈으로 말이야. 그놈이 어디서 누구를 만났는지 눈에 불을 켜고 조사하라고 해."

"이미 그렇게 처리했습니다."

"그거 잘했군."

몇 시진 뒤, 꼬리로 붙여 둔 거지의 보고를 받은 독두개는 왕태위에 대한 의구심이 더욱 커질 수밖에 없었다. 왕태위가 참지정사(參知政事) 섭평의 서택으로 달려간 후 얼마 시나시 않아 그곳에서 나왔고, 또 공동파가 황도에 구축해 놓은 분타에 들러 한 시진 정도 머문 후 재상이 있는 남창으로 되돌아갔다는 보고였다.

황궁의 경비를 책임진 것이 아미파라면 고관들의 신변 보호를 책임지고 있는 것이 공동파다. 그런 만큼 공동파의 제자가 참지정사 섭평의 집을 들락거리는 것은 조금도 이상한 일이 아니었다. 하지만 문제는 그 시기였다. 악비 대장군이 실종되어 어수선한 남경에, 재상을 호위하고 있어야 할 왕태위가 무슨 일로 혼자 온 것일까? 그리고 섭평의 집에는 왜 간 것일까? 꽤나 수상쩍은 일이 아닐 수 없었다.

지금껏 제대로 된 그 어떤 정보도 얻은 게 없었던 독두개는 옳

다구나 하며 곧바로 이 사실을 상부에 보고했다. 만약 재상 진회가 악비 대장군의 실종에 관련되어 있다면 자신이 감당하기에는 너무 큰 사안이었기 때문이다.

어디선가 기녀의 궁둥이를 두드리며 밀담을 나누고 있을 거라고 생각됐던 악비 대장군의 실종은 재상 진회의 개입 여부로 전혀 새로운 상황으로 발전하고 있었다.

그리고 한가롭기 그지없던 남경은 점차 대륙을 뒤흔들 태풍의 눈으로 변해 가기 시작했다.

* * *

묵향이 남경에 도착한 것은 악비 대장군의 실종 사실이 양양성에 보고된 날로부터 8일 후였다. 마화로부터 연락을 받은 후, 만현에서부터 남경에 이르는 그 먼 길을 그는 겨우 4일 만에 주파했던 것이다. 그러자면 하루에 최소한 1천 리를 주파해야만 하는 강행군을 할 수밖에 없었다. 그렇다 보니 남경에 도착했을 때, 그의 모습은 상거지와 크게 다를 바 없었다. 얼굴은 희뿌연 먼지를 잔뜩 덮어 써서 기괴한 몰골이었고, 의복은 먼지와 땀에 범벅이 되어 더럽기 짝이 없었다.

그는 마화와 만현을 조금 벗어난 후 헤어졌다. 양양성에서 그곳까지 3일 동안 쉬지 않고 달려온 마화는 같이 남경까지 오기에는 너무나도 지쳐 있었다. 그래서 묵향은 그녀에게 양양성으로 돌아가 추후 대책을 수립하도록 지시한 후 혼자 남경으로 달려온 것이다.

남경은 다른 도시들과 달리 조금 특이한 방어망을 갖추고 있었다. 돌로 만든 높은 성벽으로 도시 전체를 감싸고 있는 게 아니라 도시 주위를 감싸고 있는 여러 개의 언덕에 토성(土城)들을 쌓아 방어벽을 형성해 놨다. 그렇기에 남경으로 통하는 관도를 따라 걸어가다 보면, 성문을 통과할 일은 없었지만 황병들이 군데군데 설치해 놓은 검문소와 맞부딪치게 된다.
　묵향이 상거지와 같은 꼴로 남경으로 통하는 서쪽 관도 상에 모습을 드러내자 성에 들어가기 위해 줄을 서고 있던 사람들이 힐끔거리며 쳐다보았다. 묵향의 지저분한 몰골에 그들은 눈살을 찌푸렸다. 거지면 거지답게 성의 개구멍으로 들어가든지 아니면 한쪽에 안 보이게 쭈그리고 앉아 있다가 나중에 인적이 드물 때 들어가야 하는데, 당당하게 검문소 앞으로 걸어갔기 때문이다. 하지만 아무도 감히 뭐라 하며 나서는 사람은 없었다. 그 이유는 묵향의 허리에 장검이 매달려 있기 때문이다.
　하지만 검문소 앞을 지키던 병사들은 묵향을 가만히 내버려 두지 않았다. 호패를 확인하며 성안으로 사람들을 통과시키던 군관(軍官)이 묵향을 불러 세운 것이다.
　"이봐, 너!"
　안 그래도 좋은 일로 이곳까지 달려온 것이 아닌 묵향인지라 건방지기 짝이 없는 군관의 말투에 눈살이 저절로 찌푸려졌다. 그 표정이 마음에 들지 않았는지 군관은 묵향의 허리에 매달려 있는 검을 손가락으로 가리키며 오만한 표정으로 소리쳤다.
　"이런 간이 배 밖으로 튀어나온 놈을 보았나! 황도에는 무기를 지니고 들어가지 못한다는 사실도 모르느냐?"

그러면서 군관은 뒤에 서 있던 병사들에게 명령했다.
 "저놈을 당장 체포해라!"
 "옛!"
 군관과 함께 포진하고 있던 병사들 중, 10여 명이 칼과 창을 들고 달려들었다. 군관 뒤쪽에는 황병들의 주력 무기인 신비궁(神臂弓)이라 불리는 휴대용 쇠뇌를 지닌 병사들도 있었지만, 그들은 곧이어 이 일이 마무리 지어질 것이라 생각했는지 신비궁을 장전하지도 않고 마치 재미난 볼거리라도 생겼다는 듯 구경에 열중하고 있었다.
 하지만 사태는 그들의 예상과는 완전히 다른 방향으로 흘러가기 시작했다. 곧 제압될 줄 알았던 상대가 의외로 빡세게 나왔기 때문이다.
 "이건 또 뭐야? 이것들이 정말 죽고 싶나?"
 퍼퍼퍼퍽!
 몇 차례의 격타음이 들리고 난 후 군관의 안색은 새파랗게 질려 버렸다. 자신의 명령을 받고 괴한에게 달려들던 10여 명의 병사들이 약속이나 한 듯 일제히 길바닥에 나뒹굴었기 때문이다. 상대가 어떻게 했는지는 눈에 보이지도 않았다. 단지 어느 순간 부하들이 모두 바닥에 쭉 뻗어 신음성만 흘리고 있었다.
 "무, 무림인?"
 멍청하게 서 있던 병사들 중 정신을 차린 두 명이 다급히 신비궁을 장전하려고 했지만, 활과 달리 쇠뇌라는 것이 그리 간단하게 장전되는 게 아니다. 특히나 부들부들 떨리는 손으로 장전하는 것은 더욱 어려운 일이었다. 묵향은 병사들에게로 다가가 신비궁의 활줄을 쓱 잘라 버리며 중얼거렸다.

"이런 거 가지고 장난치면 위험하지."

그런 묵향을 향해 군관이 악을 쓰며 외쳤다.

"무, 무림인인 모양인데, 감히 황상 폐하의 군대에 손을 대다니. 네, 네놈의 악행에 대해 무, 무림맹에 알려 엄히 문책하도록 하리라!"

물론 주둥이로만 위협하는 것일 뿐, 군관의 발은 주춤주춤 뒤로 물러나고 있었다. 그가 무림맹을 들먹여 위협한 것은 그렇게 하는 것만이 무림인을 상대로 자신이 살아남을 수 있는 유일한 방법이라고 생각했기 때문이다. 하지만 그의 위협은 상대방에게 전혀 먹혀들지 않았다.

묵향은 같잖다는 듯 살기 어린 미소로 응대했다. 안 그래도 여기까지 쉬지 않고 달려오느라 짜증이 머리끝까지 가득 찬 상태나. 그너넌 차에 고맙세도 상내방에서 번서 이렇게 시비를 걸어 주다니.

"호오, 무림맹에 알려 날 문책하겠다고? 시비는 네놈이 먼저 걸어 놓고, 누구를 문책한다는 말이냐?"

"화, 황도에 무기를 휴대하고 들어갈 수 없음은 무림맹에도 이미 통보해 놓은 상태다. 그런데 어찌하여 네놈은……."

"그래? 그럼 실컷 문책해 봐라. 나한테 두들겨 맞은 것까지 포함해서 말이야."

퍽!

묵향의 손은 겁에 질려 끝까지 주절거리고 있던 군관의 입을 모질게 가격했고, 한 대 맞은 군관은 뒤로 벌러덩 나자빠져 버렸다.

땅바닥에 쓰러져 거품을 물고 있는 군관의 입가에는 피에 젖은 이빨 조각 몇 개가 이리저리 흩어져 있었다.

"별 시덥잖은 놈이 시비를 걸고 있어. 안 그래도 짜증나 죽겠는데……."

이때 검문소가 잘 내려다보이는 위치에 있던 언덕 위 토성에서 요란한 경고성이 울려 퍼졌다. 그리고 수백에 달하는 황병들이 우르르 쏟아져 나오는 것이 보였다.

"젠장, 귀찮게 됐군."

묵향은 최대한 빨리 경공술을 펼쳐 성안으로 사라져 버렸다.

그리고 그런 묵향의 행동을 주의 깊게 관찰하고 있는 인물이 있었다. 다 떨어져 가는 허름한 옷차림을 하고 거적때기 위에 앉아 있는 인물. 남경 시내로 들어오는 서쪽 관도를 감시하는 임무를 맡고 있는 거지였다.

그는 자신의 시야에 묵향의 모습이 들어오자마자 강한 호기심을 주체할 수가 없었다. 이곳 황도는 일반인이 무기를 휴대한 채 들어올 수 없는 곳이다. 그런데도 저토록 당당하게 걸어오는 것을 보면 군부 혹은 관부에 소속된 인물이 아닐까 하는 생각이 들었던 것이다.

그걸 확인해 줄 인물들이 저 앞 검문소에 포진해 있었다. 만약 군부 쪽에 소속된 자라면 신분을 증명하는 명패를 군관에게 제시할 게 틀림없다. 그리고 웬만한 명패는 자신이 알아볼 수 있으니, 상대의 정체를 금방 파악해 낼 수 있을 거라 생각했다.

하지만 곧이어 벌어진 사태는 그의 예상을 완전히 뒤엎는 것이었다. 괴한은 검문소에 포진한 황병들을 일순간에 곤죽으로 만들어 버린 후, 엄청난 속도로 경공술을 전개하여 시내로 들어가 버렸던 것이다.

"허어, 거 누군지 모르겠지만 정말 화끈한 놈일세. 그나저나 대장군의 실종 때문에 황군들이 독기가 잔뜩 올라 있는 상황인데 저렇게 황군을 건드리다니. 오늘부터는 몸조심 좀 하는 게 좋겠는걸."

중얼거리던 거지는 벌떡 일어나 분타를 향해 줄달음을 치기 시작했다. 수상한 자가 나타났다는 것을 보고하기 위해서였다. 오랜만에 굵직한 정보를 물었다는 만족감 때문이었을까? 그의 발걸음은 아주 활기에 차 있었다. 하지만 그는 미처 생각하지 못했을 것이다. 지금 그가 있는 곳으로 재앙덩어리가 달려 들어갔다는 사실을 말이다.

남경 시내로 들어온 묵향은 먼저 임충 일행이 묵고 있는 객잔으로 갔다. 그들이 어느 객잔에 묵고 있는지는 이미 마화에게 들었기에 그곳으로 찾아가는 것은 그리 어려운 일이 아니었다.

갑자기 모습을 드러낸 묵향의 모습에 임충은 기절할 듯 놀라 벌떡 일어섰다.

"교, 교주님!"

"마화한테 얘기 들었다. 그래, 대장군은 아직도 못 찾았나?"

묵향의 질문에 임충은 고개를 푹 숙이며 대답했다. 덩치에 어울리지 않게, 마치 쥐구멍이라도 옆에 있다면 기어 들어갈 듯이 작은 목소리로.

"송구스럽습니다만…, 그렇습니다."

"뭔가 조그마한 단서라도 찾아낸 건 없나?"

"며칠 동안 최선을 다했지만……."

그러면서 임충은 요 근래 자신이 조사한 것들을 묵향에게 보고했다.

"흐음, 짧은 시간이었는데 그 정도까지 조사한 걸 보니 아주 열심히 움직였군. 그런데 내가 가만히 들어 보니 가장 수상한 곳은 황궁인 것 같은데, 왜 거기는 조사하지 않았지?"

임충은 보고를 올리기가 난처했다. 자신이 아는 교주의 성격이라면 그 일을 듣자마자 아마 황궁 내부를 발칵 뒤집어 놓을 것이 뻔했기 때문이다.

'그때 일을 보고해야 하나? 아니면 그냥 묻어 둬야 하나.'

머뭇거리는 임충을 보고 묵향은 무슨 일이 있었음을 대충 짐작할 수 있었다. 임충은 과거 군부에 있었던 사람이다. 그런 만큼 황실에 대한 충성심이 아직 살아 있는 것이 당연했다. 묵향은 임충이 머뭇거리는 것이 아마 황실과 자신이 충돌을 일으키지 않을까 고민하는 것일지도 모른다는 생각을 했다.

"조금의 가감도 없이 있는 대로 말해도 좋다. 황실과 충돌을 일으킬 생각은 전혀 없으니까."

묵향이 이렇게까지 말하자 임충은 잠시 망설이다가 입을 열었다.

"사실 황궁을 조사하러 사람을 보내기는 했었습니다."

그리고는 며칠 전 자신이 황궁 안을 조사하기 위해 투입했던 부하들이 어떤 꼴을 당했는지 조심스럽게 설명하기 시작했다. 모든 말을 다 들은 묵향은 고개를 주억거리기는 했지만 약간은 언짢은 표정이었다.

"흐음, 그래? 며칠 뒤 부하들은 무사히 돌아왔다 이거지?"

"예, 교주님. 그렇지만 그 일 때문에 한 가지는 확실하게 알 수 있었습니다. 아미파의 승려들도 그때까지 대장군이 행방불명되었다는 사실을 전혀 알지 못하고 있었던 것으로 생각됩니다. 그걸 보면 황실 쪽은 이번 일과 아무런 상관이 없었던 게 아닐까요? 지금 황군들도 검문, 검색을 강화하며 열심히 대장군의 행방을 찾고 있는 걸 보면 아마 제 생각이 맞을 겁니다."

"하긴, 그럴 수도 있겠지."

그렇게 말하긴 했지만 묵향의 목소리에는 아직까지도 의심이 완전히 지워진 것이 아니었다. 사실 어떻게 생각해도 가장 수상쩍은 곳이 황실이었으니 말이다.

"무영문에는 알렸나?"

"예, 하지만 아직까지 그쪽에서도 이렇다 할 정보를 보내온 건 없습니다."

"그래? 그것 참……."

잠시 이리저리 생각을 하던 묵향은 임충에게 명령했다.

"무영문에 다시 한 번 더 연락을 넣어라. 만약 내일까지 조금이라도 제대로 된 정보를 이쪽으로 넘기지 못한다면, 내가 그쪽의 정보력에 대해 크게 실망할 거라고 말이야. 알겠나?"

"옛, 교주님!"

임충에게 지시한 뒤, 묵향은 미련없이 자리를 털고 일어섰다.

"아니, 어디를 가시려고……?"

"개방에 잠시 다녀오겠다."

마치 개방이 마교의 분타쯤 되는 듯 아무렇지도 않게 대답했기에, 그걸 듣는 임충은 자신이 혹 잘못 들은 게 아닌가 하는 의구심마저 느꼈다.

"개방에 말씀이십니까?"

"이곳에도 개방의 분타는 있을 게 아니냐?"

"예, 남경 분타가 있습니다."

임충은 얼마 전에 묵향에게 연락을 넣기 위해 개방의 남경 분타에 부하를 보냈던 일을 떠올렸다. 그렇기에 그는 재빨리 말을 덧붙였다.

"분타의 위치를 알고 있는 놈이 있습니다. 잠시만 기다리시면……."

"괜찮다. 거지 소굴쯤 찾는 거야 일도 아니지."

그렇게 대꾸하며 묵향이 밖으로 나가는 모습을 보던 임충은 갑자기 다급하게 묵향을 향해 소리쳤다.

"잠깐만요, 교주님. 그렇게 밖에 나다니시면 귀찮은 일이 벌어지게 될 겁니다."

"그건 무슨 말이냐?"

"황도에서는 일반인이 무기를 휴대하는 것을 엄격히 금하고 있습니다. 더군다나 지금은 대장군의 일로 남경 전체에 비상이 걸려 있죠. 그런 만큼……."

임충은 묵향의 눈치를 힐끔 살피면서 다음 말을 이으려고 했다. 무기는 무인의 생명인 만큼 묵향이 검을 놔두고 갈 리 없으니 자신이 사람을 개방에 보내어 알아 보겠다고 말이다. 하지만 임충의 예상과 달리 묵향은 곧장 검을 풀어 그에게 건네주며 말했다.

"그럼 이건 네가 잠시 맡아 두고 있도록 해라."

묵향의 예상외의 행동에 임충은 얼이 빠질 수밖에 없었다.

"예? 예."

얼떨결에 대답한 임충의 손에는 어느샌가 묵향의 신물(信物)이자 마교의 지존병기로까지 격상되어 있는 묵혼검이 들려 있었고, 묵향의 모습은 어디론가 사라지고 없었다.

호시절은 가고

 남경의 서쪽 관도를 담당하고 있던 거지는 분타주가 있는 방문을 힘차게 열어젖히며 소리쳤다. 얼마나 열심히 뛰어왔는지 거지의 얼굴은 새빨갛게 달아올라 있었다.
 "분타주님! 굉장한 놈이 나타났습니다!"
 "무슨 일인데 그러느냐?"
 요 며칠 동안 악비 대장군의 실종으로 인해 신경이 얼마나 곤두서 있는지 독두개의 토실토실하던 볼은 핼쑥하게 빠져 있었다. 그리고 그의 두 눈은 피로로 인해 시뻘겋게 충혈되어 있었다.
 "방금 전에 어떤 놈이 무기를 휴대한 채 서부(西部) 제12검문소를 통과하여 시내로 들어왔습니다."
 "야, 이 새끼야. 그래서! 그래서 뭐 어쨌다고!"
 아무리 황군이 무기를 통제한다고 해도 자신의 생명과도 같은 병기를 놔두고 다닐 무림인은 그리 많지 않다. 더군다나 지금 남경에는 고위급 인사들을 호위하기 위해 공동파의 제자들이 와 있지 않은가. 어쩌면 그자는 평복을 입은 공동파의 제자일 수도 있었다. 무림인 하나가 무기를 휴대하고 들어왔다고 난리를 칠 이유가 없는 것이다.

겨우 그따위 일로 이렇게 호들갑을 떤 거냐고 호통 치려던 독두개의 입은, 거지의 이어지는 말에 의해 쏙 들어갈 수밖에 없었다.

"근데 그놈이 검문을 하던 군관과 황군 10여 명을 곤죽을 만들어 버리고 들어왔거든요."

"씨팔, 그 새끼 혼자서?"

"예, 어디 산골짝에서 무공을 연마하다 하산한 놈인 모양입니다. 문파에 소속된 자라면 남경에 무기를 휴대한 채 들어올 수 없다는 것을 잘 알 텐데 말입니다. 어쨌건 황군들은 지금 그놈을 잡겠다고 남경 전체를 이리저리 늘쑤시고 다니며 난리도 아닙니다."

'허, 그것 참. 어느 미친놈이 황군을 때려눕히는 그런 정신 나간 짓을……'

이때 갑자기 어떤 생각이 독두개의 뇌리를 스치고 지나갔다.

"성동격서(聲東擊西)…, 그래! 바로 그거야! 어쩌면 이건 의도된 행동일 수도 있다."

"예?"

"그 새끼가 서쪽에서 소란을 일으키는 동안 다른 검문소로 악비 대장군을 빼돌리려는 수작일 수도 있잖아? 빨리 다른 검문소에 연락을 보내. 혹 그사이에 뭔가 외부로 빠져나간 것이 있는지 말이야. 마차라든지 가마, 뭐든지 좋아. 의심나는 것이 있으면 뭐든지 철저하게 조사하라고 해."

"옛!"

"그리고 시내로 잠입했다는 그 새끼의 행방도 반드시 찾아내. 도대체 어느 문파에 소속된 놈인지 알아내란 말이야. 알겠어?"

그 말에 밖으로 나가려던 거지는 고개를 갸웃하며 대꾸했다.

"몰골이 아주 지저분한 것으로 봐서는 우리 개방의 인물인 것처럼 보였는데……. 어쨌든 알아 보겠습니다."

"이 새끼 봐라. 지저분하면 모두 다 우리 개방 제자들이냐? 그 딴 개소리 한 번만 더 지껄이면 아구창을 날려 버리겠다. 알겠어?"

성난 독두개의 호통에 거지는 찔끔한 표정으로 고개를 팍 숙였다.

"조, 조심하겠습니다, 타주님."

독두개의 명령에 따라 남경 분타에 소속된 모든 거지들이 뿔뿔이 사방으로 흩어져 나갔다. 하지만 독두개는 자신이 구태여 그 괴한을 찾으려고 뛰어다닐 필요가 없었다는 것을 그때는 알지 못했다. 그리고 그 괴한과 조만간에 만나게 되어 왜 내가 남경 분타로 오게 되었는지 한탄하는 처지가 되리라곤 상상도 하지 못했다.

뭔가 상황이 급박하게 돌아가고 있다는 생각에 독두개가 방 안을 왔다 갔다 하고 있을 때 부분타주가 뛰어 들어왔다.

"타주님, 개봉의 총타에서 공문이 도착했습니다."

그의 손에는 개방 총타에서 보낸 전통(傳筒)이 들려 있었는데 황금색 수실로 묶어 촛농으로 봉인되어 있었다. 특2급의 등급이 책정된 매우 중요한 전서가 들어 있다는 표시였다. 그 전서를 볼 수 있는 권한이 있는 사람은 분타주뿐이었기에, 독두개는 자신이 직접 암호를 해독하는 수고를 해야만 했다.

전통에서 조그마한 쪽지 한 장을 꺼내 깨알만 한 글자로 써져 있는 암호들을 읽어 내려가자니 눈알이 튀어나올 지경이다. 더군다나 특2급에 해당하는 비밀인 만큼 거기에 사용된 암호 또한 난해하기 그지 없었다. 그야말로 눈도 아프고, 머리에는 쥐가 내릴 지경인 것이다. 그렇다고 이런 극비 내용을 종이에 쓰면서 해독할 수도 없고……

잠시 후 독두개가 암호를 다 해독했는지 쪽지에서 눈을 떼자 소팔개가 은근한 목소리로 물었다.

"대체 무슨 일입니까, 타수님?"

특2급에 해당하는 비밀이었지만 오랜 세월 같이 고락을 겪은 사이였기에 소팔개의 질문에 독두개는 별다른 질책없이 전서의 내용을 자신이 제대로 해독한 것인지 다시 한 번 확인했다.

잠시 후 독두개는 전서를 찢어 입속에 털어 넣고 우물거리다가 꿀꺽 삼킨 뒤 소팔개에게 전음을 날렸다. 전서의 내용 때문이었을까 독두개의 얼굴은 상당히 일그러져 있었다.

〈씨팔! 이번 일에서 손을 떼라는 상부의 지시다.〉

〈악비 대장군 사건 말입니까?〉

독두개가 고개를 슬쩍 끄덕이자, 소팔개는 더욱 이해할 수 없다는 표정을 지어 보였다. 아무리 생각해도 납득이 되지 않았기 때문이다. 소팔개는 급히 전음으로 질문을 던졌다.

〈악비 대장군이 얼마나 중요한 인물인데 그에 대한 조사를 중단한다는 말입니까? 저로서는 도저히 이해할 수가 없습니다, 타주님.〉

〈생각해 보면 간단한 이치야. 상부에서는 이 일에 황성사(皇城司)가 개입되어 있다고 판단한 모양이다.〉

〈황성사가…, 말입니까?〉

쾅!

은밀하게 소팔개와 전음을 주고받던 독두개는 치밀어 오르는 화를 어쩌지 못하겠는지 거칠게 탁자를 내리쳤다. 아무리 거지라지만 그 역시 송의 앞날을 걱정하고 있었던 것이다.

〈그 새끼들이 아니고서야 황궁 안에서 어찌 악비 대장군같은 거물을 흔적도 없이 납치할 수 있겠냐? 안 그래? 상부에서는 왕태위가 이곳에 온 게 그 때문이라고 판단한 모양이야.〉

〈그렇다면 이 일에 재상까지 관여되어 있는 게 확실하다는 말입니까?〉

〈그거야 알 수 없지…….〉

말끝을 흐리는 것으로 독두개는 대화를 마무리 지었다. 더 이상 이 일에 대해서는 얘기하고 싶지 않은 듯, 독두개는 소팔개에게 명령하듯 말했다.

〈자네만 알고, 다른 사람에게는 절대 발설하지 않도록 하게.〉

〈명심하겠습니다. 그런데 이쪽에서 손을 떼면 다른 문파들이 괴이하게 여기지 않겠습니까?〉

〈당연하지. 상부에서 원하는 건 겉으로 봤을 때는 열심히 조사

하는 듯 보이게 행동하되, 절대로 황성사하고는 충돌을 일으키지 않도록 대충 조사하라는 말이야. 알겠어?〉

〈그렇게 실행하겠습니다.〉

〈좋아. 자네만 믿겠네.〉

전음을 마친 독두개나 소팔개의 표정은 그다지 밝지 못했다. 현재 송을 떠받치고 있는 악비 대장군의 실종이 몰고 올 파장이 마치 눈에 보이는 듯했기 때문이다.

*　　*　　*

길가에 돗자리를 펴고 앉아 따스한 햇살을 받으며 꾸벅꾸벅 졸고 있는 중년 거지. 그야말로 어디서나 흔히 볼 수 있는 평범한 거지의 모습이다. 세파에 찌든 얼굴이긴 했지만 잠에 취한 듯 고개를 끄덕이며 졸고 있는 모습은 아주 평화롭기만 했다. 하지만 이 거지는 보통 거지가 아니었다. 그는 거지들의 문파인 개방에 소속된 자로서, 이곳에 자리를 잡고 앉아 근처를 지나는 행인들을 감시하는 것을 주 임무로 하고 있는 자였다.

땡그렁.

앞에 놔둔 깨진 바가지 안에 동전이 떨어지는 소리가 들리자, 중년 거지는 흠칫 놀라 잠에서 깬 척했다. 그리고 바가지 안에 들어 있는 동전을 확인한 후, 습관적으로 고개를 조아리며 감사하다는 인사를 연발했다.

"가, 감사합니다. 현세는 물론이고 내세에서도 복을 듬뿍듬뿍 받으실 겁니다요."

"이봐, 한 가지 물어볼 게 있는데 말씀이야."

그제서야 고개를 들어 동전을 던져 준 상대를 힐끔 살펴보는 중년 거지. 수많은 사람들을 관찰하며 얻은 그만의 비법 덕분에 그는 찰나의 시간이었지만 상대에 대한 많은 정보를 입수할 수 있었다.

먼지가 잔뜩 끼어 구질구질해 보이지만 꽤나 고급 천으로 만든 옷, 그런대로 준수한 외모, 그리고 젊은 놈이 아무리 거지라지만 중년인 자신에게 자연스럽게 하대를 하고 있다. 하지만 중년 거지는 언짢은 내색을 하지 않으며 슬쩍 상대의 손을 바라보았다. 아주 고운 손으로 지금껏 단 한 번도 거친 일을 해 본 적이 없을 것 같은 손이다. 그것만으로도 중년 거지는 상대가 신분을 숨긴 세도가의 자식이거나 뭔가 있는 놈이라는 걸 짐작할 수 있었다.

"뭘 물어보시려 하시는지? 소인이 알고 있는 거라면 뭐든지 성심껏 말해 드리겠습니다요."

상대는 씩 미소 지으며 말했다.

"듣던 중 반가운 소리로군. 그래, 이곳에 개방 분타가 있을 텐데, 자네가 안내 좀 해 주겠나?"

하지만 중년 거지는 '개방'이라는 말은 태어나서 단 한 번도 들어 본 적이 없다는 듯 너스레를 떨었다.

"개방이라굽쇼? 그게 뭡니까요?"

순간 상대의 표정이 싸늘해지기 시작했다.

"시치미 떼도 소용없으니 말장난으로 시간 낭비하지 말자구. 나는 이곳 분타주와 급히 만나서 상의할 게 있단 말이다."

상대는 이미 다 알고 자신에게 접근해 온 것이다. 중년 거지는 내심 갈등하지 않을 수 없었다. 저 인물을 분타로 데려가야 할까? 아니면……. 고민은 그리 오래 가지 않았다. 거지 생활을 하며 자연스레 터득한 육감으로 이 이상 시치미를 뗐다가는 왠지 온몸이 성하지 않을 것 같다는 묘한 불안한 느낌이 들었기 때문이다.
"저어, 타주님과 면식이 있으십니까요?"
"면식은 없지만 만나서 얘기하다 보면 서로 얼굴을 익힐 수 있을 거 아닌가? 중원에서 개방을 따라 올 정보 단체가 없으니, 궁금한 것이 있을 때는 자네들에게 물어보는 것이 최고지. 안 그런가?"
그러면서 상대는 바가지 안에 또다시 뭔가를 던져 넣었다. 은빛으로 반짝이는 것이 한눈에 척 봐도 한 냥짜리 은자다. 순간 중년 거지의 눈에 갈등하는 빛이 어리기 시작했다. 정체를 알 수 없는 사람을 분타로 데려간다는 것이 마음에 걸리긴 했지만 결국 중년 거지는 은자를 움켜쥐었다. 가만 생각해 보니 상대를 분타로 안내한다고 해도 그리 해될 것이 없다고 판단했기 때문이다.
개방이 다른 문파들의 표적이 되는 경우는 극히 드물었다. 가진 거라고는 정보뿐인 거지 떼를 공격해서 뭘 얻겠는가? 물론 우연히 상대의 치부(恥部)에 근접했다가 비명횡사당하는 개방도가 간혹 있기는 했지만, 특별히 재수 없게 걸려든 개방도가 아닌 한 죽임을 당하는 경우는 거의 없었다. 왜냐하면 고급 정보를 취급하는 무영문이라는 단체가 존재하는데 싸구려 정보만을 취급하는 개방도들과 다툼을 벌여 자신들의 정체를 드러낸다는 것은 바보짓이기 때문이다.

중년 거지는 은자를 품속에 감추고 아첨이 섞인 미소를 지어 보이며 말했다.

"저희들이 도움이 될지 모르겠습니다만…, 어쨌건 저를 따라오시죠. 타주님께 안내해 드리겠습니다요."

개방을 찾는다는 것은 곧 정보가 필요하다는 말이다. 그리고 상대가 저런 엉망진창인 모습으로까지 위장을 하고 있는 것을 보면 꽤나 비밀스런 일인지도 모른다. 그렇다면 어쩌면 꽤 큰 돈을 벌어들일 수 있을지도 모른다. 상대의 신분도 꽤나 높은 것 같아 보이니 말이다. 단지 저런 자가 왜 무영문을 찾지 않고 개방을 찾았는지 그게 좀 아리송한 문제이기는 했지만, 상대가 무영문보다 자신들을 더 높이 산다는 말이니 개방도인 그로서는 좋은 기분에 그렇게 깊게 생각하지 않고 그냥 넘어갔다.

'어쩌면 세상 물정 모르는 대갓집 자식일 수도 있지. 무슨 일인지는 모르겠지만, 한몫 단단히 뜯어낼 수 있겠어. 흐흐흐.'

이런 큰 물주를 물어 온 것을 알면 틀림없이 분타주는 자신에게 칭찬을 아끼지 않을 것이다. 거지 패거리라 별로 돈 쓸 일이 없을 것처럼 보이지만, 개방은 생각보다 많은 돈을 필요로 했다. 특히 요즘처럼 먹고 살기 힘들 때는 더욱더 많은 돈이 필요했다. 왜냐하면 개방이 벌이고 있는 사업들 중에서 규모가 가장 큰 것이 바로 빈민구제였기 때문이다.

땅바닥에 퍼지고 앉아 이를 잡고 있던 늙은 거지는 웬 낯선 사내가 분타 안으로 들어오는 것을 보자 의심스런 눈초리를 보내며 그를 안내해 들어온 중년 거지에게 따지듯 물었다.

"이봐, 저 사람은 누구야?"

"아, 소팔개 어르신. 저분께서 타주님을 뵙게 해 달라고 해서 제가 급히 모시고 왔습니다요."

그 말에 늙은 거지는 황당함을 감추지 못했다.

"뭣! 이놈이 정신이 있는 거야, 없는 거야? 아무나 이리 데려오면 어떻게 해?"

"허~ 참, 걱정도 팔자십니다요. 거지 소굴이 뭐 그리 대단하다고 손님을 가려 받겠습니까?"

"이런 넋 빠진 놈! 안 그래도 정체불명의 괴한이 나타나서 그놈을 찾는다고 전 제자들이 이리저리 뛰어다니며 정신이 없구만, 시키지도 않은 쓸데없는 짓이나 하고 있다니……."

소팔개의 말대로 분타 안은 한산하기 그지없었다. 근래 대장군 실종 사건을 조사한다고 많은 인력을 투입하고 있었는데, 얼마 전 무식한 방법으로 검문소를 돌파해 들어온 무림인의 정체를 파악하기 위해 남은 제자들까지 몽땅 다 투입해 버렸기 때문이다.

그런데 그놈의 행적이 워낙 신출귀몰하여 아직까지도 어디에 숨어들었는지 흔적조차 찾지 못하고 있었기에 소팔개는 애를 태우고 있는 중이었다. 하지만 중년 거지는 소팔개의 그런 마음도 모르고 넉살좋게 대꾸했다.

"그래도 귀한 손님인데 어찌 박정하게 청을 거절할 수 있겠습니까. 타주님께서는 지금 어디 계십니까요?"

"조금 전까지 저 뒤쪽에서 정보를 분석하고 계시는 것 같았는데……."

중년 거지는 묵향을 향해 고개를 돌리더니 굽신거리며 말했다.

"여기서 조금만 기다리십쇼. 타주님께 기별을 넣어 보겠습니다요."

분타주가 있다는 곳으로 중년 거지가 걸어가는 것을 보며 늙은 거지가 외쳤다.

"지금 상당히 기분이 안 좋으시니 잘못하다가는 경친다, 너."

"걱정 마십시오, 소팔개 어르신."

중년 거지는 믿는 구석이 있었다. 자신이 지금 물주를 데리고 왔다는 것 말이다.

아무리 정보를 취급하는 개방도라고는 하지만 하급 제자는 정확한 현 상황을 알지 못했다. 악비 대장군이 실종된 것이며, 괴무사의 출현으로 남경이 발칵 뒤집힌 것이 어떤 의미를 가지는지 말이다. 그렇기에 단순하게 물주를 물어 왔으니 아마 분타주도 칭찬을 하면 했지 절대 문책하지는 않을 것이라 그는 생각했던 것이다.

"타주님, 손님을 모시고 왔는뎁쇼."

이때 독두개는 악비 대장군의 실종으로 인해 머리가 몹시 복잡한 상태였다. 비록 총타에서 더 이상 파고들지 말라는 명령을 받기는 했지만 또다시 어떤 일이 벌어질지 신경은 곤두설 만큼 곤두서 있었다. 더군다나 의문의 괴무사가 검문소에서 난동을 부리는 바람에 남경 전역이 발칵 뒤집혀 있지 않은가.

"손님이라고?"

"예, 타주님. 타주님께 몇 가지 정보를 의뢰할 것이 있다고 하셔서요."

부하의 대답에 독두개는 인상을 팍 찌푸리며 소리쳤다.

"이런 망할! 이 새끼, 너 죽을래? 그런 일이라면 소팔개에게 데려가면 되잖아! 안 그래도 정신 사나워 죽겠는데……."

"그, 그래도 보통 손님이 아니신 것 같아서……."

그러면서 중년 거지는 한쪽에 서서 기다리고 있는 사내가 눈치채지 못하도록 연신 독두개에게 눈짓을 보냈다. 마치 자신이 봉을 한 마리 물어 왔다는 듯. 하지만 이미 열이 받을 대로 받은 독두개의 눈에 부하의 그런 눈짓이 눈에 들어올리가 없었다.

"젠장. 이 새끼, 너 지금 뭐 하는 짓이야? 눈병이라도 걸렸냐?"

"그, 그게 아니고…, 한눈에 척 봐도 뭔가 귀한 집안의……."

더 이상 참지 못한 독두개는 주위에서 잡히는 대로 중년 거지에게 집어 던졌다.

퍽!

바가지 하나가 중년 거지의 머리에 맞고 바닥에 나뒹굴었다. 독두개가 밥을 담아 먹는 바가지였다. 거지에게 있어 보물 1호가 바가지다. 그런데 그런 바가지를 던진 것으로 보아 얼마나 독두개가 화가 났는지 짐작할 수 있었다.

"크윽! 왜 그러십니까요?"

"뭐가 어쩌고 어째? 귀하긴 쥐뿔이 귀해? 저 새끼 하고 있는 꼬라지를 봐라. 몇 날 며칠을 목욕조차 하지 않은 상거지 꼴을 하고 있는데, 뭐가 귀한 집 자식이라는 말이야!"

한참 중년 거지를 구박하던 독두개는 갑자기 흠칫한 표정으로 사내를 노려보기 시작했다. 독두개의 분위기가 갑자기 바뀌자 중년 거지는 의아한 표정으로 물었다.

"왜 그러십니까요?"

"씨팔! 이상하네. 어딘가 상당히 눈에 익은 상판대긴데……. 어디서 봤더라?"

평상시라면 곧바로 기억을 떠올렸을지도 모른다. 하지만 전혀 예상치 못한 장소에서 만날 거라고는 상상도 해 본 적이 없는 인물이 이렇듯 허름한 옷차림으로 나타나니 독두개는 좀처럼 사내의 정체를 기억해 내지 못했다. 그리고 무엇보다 그가 마교 교주의 얼굴을 직접 보지 못하고 단지 본부에서 보내온 초상화로만 봤다는 것도 그의 판단을 헷갈리게 하는 데 크게 작용했다.

독두개가 연신 고개를 갸웃하는 모습을 보며, 중년 거지는 처음에 자신이 했던 생각이 맞다고 생각했다. 저 사내가 꾀죄죄한 모습으로 이곳을 찾은 것은 그의 범상치 않은 신분을 감추기 위해서임이 분명하다. 분타주는 상대가 저런 모습으로 변장했음에도 불구하고 어디선가 본 것 같은 기억이 있다고 하지 않는가.

"그거 보십쇼. 제 말이 맞다니까요. 상당히 이름 있는 문파의 제자이거나 어쩌면 세도가의 자제 분일지도 모릅니다요. 아마 저러고 있는 것도 다른 사람들의 이목을 숨기기 위해 변장하고 있는 게 분명합니……."

독두개는 손가락으로 사내를 가리키며 주절거리는 중년 거지의 말을 거칠게 끊었다. 직접 만나 상대의 정체를 알고 싶은 것이다.

"이리 데려와 봐."

"옛!"

중년 거지의 안내를 받아 가까이 다가온 사내는 마치 오랫동안 독두개와 사귀기라도 한 것처럼 허물없이 말을 건네 왔다.

"자네가 분타주인가?"

새파랗게 젊은 것이 대뜸 반말지거리를 해 대자 아무리 개방이 거지들의 문파라고는 하지만, 나이가 중년 후반으로 접어드는 독두개는 슬그머니 기분이 나빠지기 시작했다. 그렇기에 독두개는 퉁명스레 대꾸했다.

"무슨 일로 노부를 찾아왔나?"

"악비 대장군이 실종되었다는 건 알고 있겠지?"

상대는 아무런 언질도 없이 곧바로 본론으로 들어갔고 그 말을 들은 독두개는 소스라치듯 놀라 두 눈을 번쩍 떴다. 대장군이 실종되었다는 것은 그도 요 며칠 전에야 파악해 낸 극비 정보였다. 독두개의 표정에 희미한 긴장감이 떠올랐다. 상대의 정체가 뭔데 그 사실을 알고 있을까?

"그래, 뭐 좀 알아낸 거 있나?"

독두개는 시치미를 떼며 느물거렸다. 그리고 어느 순간 독두개의 말투도 조금 바뀌어 있었다. 이런 고급 정보들 알고 있을 정도라면 상대의 신분이 예상보다 더 높을 가능성이 있다고 생각했기 때문이다.

"글쎄요. 대체 누구신지 모르겠지만…, 대장군이 실종되었다는 건 어디서 들은 소리요? 노부는 그런 말을 전혀 듣지 못했는데……."

"어쭈? 무영문을 비롯해서 웬만한 놈들은 거의 다 알고 있는데, 개방만 모르고 있다고 딱 잡아뗄 거야?"

"그렇게 말씀하고 계시는 댁은 뉘신지……?"

"거참, 딴놈들은 본좌를 보자마자 나불나불 잘도 가르쳐 주던데, 오랜만에 기가 센 놈을 만났군. 뭐, 그것도 좋지. 본좌는 입이 무거운 놈을 아주 좋아하거든."

사내의 얼굴에 희번득거리며 살기 어린 미소가 피어나는 것을 본 순간, 독두개의 안색이 새하얗게 탈색되기 시작했다. 그 말에 뭔가가 떠올랐기 때문이다.

개방 제자들은 오랜 세월 정파를 수호해 온 명문이다. 그런 그들이 적의 위협에 쉽게 입을 열 리 없다. 하지만 도저히 어떻게 해 볼 수 없는 마귀 같은 존재가 있다. 오죽했으면 개방 방주조차 어지간하면 정보를 가르쳐 주고 그와 절대 충돌하지 말라는 공문까지 전 분타에 내렸겠는가?

그 마귀 같은 존재를 떠올리자 등허리가 식은땀으로 축축하게 젖어 왔다. 먼지를 뒤집어쓴 꾀죄죄한 몰골을 하고 있었기에, 지금껏 상대가 마교의 교주일 거라고는 생각도 해 보지 못했던 것이다. 독두개의 입술이 바르르 떨리며 힘겹게 열렸다.

"큭! 호, 혹시…, 교주……?"

"오, 이제야 알아보는군. 자네는 머리가 상당히 커 꽤 똘똘할 줄 알았는데, 보기와는 영~ 다르군. 이렇게 눈치가 없어서야……."

묵향은 씨익 웃으며 독두개의 반질거리는 대머리를 손가락으로 톡톡 두들겼다. 지금껏 그 누구에게도 이런 식의 대접을 받아 보지 않았던 독두개였기에 속에서 열불이 치솟았지만, 그래도 어쩔 것인가? 개기다가는 남경 분타의 모든 거지들이 몰살당할 것이 뻔하니 참을 수밖에. 독두개는 봉이라며 묵향을 안내해 온 중년 거지를 꼭 박살 내 버리겠다고 내심 이를 부득부득 갈았다.

"그래, 이제야 제대로 된 대화가 이루어지겠군. 대장군의 행방은 찾아냈나?"

"아직 알아낸 것이 없습니다."

묵향의 눈이 실쭉 가늘어졌다.

"정말이야? 만약 조금이라도 숨긴 게 있었다는 게 나중에 밝혀지면 네놈의 반질거리는 이 머리 가죽을 통째로 벗겨 버리는 수가 있어!"

묵향의 위협에 독두개는 찔끔하며 얼른 입을 열었다.

"그, 그렇게까지 말씀하신다면…, 한 가지 짚이는 것이 있긴 한데……."

"뭐냐?"

"그자들이 일을 벌였다는 물증은 없습니다만……."

애매하게 둘러대는 독두개가 별로 마음에 안 드는지 묵향의 눈초리가 더욱 가늘어지며, 매서운 안광을 발했다.

"혐의가 있고 없고는 본좌가 결정해. 네놈은 쓸데없는 소리 하지 말고 결론부터 말해 봐."

독두개는 묵향의 추궁에 찔끔한 표정으로 이리저리 머리를 굴리다 어쩔 수 없다는 듯 입을 열었다.

"본방에서 조사한 결과, 황성사가 이 일에 관여한 것이 아닌가 하고……."

"황성사?"

아무리 생각해 봐도 황성사라는 단체의 이름은 처음 들었기에 묵향은 고개를 갸웃하다 되물었다.

"황성사라는 문파도 있었나?"

"무림의 문파가 아니고, 황실의 감찰, 첩보 기관입죠."

"감찰, 첩보 기관이라면 금의위가 있을 텐데?"

묵향이 이렇게 반문한 것은 그의 예전 기억 속에 있는 황실의 첩보, 감찰 기관은 금의위였기 때문이다. 그런 묵향의 모습에 독두개는 고개를 갸웃거렸다. 아무리 무림인이지만 거대 마교의 교주가 이토록 정보에 어둡다는 것이 이해가 가지 않았기 때문이다. 하지만 그는 알지 못했다. 묵향이 지난 몇십 년간 무림을 벗어나 다른 세계에 있었다는 것을 말이다.

"관부 쪽의 일에는 소식이 늦으······."

그렇게 말하던 독두개는 묵향의 매서운 눈초리를 접하자 찔끔해서는 재빨리 말을 바꿨다.

"금의위가 이름을 바꾼 게 바로 황성사라고 보시면 됩니다. 편제가 조금 바뀌기는 했습니다만, 하는 일은 거의 비슷하다고 볼 수 있죠."

묵향으로서는 더더욱 이해할 수가 없었다. 현재 황실에서 악비 대장군은 절대적으로 필요한 인물이 아닌가. 그가 없다면 북방의 전선은 절대 유지될 수가 없다. 그런데 그를 왜 황실에서 없애려고 든단 말인가? 머리가 돌이 아니고서야······.

"이해할 수가 없군. 지금 대장군은 황실에 없어서는 안 될 인물일 텐데, 왜?"

"그건 저도 그렇게 생각합니다만, 한 가지는 분명합니다. 황궁 내에서 대장군을 소리 소문 없이 납치할 수 있는 능력을 지닌 단체는 황성사뿐이라는 거죠."

너무나 단호하게 자신하는 독두개의 말에 묵향은 이죽거리는 말투로 대꾸했다.

"과연 그럴까? 본좌의 수하들에게 시켜도 그 정도는 쉽게 해낼 수 있을 텐데?"

"생각보다 쉽지 않을 겁니다. 지금 황궁은 과거와 달리 아미파의 정예고수들이 겹겹이 지키고 있으니까요. 아무리 천마신교의 능력이 뛰어나다고 하지만, 아미파의 이목까지 완벽하게 속이고 대장군을 납치하기는 힘들지 않겠습니까?"

"아미파? 참, 아미파의 존재를 잊고 있었군."

묵향은 이곳에 오기 전에 임충으로부터 아미파의 존재에 대해 들었던 것을 떠올렸다. 임충이 보낸 수하들을 순식간에 구금해 버린 것을 보면 나름대로 꽤나 실력 있는 자들이 배치되어 있는 모양이다. 그런 아미파의 이목을 완전히 속이고 대장군을 납치했다면 저들은 황궁의 내부 사정을 정확하게 파악하고 있을 뿐 아니라 나아가 상당한 세력을 구축하고 있다고 봐야 할 것이다.

"흠, 범인을 짐작하고 있다면 이미 본격적인 조사를 시작했겠군."

하지만 독두개는 고개를 가로저으며 말했다.

"아뇨. 황성사가 개입되어 있다는 결론을 내린 뒤 조사를 중지했습니다."

"왜 그랬지?"

"위험 부담이 너무 크기 때문이죠."

그러면서 독두개는 황성사를 조사했을 때 발생할 수 있는 최악의 상황에 대해 설명했다. 황성사가 지닌 권력이 거대한 만큼, 만약 누군가가 자신들을 조사하는 것을 눈치 챈다면 그 보복 또한 엄청날 것이 분명했다. 무영문처럼 자신들의 본거지를 꼭꼭 숨기고 있는 비밀스런 단체라면 몰라도, 개방처럼 모든 게 다 드러나 있는 문파의 경우 자칫 멸문을 각오해야 할지도 모른다.

"그런 이유로 조사를 중지한 겁니다."

예전 금의위의 위세가 어느 정도인지 잘 알고 있었던 묵향은 독두개의 말에 공감한다는 듯 천천히 고개를 끄덕였다.

"그렇다면 그 조사를 본좌가 대신해 주지. 자네가 지금까지 조사한 모든 정보를 본좌에게 다 넘겨."

황성사가 개입되어 있다는 말에도 별로 개의치 않는 듯한 묵향의 요구에 독두개는 일순 깜짝 놀랐지만 아무 말 없이 고개를 끄덕였다. 상대는 그저 그런 문파가 아닌 마교의 교주였기 때문이다.

고개를 끄덕이는 독두개의 내심은 일면 착잡하면서도 일면 안도의 한숨을 내쉬는 묘한 것이었다. 워낙 세력이 형편없어 마교 교주 같은 놈에게까지 이토록 얕보인다는 게 서글펐지만, 그래도 그로 인해 대장군의 실종에 대한 실마리가 풀릴 수도 있지 않은가?

개방은 다른 무림방파들과 달리 일반 백성들과 밀접한 연관을 맺고 있었다. 그들이 먹고사는 방법은 바로 비럭질이었기에 서민들과 부대끼며 살 수밖에 없는 입장인 것이다. 그러다 보니 백성들의 희망이었던 악비 대장군의 실종에 대해 내심 크게 안타까워하고 있었던 독두개였다. 그랬기에 독두개는 교주에게 성심껏 자신이 알고 있는 모든 정보를 하나도 빠짐없이 다 넘겨줬다.

의문의 실종 사건

황도에서도 방귀깨나 뀐다는 고관대작들의 고래등 같은 저택들이 보여 있는 곳이 바로 등천로(登天路)다. 예선부터 남성을 다스리는 왕부에서 일하던 신하들이 이 일대에서 살아왔기에, 황도의 그 어떤 곳보다도 치안이 잘 잡혀 있는 곳이다.

밤이 되면 등천로 일대는 황군들이 철통같은 경비망을 구축하기 시작한다. 고관들의 저택이 많은 만큼, 잘못해서 어떤 집에 도둑이라도 드는 날에는 제아무리 위세 좋은 황군 교두라 해도 하루 아침에 찍 소리도 못 내고 모가지가 날아갈 게 분명했다.

특히 오늘 아침에 웬 무장괴한이 검문소를 뚫고 시내로 잠입했다는 소식이 들려온 만큼, 평소에 비해 두 배나 많은 병사들이 배치되어 경비를 펼치고 있는 중이었다. 하지만 그들의 그런 행동을 비웃기라도 하듯 간 크게도 소부경(少府卿) 추린(秋潾) 대인의 저택 담장을 뛰어넘는 자가 있었다. 저택 내에 50여 명에 달하는 사병들까지 있어 철통같은 경계를 하고 있었지만 괴한은 마치 도둑이 빈집이라도 털 듯 여유롭게 저택을 헤집고 다녔다.

　괴한이 향한 곳은 추 대인이 깊이 잠들어 있는 침소였다. 얼마나 잘 먹고사는지 젖살이 축 늘어질 정도로 비대한 그는 첩의 옆에 누워 요란하게 코를 골며 잠을 자고 있었다. 괴한은 추 대인을 깨우려다가 무슨 생각이 들었는지 멈칫했다. 아무래도 추 대인을 그냥 깨우는 데는 문제가 있다는 생각이 들었던 모양이다.

　깊은 생각에라도 잠긴 듯, 잠시 미동도 하지 않고 서 있던 괴한은 처음 이곳에 나타났던 때와 마찬가지로 갑자기 사라져 버렸다.

　조금 시간이 흐른 후 그 괴한이 다시금 추 대인의 방에 나타났을 때, 그는 혼자가 아니었다. 어디서 들쳐 업고 왔는지 꽤나 덩치가 장대해 보이는 장정 하나를 들고(?) 들어왔던 것이다.

　괴한은 장정을 방바닥에 눕힌 후, 자세를 적당히 잡은 다음 무슨 일인지 미동도 않고 가만히 서 있었다. 무슨 생각이라도 하는 것일까? 한참 시간이 지나자 추 대인의 코 고는 소리가 조금씩 변하기 시작했다.

　보통 코 고는 사람들이 똑같은 음정을 유지할 수는 없는 노릇이니 소리가 변화하는 것은 당연한 일이다. 일시적인 현상일 테지만 추 대인의 코 고는 소리가 조금씩 작아지기 시작했다. 그리고 그 소리가 아주 작게 바뀌었을 때, 그때를 기다리고 있었던 듯 괴한의 손이 번개처럼 움직였다.

그 순간 불가사의한 일이 벌어졌다. 추 대인의 코 고는 소리는 딱 멈췄고, 대신 방바닥에 누워 있는 장정이 코를 골더니 그 소리를 점차 높여가기 시작했던 것이다. 코 고는 소리를 내는 사람이 바뀐 만큼, 뭔가 미묘한 소리의 변화가 있긴 했다. 하지만 주위에 포진하고 있는 추 대인의 부하들은 그 점을 인식하지 못하고 그냥 넘어가 버렸다. 아마도 그들은 '아, 쓰펄! 돼지 같은 새끼. 조금 잠잠하나 싶었더니, 또다시 골아 대기 시작하네' 하고 생각했을 것이다.

잠시 주위의 동정을 살피던 괴한은 이제 때가 되었다고 생각했는지 추 대인에게로 다가가 그의 머리를 손가락으로 툭 하고 쳤다. 슬쩍 친 것처럼 보였지만, 맞은 추 대인이 느낀 충격은 달랐던 모양이다. 비대한 살집 사이로 감춰져 있던 추 대인의 새까만 눈동자가 번쩍 떠졌고, 벌떡 일어나 앉아 머리통을 감싸 쥐며 끙끙거렸기 때문이다.

"하이고…, 머리야."

한동안 이마를 비벼 대던 추 대인은 어둠 속 저편에 누군가가 서 있다는 것을 뒤늦게야 깨달았다. 그자가 바로 코앞에 서 있었음에도 불구하고 추 대인이 그를 한참 뒤에야 발견한 것은 잠이 번쩍 깰 정도의 고통 때문이기도 했지만, 또 다른 이유도 있었다. 괴한은 시커먼 옷을 입었을 뿐만 아니라, 얼굴 부위까지 복면으로 가리고 있어 어둠에 묻혀 있었기 때문이다.

괴한을 발견한 순간, 조그마하던 추 대인의 눈동자가 순식간에 더 이상 커지기 힘들 정도로 확장됐다. 그런 그의 입에서 다급한 비명성이 터져 나왔다.

"허억! 누, 누구냐?"

추 대인은 깜짝 놀라 겁에 질린 표정으로 식은땀을 줄줄 흘려 댔지만 비대한 살집 사이로 보이는 그의 눈동자는 연신 영활하게 움직이고 있었다.

"아, 그건 알 필요 없고…, 묻는 말에 대답이나 해."

추 대인은 목에 힘을 주고 엄포부터 놓았다. 자신의 두려움을 감추기 위한 것도 있었고, 밖에 대기하고 있을 경비병이나 공동파 고수들을 불러들이기 위한 행동이었다.

"네 이놈! 감히 본관이 누군 줄 알고!"

하지만 오라는 부하들은 꿈쩍도 않고, 대신 추 대인의 눈앞에 괴한의 손이 어른거리더니 또다시 불꽃이 번쩍였다.

빠각!

"크흐윽!"

"한 번만 더 헛소리를 나불거리면 아예 머리통을 박살 내 버리는 수가 있어. 알겠나?"

추린은 머리통을 감싸 쥔 채 다급히 고개를 끄덕거렸다. 그러면서도 그는 의문을 느끼지 않을 수 없었다. 자신의 저택을 경비하는 사병의 수는 거의 50명에 달한다. 그중에서도 10여 명은 뛰어난 무예를 지닌 장정들이었다. 그뿐만이 아니라 그의 주위에는 무공을 지닌 호위 한 명이 20보 이내에 은밀하게 숨어 있는데, 추린이 황성사의 간부로 임명되었을 때부터 그의 그림자가 된 인물이었다.

언제나 듬직하게 여겼던 그조차도 이곳에 모습을 드러내지 않고 있었다. 더군다나 자신이 이렇게 큰 소리를 질렀음에도 불구하고 말이다. 추린으로서는 작금의 현실이 도저히 믿어지지 않았다.

"네놈이 소부경 추린이 맞나?"

욱신거리는 머리를 주무르고 있던 추린의 손이 딱 멈췄다. 그리고 순간적으로 그의 숨까지 멈췄다. 그는 너무나도 놀랐던 것이다. 좀도둑이라고 생각했던 괴한이 알고 보니 정확히 자신을 알고 침입해 온 것이다. 그렇다면 재물을 훔쳐가기 위해 온 것이 아니라는 말인데……. 추린은 등골이 오싹해 옴을 느꼈다. 괴한은 황실의 재산을 관리하는 자신에게 뭔가 목적이 있어 찾아온 것이다.

"맞아? 틀려? 그것부터 빨리 말해."

얼핏 들으면 도저히 협박을 하고 있는 거라는 생각이 들지 않을 정도로 낮으면서도 부드러운 목소리다. 마치 친한 지기와 대화라도 나누는 것처럼 말이다.

"……."

추린이 아무런 말도 하지 않고 멍하니 자신을 바라보자, 괴한은 그에게 다가서며 중얼거렸다.

"흠, 좀 멍청해 보이기는 하지만 이놈이 맞는 것 같군."

그리고 또다시 눈앞에 불꽃이 번쩍 하며 추린은 의식을 잃어야 했다. 그 와중에도 추린은 현 상황이 분명 꿈일 것이라고 생각했다. 왜냐하면 철통같은 경비를 뚫고 괴한이 자신 앞에 나타났다는 사실을 도저히 믿을 수 없었기 때문이다.

다음 날 새벽, 소부경 추린 대인이 실종되었다는 사실을 가장 먼저 알아챈 것은 추 대인의 애첩이었다. 그녀는 잠결에 침상을 더듬거리다가 추 대인이 곁에 없다는 사실을 어렴풋이 느낄 수 있었다. 그렇다면 이 귓청을 울리는 코 고는 소리는 어디서 들려오고 있다는 말인가? 정말 이상한 일이 아닐 수 없었다. 그렇기에 그녀는 억지로 눈을 떴다. 그리고 발견했다. 방 중앙에 드러누워 코를 골아 대고 있는 낯선 사내를 말이다.
"꺄아아악!"
그녀의 비명 소리가 들리자마자, 곧이어 문짝이 부서지며 흑의를 입은 무사 한 명이 날아 들어왔다. 어느 결에 뽑아 들었는지 흑의무사가 뽑아 든 장검에서는 싸늘한 예기가 뻗어 나와 실내를 난도질할 듯했다. 하지만 곧이어 흑의무사의 표정은 낭패감으로 일그러졌다. 아무리 둘러봐도 장검을 휘두를 대상이 없었던 것이다.
"추 대인은 어디에 계십니까?"
첩을 향해 질문을 던졌지만 그녀는 그에 대답할 형편이 아니었다. 그녀는 문짝을 부수고 달려 들어온 외간 남자로 인해 더욱 놀란 상태였다. 필사적으로 이불을 잡아당겨 자신의 알몸을 가리기에 급급해하는 그녀에게 사내의 질문이 귀에 들어올 리 없었다.
밖에서 경비를 서고 있던 무사들이 실내로 달려 들어왔을 때, 흑의무사는 첩에게 말을 거는 것을 포기하고 코를 골며 자고 있는 사내를 깨우려고 노력하는 중이었다. 하지만 이상하게도 그게 쉽지 않았다. 그도 그럴 것이 사내는 잠을 자고 있는 게 아니라 점혈을 통해 정신을 잃은 상태였던 것이다. 그리고 무슨 짓을 해 놨는지 모르겠지만 코를 요란하게 골고 있는 것도 그 때문이었다.

"이, 이게 어떻게 된 일입니까? 진(陣) 위사."

경비무사들의 책임자는 흑의무사를 이미 알고 있었기에 주저없이 그에게 질문을 던졌지만, 그는 대답할 정신이 없었다. 한동안 해혈을 하기 위해 이리저리 노력하던 그는 이윽고 한숨을 푹 내쉬며 일어섰다. 아직까지도 사내가 요란하게 코를 골아 대고 있는 것을 보면, 진 위사의 시도는 실패한 모양이다. 그때서야 사내의 얼굴을 자세히 볼 수 있게 된 경비무사의 책임자는 고개를 갸웃거리며 중얼거렸다.

"아니 이놈은 장원에서 잡일하는 하인 놈인데 왜 여기에 있지?"

"뭐! 잡일하는 하인이라고?"

"예, 확실합니다."

흑의무사는 눈썹을 찡그리며 뭔가를 생각하다 경비무사들의 책임자를 돌아보며 물었다.

"흠, 총관에게는 기별을 넣었는가?"

"예, 지금 이쪽으로 오고 계실 겁니다."

그 말에 흑의무사는 경비무사들까지 방 안으로 뛰어 들어오자 아예 이불을 뒤집어쓰고 바들바들 떨고 있는 추 대인의 애첩을 가리키며 말했다.

"작은 마님께 다른 숙소를 마련해 드리도록 하게."

"알겠습니다."

"그리고 이 주변을 철저히 경비하되, 쓸데없이 돌아다녀 소중한 증거가 될 수 있는 발자국 따위를 없애는 잘못을 저지르지 않도록 부하들에게 단단히 주의시키도록 하게."

"예."

"그리고 공동파에 사람을 보내어 추 대인께서 납치당하셨음을 알리도록 하게."

그런 흑의무사의 말에 경비 책임자는 깜짝 놀라 황급히 주위를 둘러봤지만 추 대인의 비대한 모습은 어디서도 보이지 않았다. 순간 그의 안색은 핏기를 잃어버리고 새하얗게 변했다. 하필이면 그가 당번을 서고 있을 때 추 대인이 실종되다니. 혹시라도 나중에 무사히 추 대인이 돌아온다 해도 경비를 잘못 선 책임에서 벗어날 수 없는 것을 알기에 그의 안색은 침통할 수밖에 없었다.

"저, 납치당하셨다면 공동파가 아니라 형부(刑部)에 먼저 고하는 게 순서가 아닙니까?"

"형부 쪽에서 취급할 수 있는 사안이 아닐세. 무림의 고수가 연관되어 있어. 형부보다는 공동파 쪽이 훨씬 도움이 될 걸세."

"무림인이라구요?"

흑의무사의 말에 경비 책임자는 놀라지 않을 수 없었다. 황도에 무림인이라니. 잠시 망연한 표정으로 코를 골며 자고 있는 하인을 바라보던 경비무사들의 책임자는 다급히 부하들에게 이것저것 지시를 내렸다.

"장삼, 넌 공동파로 달려가 이 사실을 알려라! 그리고 넌 이 방 안으로 그 누구도 들어서지 못하도록 철저히 경비하도록!"

평온하던 등천로의 아침은 경비무사들이 이리저리 뛰어다니느라 소란스럽게 깨어나기 시작했다.

* * *

공동파 무사들이 추 대인의 집에 도착했을 때, 이미 진 위사는 어디론가 떠나 버린 후였다. 세 명의 무사들을 이끌고 이곳에 도착한 노련해 보이는 중년 무사는 공동파의 1대제자 유정길(劉停吉)이었다. 그는 도착하자마자 총관과 경비무사들의 책임자를 불러 일이 어떻게 된 것인지 자세한 정황을 물었다.

"그러니까 추 대인이 납치당한 것이 틀림없다는 말씀이십니까?"

"물론이오."

총관의 대답에 유정길은 경비 책임자에게로 시선을 돌려 허락을 구했다.

"현장을 좀 둘러봐도 되겠습니까?"

"물론입니다."

"그럼 안내를 부탁드리겠습니다."

그렇게 말한 후, 유정길은 자신이 데려온 무사들에게 시선을 돌려 명령했다.

"너희들은 이분의 뒤를 따라가서 현장을 철저하게 조사해라. 뭔가 증거가 될 만한 것이 있는지 말이다."

"옛!"

경비무사들의 책임자와 무사들이 떠난 후, 유정길은 다시금 총관에게로 시선을 돌려 물었다.

"추 대인의 방에서 발견되었다는 그 하인은 지금 어디에 있습니까?"

"자신의 방에 옮겨 놓은 후, 보초를 세워 뒀습니다."

"옮겨 두었다구요? 그렇다면 아직도 깨어나지 않은 겁니까?"

"예, 이상한 것이 아무리 흔들어 깨워도 계속 요란스럽게 코를 골며 자고 있습니다."

총관은 일부러 진 위사에 대한 말은 생략했다. 진 위사는 황실의 비밀 기관에 소속된 인물이다. 그런 그의 존재를 허락도 없이 외부인에게 발설할 수는 없었던 것이다.

"그쪽으로 안내를 부탁드려도 되겠습니까?"

"그럽시다. 노부를 따라오시구려."

과연 총관의 말대로 그가 안내한 방 안에는 장대한 체구의 하인 한 명이 요란하게 코를 골며 단잠에 취해 있었다. 유정길은 지체치 않고 방 안으로 들어가, 하인의 혈도부터 만져 봤다. 과연 자신의 짐작대로 하인의 혈도는 누군가의 공력에 의해 제압되어 있었다. 그런데 혈도를 제압한 놈이 무슨 장난을 쳐 놨는지, 하인은 정신을 잃은 와중에도 요란하게 코를 골고 있었다.

유정길은 일단 해혈을 하기 위해 곧장 자신의 공력을 주입했다. 하지만 하인의 혈도를 막고 있는 상대의 공력을 도저히 제압할 수가 없었다. 그는 신음성을 흘리지 않을 수 없었다. 하인의 혈도를 풀 수 없다는 것. 그것은 바로 혈도를 제압한 괴한의 내공이 자신보다 한 차원 높다는 증거였으니 말이다. 공동파의 1대제자인 자신보다 훨씬 뛰어난 실력을 지닌 자라면 결코 무명소졸일 리가 없다.

유정길은 해혈하는 것은 포기하고, 괴한이 흘려 놓은 공력의 기질을 파악하기 위해 노력했다. 괴한이 익힌 무공의 근원을 알아

낼 수만 있다면, 범인이 누군지 추측해 내는 것도 그리 어려운 일은 아니었기 때문이다.

괴한이 흘려 놓은 내공의 심층부에 파고든 순간, 유정길의 몸이 부르르 떨렸다. 그는 지금껏 단 한 번도 느껴 보지 못했던 광폭한 기운을 느꼈던 것이다. 순식간에 등허리가 축축해질 정도로 식은땀이 솟아났다. 지금껏 강호를 돌아다니며 단 한 번도 느껴 보지 못한 괴이한 기운. 이런 기운을 사용하는 자는 도대체 누구란 말인가?

유정길은 추 대인의 납치 사건에 개입된 인물이 보통 실력이 아님을 직감적으로 깨달았다. 하지만 곧이어 의구심을 느끼지 않을 수 없었다. 납치된 인물은 소부경 추린이다. 관부에 대한 지식이 그다지 깊진 않아 소부경이라는 직책이 뭘 하는지는 몰랐지만 한 가지는 분명했다. 소부경 추린의 품계는 종5품밖에 안 된다는 것을.

비록 고관대작들이 몰려 살고 있는 이곳이지만 종5품은 그다지 높은 벼슬이 아니다. 복잡다단한 명칭을 지닌 벼슬도 하나의 체계에 의해 구성되어 있다. 그것은 바로 품계다. 정(正)으로 9단계, 종(宗)으로 9단계.

그 순서는 정1품, 종1품, 정2품, 종2품……. 이런 순서로 교차되며 총 18단계로 형성된다. 그렇게 따졌을 때 종5품이라면 중간 정도밖에 되지 않는다. 그 위로 무려 9단계가 더 있으니 말이다.

"도저히 이해할 수가 없군. 이런 어중간한 중간관료를 납치하기 위해 직접 움직일 만한 인물은 결코 아닌 것 같은데……."

그런데 바로 이때, 엄청난 힘을 내포한 듯 느껴졌던 괴한의 기운이 흔적도 없이 흩어져 버렸다. 아마 상대는 어느 정도 시간이 흐르면 자동적으로 해혈이 되도록 만들어 놓은 모양이다. 방금 전까지 귀청을 찢을 듯 코를 골아 대던 하인은 입맛을 쩝쩝 다시며 몸을 일으켰다.

그리고 그는 자신을 바라보고 있는 낯선 사내를 보자 흠칫 놀랐다. 황급히 주위를 둘러본 후 이곳이 자신의 방임을 확인하자 하인은 인상을 쓰며 거친 음성으로 물었다.

"당신 누구야?"

"어젯밤에 무슨 일을 했었느냐?"

낯선 사내가 자신의 질문에는 대답도 하지 않고 다짜고짜 문책하듯 질문부터 퍼붓자, 하인은 처음에는 찔끔하는 듯하더니 곧이어 버럭 화를 냈다.

"어젯밤 내가 뭘 했건 당신이 무슨 상관이야?"

하인은 얼굴도 본 적이 없는 낯선 사내가 자신의 방에 들어와 강짜를 부리고 있다고 생각했다. 노동으로 다져진 우람한 체격과 힘을 믿은 하인은 당연히 발끈하며 윽박지르듯 대꾸한 것이다. 하지만 바로 이때, 그 사내의 뒤편에서 엄한 목소리가 들려왔다.

"이놈! 헛소리하지 말고, 이 대협의 질문에 빨리 대답하지 못할까!"

사내에게 가려서 보이지 않았지만 문 앞에는 총관 나으리가 서 있었던 것이다. 총관의 질책에 하인은 잠시 어리둥절한 표정을 짓더니 떨떠름한 말투로 대답했다.

"어제 저녁을 먹고 난 후, 총관 어르신께서 시키신 대로 쌀하고 포목 따위를 모두 다 내당 창고에 옮겨 뒀습니다요."

"그 후에는 뭘 했나?"

"씻고 들어와서 잤습니다요."

"허어, 거짓말 하지 말고 바른 대로 말해 보게."

유정길이 혹시나 하고 찔러 본 것이지만 하인은 잠시 대답을 하지 못했다. 그러다 부릅뜬 눈으로 자신을 쏘아보고 있는 총관의 눈치를 슬그머니 살피다 떠듬떠듬 실토하기 시작했다.

"그, 그러니까 일이 끝난 후 주방에 가서 술 한 잔…, 정말로 딱 한 잔만 마셨습니다요."

"같이 일했던 모두와 마신 건가?"

"그, 그게……."

하인은 총관의 눈치를 힐끔 살피더니 풀이 죽은 어조로 대답했다.

"소인 혼자만……."

드디어 꼬리를 잡았다고 생각한 유정길의 눈빛이 매섭게 빛났다.

"누가 자네에게 술을 줬나?"

"추, 추월이가……. 매, 맹세코 술 한 잔 얻어 마신 것 외에 다른 일은 없었습니다요."

다급히 변명하듯 대답하는 하인의 말에 유정길은 총관을 돌아보며 물었다.

"추월이가 누굽니까?"

유정길의 물음에 총관은 곧바로 대답해 줬다.

"주방에서 일하는 하녀일세."

"그 하녀도 이곳으로 불러 주십시오."

잠시 후, 예쁘장하게 생긴 하녀 하나가 방 안으로 들어왔다. 그녀는 무슨 일 때문에 자신이 불려왔는지는 몰랐지만 이미 충분히 겁에 질려 있었다. 유정길은 부드러운 음성으로 어젯밤의 일을 질문하기 시작했다.

처음에는 하녀가 범인과 공모하여 하인에게 술을 먹였을 거라고 생각했지만, 추월이라는 하녀를 철저히 심문해 본 결과 전혀 그렇지 않았다. 먼저 꼬신 것이 추월이가 아니라 그 하인 놈이라는 것과, 둘이 함께 술을 마시며 농탕한 수작을 주고받았다는 것 정도를 더 실토받았을 뿐, 하녀에 대한 심문은 완전히 시간 낭비였을 뿐이다.

"이런 젠장!"

유정길은 투덜거리며 발길을 내실쪽으로 돌렸다. 그곳에 남겨둔 제자들이 뭔가 단서를 잡았기를 바라면서 말이다. 총관에게 들으니, 추 대인은 250근(약 150킬로그램)은 족히 나갈 정도로 비대한 덩치를 지니고 있다고 한다. 그런 엄청난 덩치를 흔적도 없이 집 밖으로 빼돌리는 것은 제아무리 무림인이라고 해도 결코 쉬운 일이 아니다.

"뭔가 단서를 찾은 게 있느냐?"

유정길의 질문에 열심히 방 안 이곳저곳을 살피고 있던 제자들이 어색한 미소를 지으며 대답했다.

"아무런 흔적도 발견할 수 없었습니다, 사숙."

"제대로 찾아보기나 한 거냐?"

2대제자들을 밀치고 유정길은 자신이 직접 범인들이 남겨 놓았을 법한 단서들을 찾기 시작했다. 하지만 한 시진이 지난 후 유정길은 더 이상의 수색을 포기했다. 범인은 단서가 될 만한 단 하나의 것도 남겨 놓지 않았던 것이다.

만약 유정길이 하인의 몸에 뭔가 금제가 가해졌었다는 것을 직접 확인해 보지 않았다면 총관을 비롯한 몇몇이 자신을 놀리기 위해 거짓말을 했을 거라고 생각할 만큼 아무런 흔적도 없었다. 사실 그만큼 추 대인을 납치한 자의 실력이 뛰어나다는 반증일 것이다.

'대단한 실력의 전문가가 동원되었음이 틀림없어. 그러니까 최대한으로 잡아도 범인의 수는 세 명을 넘지는 않았을 거야. 숫자가 많아질수록 그만큼 실수를 할 확률도 높아지니까.'

이런저런 생각을 해 보던 유정길은 도저히 자신의 손으로 해결할 수 있는 문제가 아님을 깨닫고 분타로 돌아갔다. 분타주께 상황을 자세히 보고하고 지원을 요청할 생각이었던 것이다.

* * *

공동파의 남경 분타는 필요에 의해 단기간에 건설된 곳인 만큼, 제대로 된 분타와는 거리가 먼 형태를 유지하고 있었다. 일반적인 대부분의 분타들이 적의 습격에 대비하기 위한 여러 가지 방어 장치들을 가지고 있는데 반해, 이곳은 그런 것이 거의 없었다. 다만 이곳 남경에 파견된 수백에 달하는 공동파 제자들에 대한 효과적인 지휘 통제를 위한 장치들만이 마련되어 있을 뿐이다.

현재 남경 분타의 분타주로 임명되어 파견 나와 있는 사람은 공동파가 자랑하는 고수들 중 하나인 이평(李平) 장로였다. 비호검(飛虎劍)이라는 명호를 얻을 정도로 빠르면서도 패도적인 검법을 구사하는 그는 심기 또한 매우 깊어 모든 문도들의 존경을 받고 있었다. 그런 이평 장로를 이곳 황도에 파견했을 정도로 공동파는 황실 및 조정에 연줄을 만드는 것에 필사적이었던 것이다.

"등천로에 갔던 일은 어찌 되었느냐?"

"뭔가 수상한 냄새가 풍깁니다, 장로님."

그렇게 운을 뗀 유정길은 추린의 저택에서 있었던 일들을 자세하게 보고했다. 보고 내용을 다 들은 이평 장로는 이해가 안 된다는 듯 고개를 갸웃하며 중얼거렸다.

"납치된 자의 품계가 종5품이라고 했느냐?"

"예, 그렇습니다. 장로님."

"흠, 품계가 그리 높지 않은데도 납치를 당하다니. 등천로 일대에는 그보다 훨씬 더 높은 품계를 지닌 자들이 수두룩한데 말이다. 혹 그자가 품계는 낮지만 하는 일이 특별했던 것은 아니었을까? 그 소부경이라는 게 뭘 하는 직책인지는 알아 봤겠지?"

"예, 제자가 알아 본 바로는 황실의 재산을 관리하는 소부(少府)의 장(長)이라고 하더군요."

그제서야 이평 장로는 납득이 간다는 듯 고개를 주억거리며 입을 열었다.

"흠, 그렇지. 황실의 재산이 엄청날 것은 당연한 이치. 그리고 그것을 관리하는 자라면 얼마나……."

유정길은 이평 장로의 말이 길어지기 전에 재빨리 입을 열어 그의 생각에서 틀린 부분을 짚어 줬다.

"아뢰옵기 송구스럽습니다만, 제자가 조사해 본 결과 그렇지도 않았습니다. 과거에는 소부경이 지닌 권세가 대단했었는지 모르겠지만, 워낙 오랑캐들의 발호가 거세다 보니 황실에 남은 재산도 별로 없는 모양이었습니다. 예전에 황도가 오랑캐들에게 함락되어 약탈당했고, 그 후 남경에서 새로운 황제가 등극한 지도 얼마 되지 않았고…, 그러는 와중에도 오랑캐들과 계속 전쟁을 벌여 댔으니 황실에 돈이 남아 있을 턱이 없지 않겠습니까?"

"흠흠…, 그건 네 말이 옳구나."

"그런데 제자가 이해하기 힘들었던 것은 추 대인을 납치한 자들 중에 엄청난 고수가 끼어 있는 듯 느껴졌기 때문입니다."

그리고 하인의 점혈을 푸는 과정에서 유정길이 겪은 것을 들은 이평 장로는 더욱 큰 혼란을 느끼지 않을 수 없었다.

"상대가 흘려 놓은 실낱같은 내공의 한 자락만으로도 네가 공포심을 느꼈다는 말이더냐?"

"예."

유정길은 공동파의 적전제자다. 더군다나 앞으로 공동파를 이끌어 갈 1대제자가 아닌가. 그런 그가 상대가 흘려 놓은 내공의 기운만으로 공포심을 느꼈다니……. 이평 장로로서는 이해할 수가 없었다. 그게 사실이라면 상대는 엄청난 실력을 지닌 고수이기 때문이다. 그리고 그런 고수가 노리기에는 추린은 너무 작은 송사리였다.

"그때의 상황을 자세히 말해 보거라. 정녕 공포심이 맞더냐?"

유정길은 그때의 기억을 떠올리며 중얼거렸다.

"워낙 짧은 시간에 벌어졌던 일이라서 정확하게 설명할 수는 없습니다만…, 원초적인 공포심이나 두려움이라고 할까요? 한순간 전신에 소름이 쫙 돋으며 한기가 느껴지는 것이…….”

지금껏 수많은 경험을 쌓은 이평 장로였기에, 그는 유정길의 신체적 반응을 공포나 두려움이 아닌 상대가 지닌 무공의 특이성으로 이해했다.

“네 말을 들어 보니 상대는 한빙 계열의 무공을 익혔을 수도 있다.”

“한빙 계열이란 말씀입니까?”

“그렇다. 한빙 계열의 내공을 쌓은 자가 점혈을 했다면 그 점혈을 푸는 과정에서 네가 말한 그런 현상을 경험할 수도 있다.”

유정길은 미처 그쪽으로는 생각해 보지 않았기에 퍼뜩 깨달은 모양이었다. 그 표정을 보고 이평은 자신의 짐작이 옳았다고 생각하며 말을 이었다.

“하인을 제압해 놓은 자가 한빙 계열의 내공을 쌓았다면 모든 것이 설명된다. 어쨌거나 무림인이 이번 사건에 개입되었다면 우리 쪽에서도 좌시할 수만은 없는 일이겠지. 그런데 어떤 간 큰 자가 이런 짓을 저질렀을꼬?”

아무리 소부경 추린이 종5품 직책의 그저 그런 관리라고는 하지만 고관대작의 호위를 주 임무로 맡고 있는 공동파로서는 무림인이라고 밝혀진 이 일의 범인을 반드시 잡아야만 했다. 그렇지 않다면 누가 공동파를 믿고 호위를 맡기겠는가. 황실과의 연줄을 만들기 위해 지금까지 공을 들이고 있던 공동파로서는 이 일을 어설프게 처리했다가 자신들이 지금까지 쌓아 온 공든 탑이 무너질 수도 있는 일이었다.

그런 생각을 해서인지 유정길의 보고를 듣는 이평 장로의 안색이 그다지 밝지는 못했다.

내 노예가 될래?

술을 마시다 황홀한 음률에 끌려 산 정상으로 날아온 아르티어스. 그는 산 정상 근처 바위 위에 앉아 교교한 달빛을 받으며 금(琴)을 타고 있는 한 사내를 발견할 수 있었다. 20대 중반으로 보이는 잘생긴 얼굴에 허리까지 내려오는 길고 아름다운 수염. 자신의 아들 묵향만큼은 아니지만 놀라울 정도의 힘을 지니고 있음을 한눈에 알아볼 수 있었다. 더군다나 저렇게 아름다운 음악까지 연주할 수 있다니.

한순간 아르티어스의 눈이 탐욕으로 빛났다. 마치 근사한 물건이라도 보는 듯이.

"정말 때깔이 그럴듯하군. 흐흐흐······."

필요에 따라 여러 종족들을 노예로 부려 본 경험이 있는 아르티어스다. 저놈은 엘프처럼 외모도 근사한 데다가 드워프처럼 뛰어난 능력까지 지니고 있다. 더군다나 수명까지 꽤나 길 게 뻔하니 일석삼조라고나 할까.

상대는 눈이 휘둥그레져 있었다. 아마도 이런 식으로 하늘에 둥둥 떠 있는 장면은 처음 보는 모양이다. 급히 정신을 수습한 상대가 포권하며 말했다.

"귀하의 신법은 노부의 안계(眼界)를 새로이 넓혀 주는구려. 귀하의 존성대명을 알려 주신다면 영광이겠소. 세상 사람들은 노부를 만통음제라고 부르고 있소만."

정중하기 그지없는 상대의 말에 아르티어스는 단도직입적으로 말했다.

"너, 내 노예가 돼라."

만통음제의 표정이 급격히 일그러졌다. 지금껏 살아오며 이렇게 완벽하게 미쳐 있는 놈은 처음 만났기 때문이다.

"뭐, 뭣이? 1백 년 넘세 살았시간 그런 망령된 말을 노부에게 내뱉은 자는 귀하가 처음이구려. 대체 귀하는 누구시오?"

"뭐, 그건 나중에 자연히 알게 될 거고, 질문에나 대답해."

"흥! 대답할 가치조차 못 느끼겠소."

"크흐훗. 모두들 그런 식으로 떠들어 댔지만 결국은 얌전한 노예가 되었지. 너도 그렇게 될 거야. 너 자신이 얼마나 미천한 존재인지 깨닫고, 또 내가 너의 주인이 될 만큼 위대한 존재임을 직접 몸으로 확인해 봐라."

말이 채 끝나기도 전에 어디서 튀어나왔는지 모르지만 어른 주먹만 한 시뻘건 덩어리 한 개가 아르티어스의 앞에 나타났다. 그리고 그걸 본 만통음제는 당혹감을 감추지 못했다. 중원에서 열

손가락 안에 꼽힐 정도로 뛰어난 고수였지만, 지금껏 그는 저렇게 괴이한 무공이 있다는 소리는 들어 본 적이 없었기 때문이다.
"무, 무슨 사술(邪術)을……?"
순간 시뻘건 덩어리가 움직이기 시작했다. 처음에는 그리 빠르지 않았지만, 점점 더 가속해서 날아왔기에 만통음제 주변에 도착했을 때쯤에는 거의 빛과도 같은 빠르기로 변해 있었다. 그 시뻘건 덩어리가 만통음제의 몸을 관통하는 듯 보였지만, 어느 순간 그의 몸이 희뿌옇게 변하며 사라져 버렸다.
화경의 고수만이 시전 가능하다는 이형환위(移形幻位)의 신법. 너무나도 빨리 그가 움직였기에 그곳에 아직까지 그의 잔상이 남아 있었던 것이다. 하지만 그 시뻘건 덩어리의 공격은 그걸로 끝나지 않았다. 마치 눈알이라도 달린 듯 크게 곡선을 그리며 만통음제에게로 다시 되돌아왔던 것이다.
한동안 꽁지에 불붙은 닭마냥 이리저리 후닥거리며 도망다니는 만통음제를 바라보던 아르티어스의 미소가 짙어졌다.
"아무래도 한 개 가지고는 재미없지?"
그와 동시에 아르티어스의 앞에 예의 그 시뻘건 덩어리가 세 개씩이나 더 나타났다. 그리고 그것들도 만통음제를 향해 날아갔다. 안 그래도 피하기 힘들 정도로 빠른 속도로 움직이는 구체(球體)였는데, 그게 네 개로 늘어나니 만통음제는 정신없이 다리를 움직여 피하기에 여념이 없었다.
"열심히 도망 다녀 봐. 내가 장담하건대 한대 맞으면 꽤나 아플 걸?"
아르티어스의 빈정거림에 아무리 만통음제가 성인군자라고 해도 열 받지 않을 수 없었다.

"이런 망할 자식! 도대체 나하고 무슨 원수가 졌다고 이런 짓을 하는 거냐?"

"크크크, 내가 원하는 건 하나밖에 없지. 내 노예가 되는 것. 내 시중을 들고 나를 위해 싸우고…, 그리고 가장 중요한 것은 나를 즐겁게 해 주기 위해 그 괴상한 악기를 연주하는 거야. 알겠냐?"

학문을 깊이 닦아 상스러운 말투는 입에 담지도 않는 점잖은 성격의 만통음제였지만, 그 말에는 치밀어 오르는 화를 도저히 참을 수가 없었다. 만통음제는 자신도 모르게 욕설을 내뱉을 수밖에 없었다.

"이런 미친 새끼!"

"호오, 아직 주둥이를 놀릴 힘이 남아 있는 모양이군. 좋아. 나는 인자하고 너그러운 분이니, 네가 정신을 차릴 때까지 기다려 주마."

그 말이 끝나기가 무섭게 네 개의 시뻘건 덩어리는 더욱 빠른 속도로 만통음제를 향해 공격해 들어왔다. 겨우 두 개의 구체를 피한 후 다른 구체가 접근하기 전에 얻어진 찰나의 시간. 만통음제는 그 시기를 놓치지 않고 아르티어스를 향해 회심의 일격을 날렸다.

그의 특기가 검법이기는 했지만 그렇다고 장법을 모르는 것은 아니었다. 만통음제의 손에서 발출된 시퍼런 강기 다발은 쏜살같이 날아갔고, 순식간에 아르티어스의 몸에 격중되었다. 상대가 미처 피하지도 못하는 것을 보자, 만통음제는 속으로 회심의 미소를 지었다.

'네까짓 게 호신강기를 믿는 모양이지만, 내 의제(義弟)라 하더라도 그렇게 맨몸으로 버틸 만큼 만만한 일격이 아니다.'
퍼퍼펑!
하지만 만통음제의 기대와는 달리 그가 발출했던 강기 다발은 아르티어스의 몸 근처에 접근하기도 전에 뭔가 강력한 막에 가로막히기라도 한 듯 커다란 폭발을 일으키며 흩어져 버렸다. 맹세코 그건 상대의 호신강기에 부딪친 반응이 절대로 아니었다.
"뭐, 뭐지?"
의외의 상황에 너무나도 놀라 만통음제의 몸이 순간 멈칫했다.
펑!
"크윽!"
단 한 번의 실수는 그에게 엄청난 피해를 안겨 줬다. 다행히 구체와 부딪치는 순간 급하게 호신강기를 일으켰기에 망정이지, 안 그랬다면 그 일격으로 목숨을 잃어야 했을 정도로 시뻘건 구체는 엄청난 위력을 지니고 있었다.
미처 중심을 잡지 못한 상태에서 뒤로 튕겨 나가던 그의 몸에 또 다른 구체가 하나 더 날아와 격중했다.
펑!
"크윽!"
"자자, 어서 나를 주인님으로 모시겠다고 하지 그래."
마치 놀리는 듯한 아르티어스의 말에 만통음제는 이를 부드득 갈았다. 그의 입에서 거친 말투가 튀어나왔다.
"개소리하지 마라!"
어쩔 수 없이 만통음제는 자신이 가장 싫어하는 행위, 즉 자신에게 음제(音帝)란 칭호를 듣게 만든 금을 이용할 수밖에 없었다. 강기를 통한 공격이 통하지 않는 상대다. 웬만한 다른 공격들을 해 봐야 오히려 공력과 체력의 낭비일 뿐이다. 더군다나 지금 그의 몸은 정상도 아니지 않은가.

마음을 굳힌 만통음제의 손이 거칠게 금의 현을 뜯었다.

뚜따당!

이죽거리는 얼굴로 만통음제를 바라보던 아르티어스는 순간 뇌리 속을 파고드는 너무나도 강렬한 충격에 하마터면 비명을 지를 뻔했다. 하지만 아르티어스가 누군가. 그는 재빨리 용언마법을 시전했다. 상대가 괴이한 악기를 퉁김과 동시에 엄청난 충격이 가해진 만큼, 상대와 자신의 사이에 얇은 진공의 벽을 만들어 음파(音波)를 완전히 차단해 버린 것이다. 그리고 그의 순간적인 선택은 옳았다. 그 후로 계속 만통음제가 금을 거칠게 뜯고 있었지만 더 이상의 충격은 없었기 때문이다.

"거참, 별 괴상한 수법을 다 보겠군."

보통 사람이라면 그 단 한 번의 공격에 귀의 평형중추가 완전히 파괴되어 버렸을 테지만, 치료마법까지 통달한 아르티어스에게는 그 어떤 상처도 입히지 못하고 끝난 것이다.

그리고 그런 아르티어스를 바라보는 만통음제의 얼굴은 침통하기 그지없었다. 그의 음파 공격에 저렇듯 끄떡도 하지 않았던 자는 지금까지 단 한 명도 없었기 때문이다. 저자가 무슨 수작을 부렸는지 모르지만, 무시무시한 탄금을 하면서도 만통음제는 자신의 공격이 적에게 전혀 먹히지 않고 있다는 걸 깨달았다. 그걸 깨닫자마자 만통음제의 손이 번개처럼 움직였다.

만통음제와 아르티어스의 사이에 붉은 궤적이 번쩍였다. 만통음제가 숨겨 놓고 있던 최후의 비책 혈영비(血影匕)가 날아갔던 것이다. 혈영비는 작고 앙증맞은 생김새와는 달리 중원 10대 기병의 여덟 번째에 올라가 있을 정도로 무시무시한 위력을 지닌 비수다. 일단 혈영비가 날아가면 기공(氣功)으로는 절대 막을 수가 없다. 막는 길은 오로지 쳐 내는 것뿐······.

하지만 만통음제는 자신의 눈을 의심해야만 했다. 자신의 애병이 뭔가 보이지 않는 벽에라도 막힌 듯, 하늘에 둥둥 떠 있었기 때문이다. 그게 호신강기라면 간단히 찢어발기고 들어갔어야 함에도 말이다. 혈영비를 이기어검술로 조종하고 있는 만통음제는 얼굴이 시뻘겋게 달아오를 정도로 더욱 공력을 밀어넣었다. 하지만 혈영비는 요지부동, 전혀 움직이지 않았다.

그런 만통음제의 행동에 아르티어스는 가소롭다는 듯 미소 지었다.

"큭큭큭, 제법 놀라운 공격을 해 대는 놈이로군. 과연 내가 탐을 낼 만한 놈이야."

혈영비가 아르티어스의 주위에 쳐진 방어벽을 뚫지 못한 이유는 따로 있었다. 아르티어스의 방어벽은 호신강기가 아니었다. 그것은 바로 마법. 그 어떤 마법적, 물리적인 공격도 그가 쳐 놓은 방어벽을 뚫고 들어올 수는 없었던 것이다.

"뭐, 호비트 따위가 까불어 봤자 결국에는 내 발바닥을 핥게 되겠지만 말이야. 크흐흐흣."

만통음제가 최후의 발악을 하고 있다는 것을 눈치 챈 아르티어스는 파이어 볼을 이용해 끊임없이 공격했다. 물론 죽일 생각은 없었기에 아르티어스가 하는 공격은 상대에게 치명상을 가할 정도는 아니었다. 그 어떤 존재든 극한 고통과 공포를 안겨 주면 결국에는 허물어질 수밖에 없다는 사실을 아르티어스는 잘 알고 있었다. 그리고 일단 허물어지기 시작하면 자신의 노예로 만드는 것은 일도 아니었다.

그런데 만통음제라는 이놈은 생각보다 쉽게 굴복하지 않았다.

'마스터급이라서 그런가? 꽤나 시간을 끄는군.'

만통음제를 향한 공격은 오랜 시간 계속되었다. 그러던 어느 순간, 아르티어스는 때가 왔음을 직감적으로 느꼈다. 또다시 한 방 크게 얻어터진 만통음제가 비실비실 몸을 일으켰다. 여기까지는 지금까지와 똑같은 전개였지만, 그의 눈에는 이제 더 이상의 독기도 분노도 그리고 삶에 대한 의지도 남아 있지 않았다. 그야말로 자포자기한 눈이었다. 이제 곧이어 모든 걸 포기하고 자신의 노예가 되겠다고 애걸할 것이다. 예전에 수없이 겪어 봤던 다른 놈들처럼 말이다.

"서로 간의 실력 차가 얼마나 큰지는 네놈이 더 잘 알 것이 아니냐? 이제 모든 걸 포기하고 내 종이 되거라. 그러면 네게……."

"큭, 부귀영화? 아니면 일인지하(一人之下) 만인지상(萬人之上)의 자리라도 약속하겠다는 것이냐?"

만통음제는 만신창이가 다 된 몸을 하고 있었지만 아직까지도 단 한 가지는 포기하지 않고 있었다. 만통음제는 기력이 다했는지 비틀비틀 간신히 서서 더듬더듬 중얼거렸다.

"내 비록 힘이 없어 이 지경이 되었지만, 삶에 대한 미련은 없다. 그리고 내가 이리 된 복수는 반드시 내 동생이 해 줄 테니, 네놈에 대한 원망도 없다."

"흥! 복수라고? 그게 가능이나 할까나……?"

이때 아르티어스의 머릿속을 번쩍하고 스치는 생각이 있었다. 저놈이 그토록 믿고 의지하는 혈육이 있다면, 그놈을 인질로 잡으면 모든 게 해결되지 않을까?

아르티어스는 음흉한 속내를 감추며 짐짓 궁금하다는 투로 물었다.

"과연 네 동생에게 그럴 능력이 있을까? 네 녀석의 실력을 보건대 네 동생 놈의 실력도 뻔한 것 같은데 말씀이야."

그 말이 채 끝나기도 전에 비틀거리던 만통음제의 몸이 일순 꼿꼿하게 펴졌다. 그리고 그의 입에서 나직하지만 확신에 찬 음성이 흘러나왔다.

"내 동생의 이름은 묵향. 천마신교의 교주이며, 모든 사파의 지존이지. 비록 내 몸 상태가 나빠 이렇게 되었지만, 내 동생에게도 이런 행운을 얻을 수 있으리라고는 기대하지…, 마라."

그 말을 끝으로 만통음제는 힘이 다했는지 앞으로 풀썩 쓰러져 버렸다. 척 보기에도 곧 죽을 거라 해도 이상하지 않을 정도로 만통음제가 입은 상처는 처참했다. 아마 아르티어스가 치료를 해주지 않는다면 한 시진 내로 숨이 끊어져 버릴 것이 확실했다. 아르티어스가 비교적 약한 마법을 사용하기는 했지만, 장시간에 걸쳐 피해가 누적되다 보니 이제는 그의 생명이 끊어질 지경에까지 이른 것이다.

하지만 지금 아르티어스는 만통음제를 치료해 줄 정신이 아니었다. 상대가 내뱉은 말에 엄청난 충격을 받았던 것이다.

"무, 묵향?"

화려한 마법들을 선보이며 상대를 농락하고 있었던 아르티어스는 기겁을 하며 허공에서 내려와 쓰러져 있는 만통음제 곁에 섰다. 아무리 기억을 더듬어 봐도 자신의 아들인 묵향에게 이렇게 괴상한 형이 있다는 소리는 들어 본 적이 없었다.

하긴, 얼마 전에는 손녀라는 계집까지 치료해 주지 않았던가? 손녀가 있었던 만큼 형이 없으라는 법도 없다.

아르티어스는 묵향의 가족에게는 손톱만큼의 관심조차 없었다. 그가 사랑하는 것은 묵향일 뿐, 그 딸이나 형이라는 존재들은 그저 흔해 빠진 호비트나 마찬가지였다. 문제는 이놈이 자신으로 인해 죽게 된 것을 사랑하는 묵향이 알게 되는 것이다. 순간, 아르티어스의 두 손에서 황홀하리만치 아름다운 빛이 흐르며 만통음제를 뒤덮었다. 일단 이놈의 목숨만은 살려 놔야 했다.

대충 치료가 끝나 마음의 여유를 얻게 되자 아르티어스는 '이놈을 어떻게 해야 하나' 하고 궁리하며 주위를 서성거렸다.

"증거 인멸을 하고 아예 시치미를 뚝 뗄까? 흠, 그랬다가 만약 나중에 아들놈이 알게 되면 상당히 곤란한데……. 더군다나 이놈이 가진 재주 때문에 여기까지 와서 이 개고생을 하고 있는 건데 그냥 죽이는 것도 좀……."

어떻게 해야 할지 마음을 정하지 못한 아르티어스는 갑자기 들려온 소리에 화들짝 놀랐다. 산 아래쪽에서 누군가를 찾는 구슬픈 목소리가 들려왔던 것이다.

"어르신~~, 어디에 계십니까? 어르신~~."

    * * *

 왕지륜은 아르티어스가 술을 마시고 있는 곳에서 얼마 떨어지지 않은 누각에 앉아 대기하고 있었다. 그 앞에는 푸짐한 술상이 차려져 있었고, 그를 봉이라 생각했는지 기녀가 옆에서 갖은 아양을 떨어 댔다. 하지만 왕지륜의 신경은 온통 아르티어스쪽을 향해 있었다. 어느 정도 시간이 흘렀을까. 그제서야 안심이 되었는지 왕지륜은 술을 마시며 중얼거렸다.

 "흐흐, 진작 이렇게 할걸. 돈은 좀 들겠지만 미인들로 하여금 시중을 들게 하니 아~주 조용하군. 덕분에 나도 오랜만에 즐겨 볼까."

 돈은 넉넉하게 있다. 더군다나 아무리 많은 돈을 쓴다고 해도 상부에서 뭐라 그러지 못할 게 분명하다. 까탈스러운 교주의 아버지를 수행하기 위해 돈을 쓰는데 누가 감히 시비를 걸겠는가. 깐깐하기 그지없는 수석장로라고 해도 끽소리도 못할 게 분명했다. 만약 한소리한다면 그 말을 그대로 교주의 아버님께 전해 드리겠다는 응대로 되려 위협까지 할 수 있을 테니 말이다.

 술을 몇 잔 마시고 나니 뱃속이 후끈 달아오르는 것이 아주 기분이 좋았다. 그러고 보니 그 영감탕구의 비위만 잘 맞추면 이 짓도 할 만하다는 생각이 들었다. 마교에 있어 봐야 허구한 날 무공을 익히기 위해 비지땀을 흘릴 것이 아닌가. 그것보다는 가끔 쥐어터지긴 해도 어르신을 모시다 보니 이런 쏠쏠한 재미도 있지 않은가.

 왕지륜은 기분 좋게 술을 마신 뒤 옆에 앉아 있는 기녀에게로 눈길을 돌렸다. 총관이 신경을 썼는지 꽤나 미인이었다. 왕지륜이 관심을 보이자 기녀는 콧소리를 내며 품 안으로 안겨 들었다.

"흐흐, 요 귀여운 것. 오늘 널 흐물흐물 녹여 주겠다."

"정말 대인께서 소첩을 그리해 주실 수 있겠사옵니까?"

한두 번 해 본 장사가 아닌지라 기녀는 살짝 앙탈을 부리며 대꾸를 했다. 그 말에 왕지륜은 짐짓 인상을 쓰며 무공을 익히느라 강철처럼 단련되어진 자신의 팔뚝을 쓰윽 보여 주었다.

"봤지? 그리고 시중 드는 것이 내 마음에 든다면 특별히 네 몫을 더 챙겨 주마."

"소첩, 최선을 다해 대인을 모시겠사옵니다."

콧소리를 내며 말을 하던 기녀의 옷고름이 어느샌가 풀어져 뽀얀 가슴이 살짝 보였다. 왕지륜은 음흉하게 웃으며 기녀의 가슴을 향해 손을 뻗었다. 그런데 그 순간이었다.

"아악!"

아르티어스가 있는 곳에서 갑작스런 여인의 비명 소리가 들려왔다. 왕지륜은 불에 덴 듯 후다닥 자리에서 일어나 아르티어스가 있는 쪽을 향해 신형을 날렸다.

방 안으로 들어가 보니 아르티어스는 보이지 않았고, 두 명의 기녀가 멍한 얼굴로 앉아 있었다. 그중 한 명은 얼마나 호되게 맞았는지 볼이 퉁퉁 부어 있었다.

"어찌 된 일이냐? 그리고 어르신은 어디 계시냐?"

급하게 묻는 왕지륜의 질문에 한 기녀가 두려움에 찬 목소리로 대답을 하였다.

"갑자기 잘 안 들린다고 하시더니 소첩의 따귀를 때린 뒤 귀신처럼 사라져 버리셨습니다."

"뭐야! 잘 안 들려?"

왕지륜은 아르티어스를 교주가 의부로 삼았을 정도로 엄청난 무공을 지닌 선배고인으로 생각하고 있었다. 그 증거로 늙고 별 볼일 없어 보이는 아르티어스가 한번 힘을 쓰자 철영 부교주가 묵사발이 나지 않았던가? 그가 마음먹고 신법을 전개한다면 일반인들의 눈에는 귀신처럼 사라지는 것으로 보일게 분명했다. 문제는 기녀의 대답 중에 '잘 안 들렸다'고 한 점이다.

"누군가가 어르신을 불러낸 것일까?"

천하에 그 누가 아르티어스에게 위해를 가할 수 있을까 하는 생각을 하면서도 왕지륜은 불안한 마음이 들지 않을 수 없었다. 만약 교주의 아버지에게 뭔가 안 좋은 일이 생긴다면? 아마 자신은 갈가리 찢겨 죽을 것이다.

잠시 방 안을 서성거리던 왕지륜은 불안감을 도저히 참을 수 없었는지 밖으로 뛰쳐나갔다. 그리고는 마을 주위를 빠르게 수색했다. 하지만 아르티어스의 종적을 찾지 못한 그는 점차 수색 범위를 더욱 넓혀 나갔다. 그러다가 산 쪽으로 다가갔을 때, 정상쪽에서 뭔가 황홀하리만치 아름다운 빛이 번쩍 빛났다 사라지는 것을 볼 수 있었다. 혹시나 하는 마음에 왕지륜은 죽을힘을 다해 산 정상 쪽을 향해 신형을 날렸다. 그런 그의 입에서는 자신도 모르게 구슬픈 목소리가 흘러나오기 시작했다.

"어르신~~, 어르신 어디 계십니까? 어르신~~."

아르티어스는 눈살을 찌푸렸다. 증거 인멸을 하려면 저놈까지 죽여야 한다. 더군다나 자신의 시중을 들던 호비트 계집아이들까지 죽여야 할 것이다. 아니, 자신이 왕지륜이라는 놈과 함께 이곳에 왔다는 사실을 아는 모든 놈들을 없애 버려야만 했다. 하지만 그 많은 호비트들이 한꺼번에 사라진다면 누구라도 의문을 가질 수밖에 없으리라.

죽여 없애는 것도 문제였고, 그냥 놔두자니 그것도 문제였다. 더군다나 아들놈의 의형이라는 놈을 증거 인멸이라는 이유로 그냥 죽이는 것도 좀 그랬다. 그리고 무엇보다 모처럼 들은 아름다운 선율을 만들어 낼 수 있는 놈이 아니던가.

아르티어스가 고민을 하고 있는 동안 왕지륜의 구슬픈 목소리가 점점 가까워지고 있었다. 더 이상 고민하고 있을 시간 여유마저도 없어지자 아르티어스는 한숨을 푹 내쉬며 만통음제를 둘러메고 허공으로 꺼지듯 사라졌다. 어딘가로 공간 이동을 한 것이다.

아르티어스가 사라지고 얼마 지나지 않아 왕지륜이 도착했다. 아르티어스와 수석장로에게 쥐어터지며 사는 처지이기는 했지만, 그도 마교 내에서 한가락 하는 실력자다. 그런 그에게 이런 어둠 따위는 수색에 아무런 지장을 주지 못했다.

왕지륜은 산 정상에 도착해 주위를 둘러봤지만 그곳에는 아무도 없었다. 대신 누군가 혈투를 벌였음이 분명한 수많은 흔적들을 발견할 수 있었다.

"서, 설마 어르신에게 뭔가 변고가?"

다급한 마음에 주변을 샅샅이 살펴보던 왕지륜은 더 이상 아무 것도 찾지 못하자 산 아래쪽으로 신형을 날렸다. 만약의 사태에 대비하여 양양성에 있는 교주에게 이번 일을 아뢰고 지원을 요청하려는 것이다.

동상이몽 동업자

 유정길이 범인에 대한 단서를 찾는다고 정신이 없을 때, 그 범인은 시하 깊숙한 곳에서 느긋한 표정으로 추린 대인의 주리를 틀고 있는 중이었다. 아무리 추린이 황궁에서 잔뼈가 굵은 강골이라고 해도 악독하기 그지없는 마교의 고문을 견뎌 낼 수 있을 리 없었다.
 "크으윽! 나, 날 죽여라, 죽여."
 "쯧쯧, 죽는 것도 쉬운 일이 아님을 잘 알 텐데?"
 더 이상 고통을 참지 못한 추린이 혀를 길게 내밀고 이로 꽉 깨물려고 했다. 혀를 깨물어 자결하려고 한 것이다. 하지만 상대의 손이 번쩍하는 순간 그의 턱은 더 이상 아래로 내려가지 못했다.
 "크으으윽."
 추린이 절망감 어린 시선으로 자신을 바라보자 묵향은 너스레를 떨었다.

"이봐, 나는 자네에게 대답을 듣고 싶은 게 있어서 이런 수고를 하고 있는 거야. 그런데 자네 혀가 없어져 버리면 어떻게 대답을 들을 수 있겠나? 그리고 그깟 혓바닥 따위 없어진다고 자네가 자살할 수 있을 것 같나? 다 헛수고야."

퉁명스럽게 말한 뒤 한참 동안 몇 가지 고문을 더 한 후, 묵향은 추린의 아혈을 풀어 주며 질문을 던졌다.

"이제 대답할 생각이 들었나? 안 그러면 좀 더 하고……."

"으윽! 허억, 허억!"

아혈이 집혀 비명조차 지르지 못했던 추린은 혈도가 풀리자 숨을 연신 헐떡거리며 그 비대한 몸을 부르르 떨었다. 묵향이 가한 고문은 극악하리만큼 엄청난 고통을 수반했기 때문이다. 추린은 대답을 안 하면 더 고문을 하겠다는 말에 다급히 입을 열었다.

"워, 원하는 게 도대체 뭐냐?"

"황성사에서 악비 대장군을 왜 납치했나?"

그 말에 추린은 고통과는 또 다른 의미로 몸을 부르르 떨었다. 자신이 황성사의 일원이라는 사실은 그 누구도 모르는 극비였다. 그런데 상대는 자신이 황성사의 일원이라는 사실을 알고 있을 뿐만 아니라 납치까지 했다. 결론은 이 일에 황성사와 적대할 만한 거대 세력이 개입되어 있다는 것이다.

추린은 더 이상 고문을 당하고 싶지 않았다. 너무 고통스러웠던 것이다. 어차피 자신의 모든 것을 알고 온 상대이니만큼 순순히 말해 주리라 생각했다.

그런데 문제는 상대의 질문 내용이었다. 악비 대장군을 황성사가 왜 납치를 했냐고 묻다니? 추린은 그런 정보는 알지도 못했고 들은 적도 없었다.

"그건 아니다. 우리가 그를 납치할 이유가 없지 않느냐?"

"그 말 책임질 수 있어? 황권에 위해가 된다고 생각되면 일가친족들까지도 목을 베야 하는 게 너희들의 일이잖아?"

"다른 자들이 그 일을 실행했는지는 알 수 없으나 최소한 노부는 그 일에 대해 아는 바가 없다."

"참, 황성사에 다른 두목들이 있다는 사실을 깜빡 했군."

악비 대장군을 왜 납치했냐며 슬쩍 넘겨 집어 추린의 반응을 본 묵향은 더 이상 이자를 쥐어짜도 나올 게 없다는 것을 알았다. 잠시 말을 멈추고 생각을 정리하던 묵향은 추린을 바라보며 천천히 입을 열었다.

"자네가 알고 있는 다른 두목들의 정체도 알려 줬으면 좋겠네 말이야."

"설마 나보고 동료들을 팔라는 말인가? 사람 잘못 봤다."

추린은 딱딱하게 굳은 어조로 외쳤지만 묵향은 전혀 그 말에 신경 쓰지 않았다. 오히려 빙긋 미소까지 지으며 이죽거렸다.

"잘못 봤는지 제대로 봤는지는 시간이 해결해 주겠지."

"으, 으아악!"

그 후 차마 말로 표현할 수조차 없을 정도로 지독한 고문들이 행해졌고, 결국 추린은 진저리를 치며 입을 열지 않을 수 없었다.

"마, 말하겠다."

"혹시라도 거짓말을 하면 지금까지 받은 고문이 그리워질 정도로 네놈을 어루만져 주마."

동상이몽 동업자 89

묵향의 엄포에 추린은 온몸을 부르르 떨었다. 지금도 죽고 싶을 만큼 고통스러웠다. 그런데 더 심한 고문을 하겠다니. 동료를 판다면 자신은 더 이상 조직에 있을 수 없다. 하지만 고문을 받느니 차라리 죽는 게 낫다는 생각이 든 것이다.

"연, 연공공이야."

"연공공?"

과거 묵향도 관부에서 일했던 적이 잠시나마 있었기에, 고위직에 앉아 있는 환관을 '공공'이라 부르며 존대한다는 것을 잘 알고 있었다. 그렇다면 그놈을 잡기 위해서 황궁으로 쳐들어가는 수밖에 도리가 없다. 하지만 될 수 있으면 황실과의 직접적인 접촉은 피하고 싶었던 묵향이었기에 곧바로 되물었다.

"그놈 말고 딴놈은 없어?"

한 번 열린 추린의 입은 묵향의 질문에 즉각적인 반응을 보였다.

"노부가 알고 있는 건 연공공 한 사람뿐이다. 정기적으로 하는 회의에 참석할 때조차도 우리들은 모두 다 복면을 쓴 채 신분을 숨기고 만났다. 그렇기에 다른 사람들은 모르지만 연공공은… 독특한 목소리로 인해 그 정체를 알 수 있었다."

아무래도 황궁을 건드리는 것은 좀 찝찝했지만, 기왕에 내친걸음이다. 한 놈 잡아들이나 두 놈 잡아들이나 달라질 게 뭐란 말인가. 결심을 굳힌 묵향의 눈초리가 표독스럽게 빛났다.

"흠, 연공공이라……. 어쩔 수 없지. 일단 그놈을 잡아들인 후에 어떻게 할지 생각해 봐야겠군."

소부경 추린을 납치한 다음 날 밤, 묵향은 황궁의 높은 담을 넘었다. 연공공은 황제의 총애를 받고 있는 환관으로 꽤나 막강한 권세를 지니고 있는 자인 모양이었다. 거기에다가 권력의 중추라 할 수 있는 황성사의 간부이기도 했으니, 그야말로 황실에서 최고위에 속하는 인물임에 틀림없다. 그놈만 잡아서 족친다면 어쩌면 악비 대장군의 행방을 알 수 있을지도 몰랐다.

묵향이 황궁의 담을 넘는 것은 결코 어려운 일이 아니었다. 그런데 황궁 내부로 접근해 들어갈수록 짜증이 슬슬 치밀어 오르기 시작했다. 그 이유는 경비 상태가 엄중해서가 아니라 황궁의 구조가 너무 넓고 복잡한 탓이었다. 일단 황궁 안으로 들어서고 나니 즐비하게 늘어선 건물들로 인해 당최 어디가 어딘지 알 수가 없었다. 물론 잠입해 들어오기 전에 독두개를 닦달하여 황궁 지도를 받아 내기는 했지만, 복잡하기 그지없는 황궁 내부를 겨우 지도 한 장에 의지해서 찾아 들어간다는 것은 거의 불가능한 일이었던 것이다.

'어떻게 한다?'

한참을 고민해 보았지만 묵향으로서도 결국 방법은 하나뿐임을 이미 알고 있었다. 누군가 이곳의 지리를 잘 알고 있는 자를 붙잡아 그놈을 이용해서 목적지로 가는 수밖에 없다는 것을 말이다.

하지만 지금 시간이 한밤중인 만큼 홀로 나다니는 사람은 눈에 띄지 않았다. 있다면 두 명씩 조를 짜서 여기저기에 매복하고 있는 놈들뿐이었다.

이때, 묵향의 눈에 순찰을 돌고 있는 황병들이 보였다.

'저놈들 중 하나를 붙잡을까?'

하지만 이내 고개를 가로저었다. 10여 명씩 조를 짜서 순시를 도는 황병들 중 하나를 납치할 수는 없다. 그자들은 언제나 일정한 간격으로 정해진 통로를 순찰한다. 그런 그들이 사라진다면 곧이어 주위에 퍼져 있는 경계병들이 눈치 챌 것은 뻔한 사실이었다.

'그렇다면 저놈들 중 하나를 붙잡는 수밖에 없겠군.'

묵향이 관심을 돌린 것은 여기저기에 두 명씩 조를 짜서 매복하고 있는 무사들이었다. 그들의 몸에서 풍겨 나오는 기운으로 보아 꽤나 무공을 수련한 실력자들이었다. 아마도 무림의 어떤 문파에서 파견한 고수들인 듯싶었다.

그들 중 한 조를 제압할 요량으로 묵향은 약간의 시간을 들여 그들을 관찰했다. 하지만 얼마 지나지 않아 제압하는 것을 포기해야 했다. 그들이 그냥 가만히 숨어 있는 것이 아니라 서로 신호를 보내 연락을 주고받고 있다는 것을 눈치 챘기 때문이다. 아마도 이상이 있는지 혹은 제대로 경계를 서고 있는지 서로 확인하기 위한 행동인 모양이다.

'쉬운 일이 하나도 없군. 놈들은 1각(약 15분) 단위로 신호를 주고받고 있어. 그렇다면 저놈들을 제압했다손 치더라도 얼마 지나지 않아 발각된다는 말이잖아. 젠장, 어떻게 해야 하나······.'

이렇게 하려니 저게 걸리고, 저렇게 하려니 이게 걸리고······. 어떻게도 하지 못하고 궁리만 하고 있는 동안 조금씩 시간이 흘러가고 있었다. 그러던 와중에 뭘 발견했는지 묵향의 눈이 날카롭게 빛났다. 어둠 속에서 이쪽으로 미끄러지듯 접근해 오고 있는 시커먼 인영(人影)을 발견했기 때문이다.

건물이 만들고 있는 짙은 그림자에 몸을 숨기며 민첩하면서도 유연하게 움직이고 있는 사람의 그림자. 그자 또한 흑의를 입고 있었고 복면까지 쓰고 있었기에 묵향처럼 뛰어난 실력을 지닌 고수가 아니고서는 그 존재를 눈치 채기 어려웠을 것이다.

묵향은 삼엄하기로 소문난 황궁에 복면인이 출현하여 이리저리 헤집고 다니자 잠시 이곳이 정말 황궁이 맞는지 의아할 정도였다. 그러면서도 흥미로운 눈빛으로 그 복면인을 예의 주시했다. 그러던 묵향의 입가에 뭔가 야릇한 미소가 그려졌다.

흑의에 복면까지 써 어둠 속에 자신의 모습을 완벽하게 감춘 한 인영이 구중심처(九重深處)에 모습을 드러냈다. 가슴 부분이 봉긋하게 솟아올라 있는 것을 보면 여인임에 분명한 흑의복면인. 건물이 만드는 짙은 그림자를 적절히 이용하며 움직였기에 아무도 그녀의 은밀한 움직임을 파악해 내지 못하고 있었다.

흑의복면인은 바로 정진사태(靜眞師太)의 애제자 지선이었다. 그녀가 이런 괴이한 복장을 하고 황궁을 누비고 있는 것은 무슨 역심을 품었기 때문이 아니다. 오늘은 그녀가 황궁의 경비를 점검할 차례였기에 이런 괴상한 복장을 하고 황궁 내부를 은밀히 순찰하고 있었던 것이다.

그녀는 각 요소요소에 매복하고 있는 아미파 제자들이 근무를 제대로 서고 있는지 점검하고, 나아가 황병들의 근무 상태까지 관찰했다. 만약 이상이 있다면 제자들의 경우 다음 날 아침 호된 기합을 가할 것이고, 황병들이 문제를 일으킨 것이라면 황군 지휘부에 연락하여 시정할 것을 요구했다.

경계를 서는 병사들은 자신들이 농땡이를 부린 것을 귀신처럼 파악해 내는 상관의 행동이 놀랍기 그지없다고 느꼈겠지만, 그것도 다 아미파의 1대제자들이 은밀히 암행을 해 왔었기에 가능한 일이었다.

이날 있었던 암행의 시작은 예전에 행해졌던 그것들과 다름없이 진행되었다. 적어도 처음에는 말이다. 하지만 어느 순간 예정에도 없었던 손님과 대면하게 되었다. 그것도 그녀가 적의 존재를 눈치 챘을 때는 이미 상대에게 혈도가 제압당한 후였다. 자신이 지닌 무공에 은근히 자부심을 지니고 있었던 그녀였기에 그 순간 그녀가 받은 충격은 적지 않은 것이었다.

바로 근처에 동문들이 있건만 혈도가 막혀 버린 그녀는 그 어떤 신호도 보낼 수가 없었다. 목소리는 물론이고, 공력을 운용할 수 없게 되었으니 전음도 보낼 수가 없게 되어 버렸다. 그녀를 제압한 괴한은 그녀를 끌고 좀 더 으슥한 곳으로 이동했다. 상대가 뭘 하려는 것인지 전혀 짐작할 수 없는 상황. 하지만 지선은 끝까지 희망을 버리지 않고 침착하려 노력하고 있었다.

'저자가 나를 죽이지 않고 제압한 것을 보면 뭔가 원하는 것이 있다는 뜻일 거야. 그게 뭘까? 만약 황궁 내부의 정보를 원한 것이었다면, 이 주변에 매복하고 있는 다른 자매들을 제압하는 것이 훨씬 편했을 텐데……. 왜 내가 순찰 나온 것을 노려 나를 제압한 거지?'

짧은 시간이었지만 지선의 머리는 엄청난 속도로 움직이며 수많은 생각들을 떠올렸다. 그리고 있던 지선의 머릿속에 문득 한 가지 생각이 떠올랐다. '상대 또한 나와 똑같은 임무를 띤 황궁

소속의 비밀무사가 아닐까?' 하는 것이었다. 지선이 그렇게 생각할 수 있었던 배경은 이곳이 바로 황궁이기 때문이다. 황병 5만에 무수한 고수들이 철통처럼 경비를 서고 있는 황궁에 어느 미친놈이 잠입해 들어오겠는가? 그렇게 생각한다면 충분히 지금 이 사황이 이해가 된다. 그가 봤을 때, 지선은 황궁에 침입한 괴한일 테니 말이다.

그러자 자신이 황병들의 경비 상태를 알려 줄 때마다 떨떠름한 표정을 짓던 호분중랑장(虎賁中郎將)의 얼굴이 떠올랐다. 황궁의 세부적인 경비 상태를 총책임자인 그보다도 아미파의 여승들이 더 잘 알고 있다는 사실에 그는 아마도 무척 자존심이 상했을 것이다.

자신의 생각이 맞다면 상대는 황궁의 경비 상태를 알아 보기 위해 파견된 관부의 비밀 고수일 수도 있다. 만약 그렇다면 상대에게 자신이 적이 아님을 최대한 빨리 밝혀야만 했다. 하지만 방법이 없었다. 혈도를 완전히 제압당한 상태라 한 올의 공력도 일으킬 수 없는 상태라서, 상대에게 전음조차 날릴 수 없었던 것이다. 결국 상대가 이쪽의 대답을 들어 보겠다며 기회를 주기 전에는, 그녀는 그 어떤 의사표시도 할 수가 없는 상황이었다.

이때, 갑자기 상대의 전음이 그녀의 귀에 들려왔다. 상대의 목소리는 생각보다 정중한 것이었다.

〈네가 무슨 일로 황궁에 침투한 것인지는 모르겠지만…, 내 알 바 아니고. 지금부터 내 말을 듣지 않는다면······.〉

말을 채 끝맺지는 않았지만 죽이겠다는 소리라는 걸 쉽게 짐작할 수 있었다. 그리고 무엇보다 지금껏 상대가 같은 편이 아닐까 하고 생각하고 있었던 지선은 기가 막힐 수밖에 없었다. 아마도 상대는 자신도 황궁에 어떤 목적을 지니고 침입한 동업자로 생각한 모양이다.

이때 그녀의 머릿속에 기가 막힌 계책이 떠올랐다.

'내가 침입자라고 생각한다면 상대는 내 행동에 주의를 기울이지 않을 거야. 왜냐하면 침입자인 내가 주위에 도움을 청할 리 없으니까. 발각되면 둘 다 죽은 목숨. 나를 동지라고 생각하면 했지 적이라고 생각하며 경계할 이유가 없잖아.'

괴한은 지선의 대답을 듣기 위해 목을 움직일 수 있도록 혈도 몇 군데를 풀어 주며 덧붙였다.

〈거절할 텐가?〉

부탁하는 말투였지만 자신이 고개를 가로젓기만 하면 곧장 목을 비틀어 버리겠다는 의지가 뚜렷이 느껴졌다. 그녀는 재빨리 고개를 끄덕였다. 일단 살아남는 게 먼저였으니 말이다.

고개를 끄덕이자마자 놀랍게도 상대는 그녀의 혈도를 모두 풀어 줬다. 아마 괴한도 지선이 했던 것과 같은 생각을 했음에 틀림없었다. 똑같이 황궁에 침투한 처지인데, 설마 황궁 요소요소에 매복해 있는 무사들에게 신호를 보낼 리 없다고 판단했으리라. 혈도가 풀리자 지선은 내심 안도의 한숨을 내쉬었다. 그리고는 재빨리 머리를 굴렸다.

비록 방심을 하고 있었다고는 하지만 자신이 전혀 눈치 채지도 못했는데 혈도를 제압당했다. 그렇다면 자신보다 월등한 고수라는 소리다. 지선은 섣불리 주위에 잠복해 있는 동문들에게 신호를 보내기보다는, 최대한 이자를 안심시킨 뒤 포위망을 구축하여 제압하는 것이 좋을 거라 생각했다. 자칫 어설프게 잡으려 들다가는 엄청난 피해를 입을지도 모르기 때문이다.

〈뭘…, 도와 드리면 되죠?〉

〈이곳 지리를 잘 알고 있나?〉

일단 웬만한 곳은 다 알고 있기에 지선은 고개를 끄덕였다. 물론 상대에게 제대로 된 대답을 해 줄 생각은 없었지만 말이다.

〈어느 정도는 알고 있어요.〉

상대는 잠시 고민하는 듯하더니 이윽고 다시 전음을 보내왔다.

〈내가 찾는 인물은 우상시(右常侍) 연공공이라는 환관이다. 그자의 거처를 알고 있나?〉

황궁 안에는 수많은 환관들로 득실거리고 있었기에 외인인 지선이 그들의 거처를 모두 기억하고 있을 턱이 없다. 하지만 우상시 연공공이라면 얘기가 다르다. 수많은 환관들 중 최고위직인 십상시(十常侍) 중 하나인 '우상시'라는 벼슬을 지닌 환관이 그다. 더군다나 연공공은 그녀가 이곳 황궁에 배치되어 임무를 수행하면서 가장 만나기 싫어했던 인물들 중 하나가 아닌가.

'어떻게 해야 하지? 알려 줘야 하나? 아니면 또 다른……'

급히 이런저런 생각을 하느라 지선이 잠시 아무런 대답도 하지 않고 있을 때였다. 순간 상대의 손이 엄청난 속도로 움직이며 그녀의 멱줄을 틀어쥐었다. 또다시 어처구니없을 만큼 간단하게 상대에게 붙잡히다니, 지선이 절망감에 고개를 떨굴 때였다. 멱줄을 틀어쥐고 있던 상대의 손에 힘이 주어지며 나지막이 투덜거리는 소리가 들려왔다.

"젠장. 헛수고를 했군."

아마도 이렇게 그녀를 제압할 자신이 있었기에, 협조하겠다는 의사를 밝히자마자 혈도를 풀어 줬던 것이리라. 단숨에 그녀를 제압한 고수답게 그 손아귀가 가하는 힘은 가히 공포스러운 것이었다. 순식간에 목구멍이 틀어막혔기에 비명조차 지르지 못했다. 그녀는 가물가물해지는 의식 속에서도 필사적으로 공력을 끌어모아 상대에게 전음을 보냈다.

〈끄끅… 아, 알아요.〉

상대는 곧 힘을 풀며 당황한 어조로 전음을 날렸다.

〈이런, 알아? 대답이 없기에, 그런 줄도 모르고…….〉

채 하지 않은 뒤의 말은 듣지 않았어도 쉽게 짐작할 수 있었다. 아마도 죽여 버리려고 했다는 말일 것이다. 지선은 일단 연공공의 거처를 가르쳐 준다는 말로 시간을 벌어야겠다고 생각했다.

한참 동안 숨결을 가다듬은 후에야 지선은 상대에게 물었다.

〈연공공의 위치만 알려 주면 저를 살려 주실 건가요?〉

〈물론이지. 도움을 준 사람을 없앨 이유가 없잖아.〉

상대의 말을 곧이곧대로 믿을 지선이 아니었지만, 현재 그녀로서는 선택의 여지가 없었다.

〈방금 전 귀하의 행동으로 봤을 때, 저는 도저히 믿을 수가 없어요.〉

조금 튕겨 봤는데 상대는 의외로 삐딱하게 나왔다.

〈그렇다면 나보고 어쩌라는 말이야? 각서라도 쓸까? 지금 당장 네년을 죽여 없앨 수도 있음을 너도 잘 알 거 아니냐? 나는 내가 한 말은 철저하게 지켜. 그러니 헛소리 그만 하고 얼른 연공공의 거처나 말해.〉

계속 떠들어 봐야 의견차가 좁혀질 리 없었다. 상대의 목소리가 점점 차가워지는 것을 느낀 지선은 더 이상 뻗대기를 포기하고 재빨리 한 발자국 뒤로 물러섰다. 상대의 성격이 그가 지닌 무공만큼이나 성급한 것 같았으니 말이다.

〈좋아요. 안내하죠. 자, 나를 따라오세요.〉

지선은 천천히, 하지만 결코 멈춤 없이 궁궐 깊은 곳으로 전진해 들어갔다. 상대는 그녀의 바로 뒤에 바짝 붙어 따라오고 있었기에, 만약 주위에 있는 동료들에게 신호를 보내려 하다가는 먼저 자신의 목숨이 위태로울 가능성이 컸다. 상대는 그녀가 그런 우려를 하지 않을 수 없을 정도로 뛰어난 고수였다.

딱히 괜찮은 계책이 떠오르지 않았기에 그녀의 이동은 계속되었고, 연공공의 거처는 점차 가까워지고 있었다. 결국 지선은 모험을 감행하기로 결심했다. 만약 이자가 연공공의 거처에 도착한다면 그의 관심은 당연히 연공공에게 쏠릴 것이다. 그때를 이용하여 동문들과 힘을 합해 이 괴한을 잡겠다는 생각이었다. 물론 그렇게 되면 연공공의 목숨이 위태롭게 될 가능성도 있었지만, 그럼 어떤가? 안 그래도 그녀가 제일 싫어하는 인물들 중 하나가 바로 연공공인데 말이다.

마음을 정한 지선은 주변에 경계를 서고 있던 제자들 중 한 명에게 비밀리에 전음을 보냈다.

〈침입자가 있다. 지금 나는 괴한에게 제압되어 있는 상황이다. 그러니 사부님께 연락드리고, 비밀리에 연공공의 숙소 쪽으로 제자들을 집결시켜라. 그자의 목표는 우상시 연공공이다.〉

잠시 후, 지선은 아직까지 희미한 촛불이 꺼지지 않고 있는 창문 하나를 가리키며 괴한에게 전음을 보냈다.

〈바로 저 방이에요. 주변에 경비가 삼엄하니, 알아서 조심하도록 하세요. 그럼 저는 가 봐도 될까요?〉

하지만 괴한은 고개를 가로저었다.

〈저기에 있는 놈이 연공공임을 확인한 후에. 자, 앞장 서라.〉

예상대로 상대는 그녀의 잔꾀에 쉽게 넘어가지 않았다. 사실 그녀가 생각해도 저 괴한처럼 엄청난 고수로 성장하려면 강호에서 수많은 경험을 쌓아 왔을 것이다. 그런 노회한 고수에게 잔꾀가 통할 거라는 기대는 거의 하지도 않았기에 지선은 실망한 표정을 보이지 않고 앞장 서서 연공공의 침소를 향해 몸을 날렸다.

연공공은 아직 자지 않고 있었다. 그는 자신의 서재에서 열심히 붓을 놀리며 뭔가를 한참 기록하고 있었다. 그런데 지선으로서도 의외였던 것이 갑자기 창문이 덜컥 열리면서 복면을 뒤집어쓴 자신이 출현했음에도 연공공이 전혀 놀라지 않았다는 점이다.

연공공은 붓놀림을 멈추지 않으면서도 지선을 향해 소름이 끼칠 것 같은 고음의 느끼한 음성으로 물었다.

"늦은 시간인데, 무슨 일로 찾아온 거지요?"

그제서야 지선은 1대제자들이 밤마다 황궁을 암행한다는 사실을 연공공이 이미 알고 있었다는 것을 깨달을 수 있었다.

'그가 어떻게 그걸 알고 있지?'

그런 생각을 지선이 떠올리는 순간, 그녀의 뒤에서 음침한 사내의 음성이 들려왔다.

"과연 돼지 말대로 아주 독특한 음성을 지니고 있군."

그 순간 연공공이 고개를 번쩍 들었다. 그의 쭉 찢어진 눈매에 감춰진 매서운 눈동자가 날카롭게 빛났다. 괴한의 말 한마디로 그 정체를 단숨에 간파해 버렸기 때문이다.

"크크크, 과연 배짱이 있는 놈이로구나. 추린을 납치한 것도 모자라서 감히 황궁에까지 침투해 들어오다니."

"너한테는 안 됐다만, 돼지가 기억하는 놈이 너밖에 없어서 말이야."

괴한이 그렇게 대답하는 순간, 의자에 앉아 있던 연공공의 몸이 쭉 늘어나듯 앞으로 쏘아져 나왔다. 너무나도 손쉽게 책상을 건너뛰었기에, 마치 처음부터 그의 앞에 책상이 없었던 것처럼 느껴질 정도였다. 연공공의 손에는 어느 틈에 뽑아 들었는지 얇은 연검이 쥐어져 있었다. 그 연검은 그의 허리띠 뒤쪽에 교묘하게 감춰져 있었기에 그가 뽑아 들기 전까지는 아무도 그가 무장하고 있음을 눈치 챌 수가 없었다.

연공공과 지선의 거리는 거의 1장 반(약 4.5미터)이나 되었지만, 그의 검은 순식간에 그녀의 코앞에 당도했다. 놀랍게도 연공공은 엄청난 무공을 지닌 고수였다. 그의 연검에서는 시퍼런 검기가 줄기줄기 뻗어 나오고 있었고, 푸른 강기마저 아련하게 맺혀 있었다. 엄청난 위력을 내포하고 있는 그 공격에 휩쓸리면 뼈도 추리기 힘들 게 분명했다.

그걸 깨달은 순간, 지선은 어떻게 해서든지 연공공의 공격권 밖으로 빠져나오려고 했지만 연공공의 연검의 속도가 너무나도 빨랐기에 도저히 피할 여유가 없었다. 엄청난 공력을 내포한 검격으로 봐서 연공공은 처음부터 지선과 괴한을 한꺼번에 날려 버릴 생각임이 틀림없었다. 그걸 깨달은 지선의 눈동자는 절망감에 물들었고, 순간 질끈 눈을 감았다.
 캉!
 괴이한 소리에 지선은 질끈 감았던 눈을 살며시 떴다. 자신이 갑옷을 입고 있는 것도 아닌데, 이런 소리가 들려오다니 이상했던 것이다. 이때 그녀의 눈앞에는 놀라운 광경이 펼쳐져 있었다. 연공공의 검은 놀랍게도 괴한의 손에 막혀 있었다. 그것도 아무런 무기도 쥐지 않은 적수공권에 말이다. 괴한의 손은 투명하게 빛나며 밝은 빛을 내뿜고 있었다. 이런 환상과도 같은 무공에 대해서는 들어본 적도 없었던 지선이었기에 한순간 멍하니 서 있었다.
 갑자기 지선의 몸이 붕 떠오르더니 뒤로 날아가 벽에 세차게 부딪쳤다. 괴한이 방해가 되는 그녀를 붙잡아 뒤로 집어 던져 버렸던 것이다. 아마도 괴한은 연공공이 자신과 괴한을 한꺼번에 없애 버리려고 하는 것을 보고, 그제서야 지선을 황궁과는 관계없는 진짜 침입자로 단정한 모양이다.
 연공공의 무공도 놀라웠지만 괴한의 무공은 더욱 놀라웠다. 방해물인 지선이 없어지자 순식간에 연공공을 밀어붙이기 시작했던 것이다. 하지만 지선은 느긋하게 그들의 싸움을 관전하고 있을 여유가 없었다. 그녀는 괴한의 눈치를 힐끗 본 후, 그가 연공공에게 완전히 정신이 팔렸음을 깨닫자마자 창문 밖으로 몸을 날렸다.
 밖에는 예상대로 아미파의 제자 50여 명이 완전무장을 갖춘 채 포위망을 좁혀 오고 있는 중이었다. 그녀는 복면을 벗어 던지며 그들을 향해 달려갔다.

"침입자가 있다. 침입자의 무공이 고강하니 정면 대결은 절대 피해야 한다. 모두들 항마연환검진(抗魔連環劍陣)을 펼쳐라."

항마연환검진은 비교적 무공이 약한 다수가 강한 소수를 압박하는 데 최적화된 아미파 고유의 검진이다. 대부분의 문파들은 최소한 두 가지 이상의 진법을 보유하고 있다. 그 하나는 항마연환검진처럼 강한 무공을 보유한 소수의 침입자를 다수로써 대적하기 위해 최적화된 진법이었고, 또 다른 하나는 소수로써 다수를 상대하기 위한 진법이다.

아미파의 여승들은 지선을 중심으로 검진의 묘리에 따라 일사분란하게 움직이기 시작했다. 유능제강(柔能制剛)의 이치를 활용하여 만들어진 항마연환진법을 펼치고 있었기에 그녀들의 움직임은 마치 무희(舞姬)들의 검무(劍舞)를 보는 듯 아름다웠다. 진법을 펼친 채로 그녀들이 조금씩 연공공의 처소를 향해 포위망을 좁혀 들어가고 있을 때였다.

꽈꽝!

갑자기 연공공의 서재 쪽에서 엄청난 굉음과 함께 한쪽 벽이 터져 나갔다. 채 먼지가 가라앉기도 전, 그 속에서 누군가가 움직이고 있는 것이 희미하게 보였다. 지선은 금방 그게 복면괴한이 만든 음영임을 파악할 수 있었다. 복면괴한은 마지막에 보였던 그 격돌에서 이미 연공공을 제압해 버렸는지, 그를 어깨에 짊어지고 있었다.

괴한은 밖으로 나오다가 아미파의 고수들이 검진을 펼친 채 자신을 기다리고 있는 것을 봤다. 그녀들을 지휘하고 있는 지선이 방금 전까지 자신이 붙잡고 있었던 바로 그 여인임을 알아본 복면괴한의 눈에 어처구니가 없다는 기색이 묻어 나왔다.
 지선은 검을 잡은 손에 힘을 꽉 주며 동문들에게 외쳤다.
 "침입자가 절대 도주하지 못하도록 해라!"
 이때 그녀의 옆에 서 있던 2대제자가 근심 어린 표정으로 질문했다.
 "저자가 연공공을 인질로 잡고 있습니다. 이런 상황에서 어찌 저자와……."
 그녀의 말이 일리가 있었기에 지선은 순간적으로 고민하지 않을 수 없었다. 하지만 그때 괴한과 함께 자신까지도 베어 버리려고 하던 연공공의 표독스런 얼굴이 떠올랐다. 그 순간 지선은 동문들에게 외쳤다.
 "침입자를 저지하는 것이 우선이다. 이곳은 다른 곳이 아니라 황궁이다. 멀지 않은 곳에 황상 폐하께서 계시다는 말이다. 그러니 연공공의 안위 따위에 신경 쓸 필요 없다. 모두들 알겠느냐?"
 불도를 닦은 제자들이기에 몇몇은 그녀의 명령에 내심 반발을 했을지 모르지만, 감히 1대제자인 지선에게 대놓고 반론을 제기하는 사람은 없었다. 그리고 지선의 말대로 이곳은 황궁 안이다. 그녀들이 맡은 최우선적인 임무는 황상 폐하를 위험으로부터 안전하게 호위하는 것이었다. 모두들 마음가짐을 새롭게 했음인지, 항마연환검진은 강한 살기를 내뿜으며 복면괴한을 압박하기 시작했다.
 "비검(飛劍)!"
 지선의 지시가 떨어지자 네 명의 여승들이 경공을 전개하며 몸을 날렸다. 항마연환검진은 소수의 적을 향해 전후좌우를 압박함과 동시에, 뒤쪽에 위치한 제자들 중 네 명씩 하늘로 날아올라 십자 형태로 교차하며 쉴 새 없이 공중공격까지 가하는 매우 무서운 검진이다. 일단 검진이 발동한 이상 저자는 절대로 빠져나갈 수 없을 것이다.

그때 복면괴한이 연공공을 어깨에 짊어진 채 움직이기 시작했다. 그의 목표는 하늘. 언뜻 보면 네 명밖에 공격자가 없는 공중이 약점으로 느껴지겠지만, 그게 항마연환검진의 가장 큰 함정이었다. 도주하기 위해 공중으로 몸을 날림과 동시에 모든 공격이 사방에서 집중되는 것이다. 공중으로 몸을 날리느라 행동의 제약이 큰 적은 그 공격에 고스란히 노출될 수밖에 없는 상황이 된다. 그야말로 하늘은 필사(必死)의 관문이었던 것이다.

복면괴한이 하늘로 몸을 띄우자, 지선은 순간 안도의 한숨을 내쉬었다. 이제 침입자를 포획한 것이나 다름없다고 생각했던 것이다. 그 순간 아미파 여승들의 공격이 괴한을 향해 집중되었고, 곧이어 복면괴한의 가공할 무공이 펼쳐졌다. 괴한은 자신이 필사의 관문으로 들어섰음을 깨닫자마자, 후퇴하거나 하는 대신 정면 돌파를 선택한 것이다.

복면괴한의 손이 황홀하리만큼 아름다운 빛으로 물드는가 싶더니 사방에서 몰려오는 아미파 여승들의 공격에 그대로 맞부딪쳐 갔다.

쾅콰콰쾅!

엄청난 굉음과 함께 하늘로 몸을 띄웠던 20여 명의 여승들이 돌진했던 것보다 더 빠른 속도로 뒤로 튕겨져 나왔다. 그녀들은 복면인과의 격돌에서 엄청난 충격을 받았는지 제대로 땅에 착지하지도 못하고 피를 흘리며 땅바닥에 나뒹굴었다.

"이럴 수가!"

괴한의 경공술은 너무나도 대단한 것이어서, 연공공을 어깨에 짊어지고 있었음에도 불구하고 격돌의 반발을 이용해 순식간에 밤하늘 속으로 까마득히 솟아올랐다. 그리고 곧이어 어둠에 녹아 들어가듯 그 종적조차 찾을 수가 없었다. 괴한을 사방에서 압박해 들어갔던 지선 이하 모든 여승들은 그런 괴한의 뒷모습을 향해 입을 쩍 벌리고 서 있을 뿐이었다. 그녀들은 괴한의 걸출한 무공에 경악감을 감추기 힘들었던 것이다.

지선이 방으로 들어서자 정진사태가 급히 질문을 던졌다.

"침입자가 있다더니 어찌 되었느냐?"

"도망쳐 버렸습니다."

보고를 받은 정진사태는 순간 당황한 모양이다. 침입자를 잡지도 못했는데 지선이 돌아왔다니 이해할 수가 없었던 것이다. 적이 탈출했다면 응당 그녀가 앞장 서서 추격했어야 할 것이 아닌가?

"침입자의 무공이 대단히 강했던 게로구나."

"예, 사부님. 그자는 제자들이 어찌할 수준이 아니었습니다."

자신이 거느리고 온 제자들의 무공실력은 정진사태가 가장 잘 알고 있다. 그런 그녀였기에 지선의 보고에 놀라움을 감추지 못했다.

"그렇게 강하더냐?"

"예, 무공도 대단했지만 그자의 경공술은…, 너무나도 엄청나서 도저히 추격 자체가……."

"허긴, 한밤중에 경공이 뛰어난 적을 추격해 봐야 좋을 게 없겠지. 그래, 그자의 무공이 그렇게 대단했다면 피해는 크지 않았느냐?"

"20여 명이 크고 작은 부상을 당했습니다."

"불행 중……."

정진사태의 입에서 불행 중 다행이라는 말이 채 나오기도 전에 지선의 말이 이어졌다.

"그런데 문제는 침입자가 연공공을 납치해 갔다는 점입니다."

그 말에 정진사태는 굉장히 놀란 모양이었다.

"그게 사실이냐?"

"예."

지선은 사부에게 이번에 자신이 알게 된 것을 말할까 말까 잠시 고심하는 듯하다 결국 입을 열었다.

"알고 보니 연공공은 실력을 숨기고 있던 고수였습니다. 그가……."

그녀는 연공공이 사부와 필적할 정도의 고수라는 걸 말하려고 했었다. 하지만 정진사태는 이미 그 사실을 알고 있었던 듯, 별 표정의 변화가 없었다. 지선은 자신의 눈이 낮음에 얼굴을 붉히며 물었다.

"혹 사부님께서는 그가 무공을 연성했음을 이미 알고 계셨습니까?"

"지선아. 그토록 무림의 무공이 발전하고 있는데 그것을 어찌 황궁에서 그냥 보고만 있었겠느냐? 무림의 고수들을 흡수하는 한편, 나름대로 고수들을 키웠겠지. 그렇지 않았다면 어찌 황궁이 지금껏 무림으로부터 독립적일 수 있었겠느냐?"

9파1방과 몇몇 문파들만이 무림의 전부라고 생각할 만큼 자부심이 강했던 지선은 아무 대답도 할 수 없었다. 물론 마귀의 집단인 마교를 포함해서 말이다. 지선이 고개를 푹 숙이자, 정진사태는 잠시 부드러운 눈길로 제자를 바라본 후 입을 열었다.

"사실 연공공은 대단한 실력의 고수이다. 그런 그가 납치되었다고 하니 내가 놀랐었던 게야. 어쨌거나 일이 아주 고약하게 되었구나."

환관들의 우두머리라 할 수 있는 십상시 중 우상시 연공공이 납치되었다. 그것도 아미파가 철통같은 경계망을 펼치고 있는 황궁 안에서 말이다.

"무림맹에 기별을 넣는 게 좋지 않겠습니까?"

잠시 염주만 굴리며 아무 말 없던 정진사태는 마지못한 듯 중얼거렸다.

"그래야겠지."

대답을 하는 정진사태의 얼굴은 황궁에 드리워진 암운을 감지한 것인지 그다지 밝지 못했다. 최근 악비 대장군의 갑작스런 실종이나 괴한이 침입하여 연공공을 납치해 간 것이나 천하에 엄청난 후폭풍을 몰고 올 정도의 파장이 있을 거라는 것을 예감한 것이다.

여기가 개방 분타야? 마교 분타야?

소팔개가 헐레벌떡 달려 들어왔을 때, 독두개는 개 다리를 하나 구워 놓고 그걸 안주삼아 열심히 술을 마시고 있는 중이었다. 소팔개는 주위를 둘러본 뒤 사람이 없음을 확인했음에도 안심이 안 되는지 다급하게 전음을 날렸다.

〈큰일 났습니다, 타주님.〉

하지만 독두개는 아무런 반응도 없었다. 그는 마시고 있던 술잔을 마저 깨끗하게 비운 후, 탐탁치 않은 어조로 중얼거렸다.

"큰일? 큰일은 무슨 놈의 큰일. 뭐 하나 내 마음대로 할 수 있는 게 없는데, 그딴 거 알아서 뭐 해? 자네도 쓸데없는 데 신경 쓰지 말고 이리 와서 술이나 마셔."

독두개는 아예 자포자기한 표정으로 사발에 술을 가득 따르더니 소팔개에게 권하는 것이었다.

〈타주님, 제발 정신 좀 차리십쇼. 호랑이에게 물려가도 정신만 차리면…….〉

〈누가 그걸 몰라? 꺽! 젠장. 그 망할 새끼가 추린을 납치해 이리로 끌고 와서 고문을 했는데, 내가 지금 제정신으로 있게 생겼어? 이 사실이 밖에 알려지면 나는…, 나는 끝장이라구!〉

독두개는 도저히 자신이 처한 현실을 참을 수 없었는지 다시금 사발을 번쩍 들어 벌컥벌컥 술을 들이켰다. 소팔개는 독두개가 더 이상 술을 마시지 못하게 그의 팔을 잡으며 다급히 말했다.

〈그 정도가 아닙니다. 지금 놈이 누굴 납치해 왔는지 아십니까?〉

"뭐! 또 잡아 왔어?"

〈황궁의 실세 중 실세라는 연공공을 잡아 왔단 말입니다!〉

독두개는 술이 번쩍 깰 수밖에 없었다.

"뭣이? 지, 지금 그놈은 어디에 있나?"

〈어디긴 어디겠습니까? 지하 창고에 있습죠.〉

하루 빌어 하루 먹는 거지들 주제에 무슨 창고가 필요하겠는가 싶겠지만, 그들에게도 나름대로 창고의 필요성이 있었다. 구걸해 온 돈을 모아 두는 데도 이용되었지만 여름에는 서늘했기에 술을 저장하는 데 딱 좋았고, 추운 겨울밤에는 모두의 숙소로 이용되기도 했다. 물론 이곳 남경은 지하 창고에까지 들어가 추위를 피해야 할 정도로 추운 날은 그리 많지 않았다.

소팔개의 말이 채 끝나기도 전에 독두개는 꽁지에 불붙은 닭마냥 지하 창고를 향해 달려갔다. 종5품 추린만 하더라도 하늘이 아득해질 정도인데 권력의 실세인 연공공까지 납치해 오다니, 이건 개방의 존립마저 위태로울 수 있는 엄청난 사건이었다. 달려가는 독두개의 입에서 마치 비명과도 같은 욕설이 흘러나왔다.
"이, 이런 개새끼! 날 아예 말려 죽이겠다는 거야!!!"

 지하 창고를 향해 달려가는 독두개는 정말이지 혀를 깨물고 죽고만 싶었다. 극악무도한 마교 교주가 이곳에 등장한 이래, 그는 이곳 개방 분타를 마치 마교 분타라도 되는 듯 애용하고 있는 중이었다. 다행히 지금까지는 그 사실을 잘 숨겨 왔지만 그게 언제 들통 날지 알 수가 없는 노릇이다.
 지하 창고로 들어가는 입구는 분타의 뒤편 으슥한 곳에 있었다. 독두개가 다가가자 창고 입구 근처에 쪼그리고 앉아 히히덕거리며 얘기를 나누던 거지 둘이 화들짝 일어나 인사를 건네 왔다. 독두개가 아끼는 술독들이 이곳에 보관되어 있었기에, 평상시에도 경비를 세워 둘 필요성이 있었다. 그리고 그 덕분에 이곳에서 행해지고 있는 교주의 만행이 밖에 새 나가지 않고 있었던 것이다.
"어서 오십시오, 타주님."
"그래, 별 이상은 없었느냐?"
"조금 전에 부타주님께서 들어갔다 나오신 것 외에 다른 출입자는 없었습니다."
"그래, 수고들 하는구나. 나중에 술독 하나 줄 테니 근무 끝난 후에 나눠 먹도록 해라."
"감사합니다, 타주님!"
 경비를 서고 있는 거지들과 잠시 한담을 주고받은 후, 독두개는 창고 안으로 들어갔다. 지하로 내려가는 계단을 밟으며 독두개는 속으로 투덜거렸다.

'쓸모없는 새끼들. 교주가 주구장창 들락거리고 있는데, 그것도 모르고 있는 주제에 이상이 없다고? 저런 밥버러지 같은 새끼들에게 수고했다고 술까지 처먹여야 하다니. 에고, 내 팔자야.'

남경 분타의 지하 창고는 꽤나 널찍했지만 바닥에 여러 가지 쓸모없는 것들이 널려 있어 지저분하기 그지없었다. 등잔이 요요한 빛을 뿜는 가운데, 누군가의 신음성이 음산하게 들려오고 있었다.

"끄으으윽, 끄응~."

신음성 사이로 음침한 교주의 목소리가 들려왔다.

"악비 대장군은 지금 어디에 있지?"

곧이어 남자의 목소리도 아니고 여자의 목소리도 아닌 등골을 오싹하게 만드는 기괴한 음성이 들려왔다.

"그, 그걸 네놈에게 말해 줄 이유가 없다."

"호오, 아직 맛을 덜 본 모양이군."

교주가 무슨 짓을 했는지 곧이어 뾰족한 비명 소리가 터져 나왔다.

"끼아아아악!"

"버텨 봤자 네놈만 손해야. 살아서 나가고 싶으면 빨리 불어. 혹시 대장군의 위치를 잘 모른다면, 저기 있는 돼지처럼 나한테 진실을 대신 말해 줄 사람을 알려 줘도 돼."

교주의 말이 채 끝나기도 전에 또다시 등골이 오싹할 정도의 처참한 비명성이 울려퍼졌다. 그럼에도 불구하고 이런 상황을 즐기는지 교주의 말투는 음침하긴 했지만 상당히 편안한 편이었다.

"어때, 이젠 말할 생각이 들었나? 버텨 봤자 소용없어. 그래 봐야 네놈 몸만 상한다니까……."

"크흑! 네놈이 이러고도 무사할 성싶으냐?"

곧이어 교주의 그 가증스럽기 그지없는 이죽거리는 목소리가 들려왔다.

"나도 오래 살고 싶지 않으니 제발 좀 죽여 봐. 지금껏 네놈과 같은 소리를 한 놈들은 엄청 많았는데, 단 한 놈도 실행을 하지 않고 있으니, 원……."

그 말에 독두개는 자신이 능력만 있다면 당장이라도 뛰어 들어가 교주의 머리를 박살 내고 싶다는 충동을 느꼈다. 어쩌다 한 번씩 이렇게 이죽거리는 말투로 말할 때는 정말 울화병이라도 생길 정도로 화가 치밀었던 것이다.

그때 안쪽에서 교주의 목소리가 다시 들려왔다.

"들어왔으면 이리 올 것이시, 서기 서서 뭐 하고 있나?"

독두개는 어쩔 수 없이 교주에게로 갈 수밖에 없었다. 교주는 독두개가 고이 모셔 놓은 술독을 열어 입술까지 축이며 연공공을 닦달하고 있었다. 가까이 다가가 보자 횃불 아래로 드러나는 전경은 참혹했다.

연공공은 처참한 모습으로 바닥을 뒹굴고 있었다. 얼마나 고통스러웠으면 손톱이 뽑혀 버린 것도 모르고, 그 손으로 땅바닥을 긁어 대고 있었다.

그런 와중에도 누군가 접근하자 연공공은 고개를 들어 쳐다보았다. 그리고 새로 등장한 인물이 누구인지 곧바로 기억해 냈다. 황성사의 간부들 중 하나인 그가 이곳 황도의 개방 분타주 독두개에 대한 보고를 받지 않았을 리 없었기 때문이다.
 연공공의 얼굴을 보고 있던 독두개는 그의 묘한 표정 변화에서 상대가 자신을 알아봤음을 느꼈다. 정보를 취급하는 단체에 오랜 시간 종사해 온 그였기에, 이런 부분에 매우 민감한 신경을 지니고 있었던 것이다. 그리고 그 순간 독두개로서는 심장이 오그라드는 듯한 공포심을 느꼈다. 만약 저 망할 교주가 나중에 연공공을 풀어 준다면 자신은 죽은 목숨이나 다름없게 되어 버리기 때문이다.
 하지만 노회한 독두개는 짐짓 시치미를 떼고 느긋한 어조로 교주를 향해 인사를 건넸다.
 "안녕하셨습니까? 교주님. 원하시던 일에 대한 성과는 좀 있으셨습니까?"
 얻어맞을까 봐 감히 내색은 하지 않고 있었지만, 독두개가 자신의 존재를 별로 달가워하지 않는다는 사실은 묵향도 잘 알고 있었다. 그런 독두개가 갑자기 살갑게 미소를 지으며 인사를 건네자 놈의 저의를 알 수 없었던 묵향은 떨떠름한 표정으로 대꾸했다.
 "꽤 질긴 놈이라 아직까지는 성과가 없군. 하지만 얼마 지나지 않아 모든 걸 실토할 거야."
 "만약 원하는 정보를 얻지 못하면 또다시 황궁에를?"
 "그거야 알 수 없지."
 지금껏 당한 게 있었던 연공공은 독두개가 던진 먹이를 덥석 물었다. 사실 장시간 지독한 고문을 당한 연공공이 평정심을 아직까지 유지하고 있을 리 만무했다.
 "교주? 지금 교주라 했느냐? 그렇다면 네놈이 마교(魔敎)라는 단체의 수장이더냐?"

그 말에 묵향은 이죽거리며 대꾸했다.

"이런이런, 황성사의 정보력이 형편없는 모양이군. 마교가 아니라 천마신교(天摩神敎), 즉 마교(摩敎)지. 이쪽의 명칭도 제대로 모르고 있었다니, 가소로운 것들."

"큭! 이런 육시할 놈 같으니라구. 너 같은 극악무도한 놈이 교주로 있으니, 마교(魔敎)로 불리는 것이 아니겠느냐?"

육시(戮屍)란 이미 죽은 사람의 시체를 여섯 조각 내어 소금에 절여 각 처에 돌리는 극악한 형벌이다. 물론 그런 소리를 듣고 가만히 있을 묵향이 아니다. 그는 곧장 연공공의 얼굴을 밟고 지그시 힘을 가하며 으르렁거렸다.

"네놈이 아직까지도 자신의 처지를 잘 모르는 모양인데……. 본좌를 육시하기 전에, 본좌가 네놈을 먼저 육시할 수 있음을 명심해라."

으지직.

얼굴이 땅바닥에 반쯤 파묻힐 정도의 엄청난 힘이었다. 연공공은 얼마나 고통이 심했는지 비명조차 지르지 못했다. 그렇게 말한 묵향은 잠시 연공공의 면상을 지그시 노려보더니 툭 한마디 내뱉었다.

"그러고 보니 고문 도중에 죽어 버리면, 육시를 해서 그 조각들을 황궁에다가 뿌리는 것도 그리 나쁘지는 않겠군."

지금까지도 묵향에게 당하고 있는 분근착골 때문에 죽을 지경인데 그런 말까지 들으니 연공공으로서는 모골이 송연할 수밖에 없었을 것이다. 그런데 옆에서 둘의 대화를 듣고 있던 독두개가 구미가 당기는 듯 끼어들었다. 안 그래도 뒷탈이 염려스러운데 교주가 연공공을 죽여 준다니 기꺼울 수밖에 없었던 것이다.

"연공공의 목을 자르실 겁니까?"

"왜? 자네가 자르고 싶나? 뭐, 평상시에 맺힌 게 많았다면 육시하는 것쯤은 자네에게 양보하도록 하지. 지금 하는 꼴 보니, 몇 시진 안 기다려도 놈의 몸을 토막칠 수 있을 게야."

연공공의 겉모습은 처참했지만 그보다 오랜 시간 가해 놓은 분근착골의 영향으로 인해 그의 근골은 더욱 엉망진창인 상황이었다. 아마 이곳에서 살아나간다고 해도 과거의 무위를 되찾기 위해서는 최소한 6개월은 정양해야 할지도 몰랐다.

독두개로서야 자신의 정체를 알아본 연공공이 이곳에서 살아나가기를 원치 않기에 묵향의 제안에 구미가 당기는 듯 반색을 하며 물었다.

"그, 그래도 되겠습니까?"

그런 그들을 보며 연공공이 분통을 터뜨렸다.

"이, 이런 악독한 거지 새끼! 내가 네놈과 무슨 원수가 졌다고 그렇게 악랄하게 구는 것이냐?"

이왕에 엎질러진 물이었다. 독두개는 능청스레 말했다.

"교주님, 저놈은 척 봐도 절대로 비밀을 발설할 놈이 아닙니다. 그냥 죽여 없애 버리시죠. 제가 술술 불 만한 다른 놈을 알려 드리겠습니다."

"그럴까? 안 그래도 워낙 입이 질긴 놈이라 짜증나던 참이었는데……."

묵향이 슬그머니 자신에게 다가오자 연공공은 다급히 외쳤다.

"잠깐! 만약 내가 알고 있는 걸 모두 실토하면 살려 주겠느냐?"
 묵향은 연공공의 몸에 가해 놨던 분근착골을 해제하며 대답했다.
 "당연하지."
 "내가 보고 들은 바에 따르면 추밀사(樞密使)가 이번 일을 벌였다고 들었다."
 "추밀사?"
 묵향은 독두개에게 고개를 획 돌리며 물었다.
 "추밀사에 대해 알고 있는 대로 말해 봐."
 별로 말해 주고 싶은 심정은 아니었지만, 독두개는 자신이 알고 있는 대로 알려 줬다. 추밀사가 명목상 군부의 수장이긴 하지만 실권은 거의 없다는 점, 현재 그의 입김으로 움직일 수 있는 군대라면 황군이 전부일 것이라는 정도였다.
 "추밀사가 대장군을 없애는 데 주도적인 역할을 할 이유가 있을까?"
 "그야 군권을 과거처럼 추밀원으로 집중시키는 데 가장 큰 걸림돌이 바로 대장군일 테니까요. 악비 대장군이야말로 최대의 군벌이라고 볼 수 있지 않겠습니까? 그 자신은 군벌이 아니라고 말하고 있지만, 휘하의 장졸들이 모두 추밀원의 명령보다는 대장군의 명령만 듣고 있죠. 그게 바로 군벌이 아니고 뭐란 말입니까?"
 "이제야 확실하게 꼬리를 잡았군."
 원하는 정보를 모두 얻은 묵향은 더 이상 이곳에서는 볼일이 없다는 듯 어딘가로 획 하고 사라져 버렸다. 그리고 지하에는 연공공과 추린, 그리고 독두개만이 남았다.

"끄으으윽!"

신음성을 흘리며 천천히 몸을 일으키는 연공공. 그를 보며 한순간 독두개는 고심하지 않을 수 없었다. 저자를 죽여 입을 막는 것이 최선의 선택이다. 그렇지 않으면 개방은 마교 교주의 하수인이라는 지독한 오명을 뒤집어쓸 수밖에 없게 될 것이다.

독두개의 눈빛이 일순 악독하게 변했고, 그 표정은 차갑게 굳어졌다.

"귀하가 이곳에서 살아나간다면 본방에 크게 위해를 가해 올 것이 분명하므로, 부득불 귀하를 처치하는 수밖에 없겠구려. 원망하려면 나보다는 저 망할 교주 새끼를 원망하도록 하시오. 모든 일은 그놈이 이곳 남경에 왔기에 시작되었으니."

독두개가 공력을 끌어올리며 치명적인 일격을 준비하고 있음에도 불구하고 연공공의 안색은 전혀 변동이 없었다. 도저히 탈출할 방법이 없으니 이미 삶을 포기한 것일까? 더군다나 그는 오랜 고문을 당한 후라 몸도 마음도 엉망인 상태였다.

독두개의 손이 번쩍하고 연공공을 향해 쏘아져 나갔다. 그가 시전하고 있는 것은 개방이 자랑하는 최강의 장법 강룡십팔장(降龍十八掌)으로, 그 한 수에 연공공의 목숨을 앗아 버리겠다는 굳은 의지를 담고 있었다.

슈아아악!

삶을 포기한 듯 가만히 서 있던 연공공의 몸이 옆으로 슬쩍 움직였고, 놀랍게도 그 작은 움직임만으로 독두개의 일격은 옆으로 흘러가 버리고 말았다. 그리고 그때서야 자신이 처한 상황을 파악한 독두개의 눈에 두려움이 짙게 깔렸다. 그는 그때까지 모르고 있었지만 연공공은 자신보다도 훨씬 뛰어난 고수였다.
 퍽!
 단 일격에 독두개는 피를 토하며 쭉 뻗어 버렸다. 극심한 내상을 입은 것이다. 독두개의 실력이 그렇게 형편없는 것은 아니었지만, 그는 상대가 교주의 고문으로 인해 파리 한 마리 때려잡을 힘도 남아 있지 않을 거라고 여겼다. 상대를 과소평가한 것. 그게 그의 결정적인 패인이었다.
 "쿨럭! 별 쓰레기 같은 것이 감히······."
 연공공은 우선 추린에게로 다가갔다. 추린도 자신과 같이 극심한 고문을 당한 상태라 함께 탈출한다는 것은 거의 불가능했다. 더군다나 추린은 무공도 익히지 않은 몸이니 상태는 더 심각할 것이다.
 "이봐, 어서 정신을 차려 봐."
 축 늘어져 있던 추린은 연공공의 채근에 억지로 눈을 떴다.
 "우, 우상시 공공······?"
 추린이 아직 죽지 않았다는 걸 확인한 연공공의 입가에 비릿한 미소가 그려졌다. 그의 입에서 예의 날카로우면서도 살기에 가득 찬 음성이 흘러나왔다.
 "본관이 머지않아 황병을 데리고 돌아올 것이니, 그때까지 죽은 척해서 저들의 눈을 피하고 있어라."
 "아, 알겠습니다."
 왠지 모를 한기를 느낀 추린은 연공공을 마주 보지 않고 슬쩍 고개를 돌렸다. 그런 그의 귓가에 다시 연공공의 말이 들려왔다.
 "크크, 네놈이 예서 죽는다면 본관은 억울해서 잠도 못 잘 것이야. 반드시 돌아와 네놈의 주리를 틀고 말 것이다. 부디 꼭 살아남아 있어라."

"그, 그게 무슨……?"

추린은 그제서야 자신이 연공공을 밀고했다는 사실을 떠올렸다. 그리고 그걸 연공공이 눈치 챘다는 사실도. 추린은 새하얗게 질린 얼굴로 황급히 몸을 일으켜 무릎을 꿇고 애걸하기 시작했다. 그가 알고 있는 연공공은 한 번 앙심을 품으면 가장 처참한 모습으로 상대를 파멸시키는 잔인하기 그지없는 인물이었던 것이다.

"제, 제발 용서를……."

"이번에 아주 좋은 것을 배웠다. 분근착골이라는 것을 말이다. 본관이 직접 겪어 보니 네놈에게도 반드시 맛보여 주고 싶구나. 그런 연후 네놈의 시체를 갈가리 찢어 버릴 것이다!"

연공공은 추린의 혈도를 짚어 잘 보이지 않는 곳에 밀어 넣은 후, 재빨리 계단을 올라갔다. 계단 위에 도착한 그는 문에 난 틈새를 이용하여 밖을 살펴보려고 노력했다. 하지만 문짝이 워낙 두껍고 튼튼하게 만들어진 것이라, 밖의 상황을 엿보기가 아주 힘들었다.

이때 밖에서 두런거리는 목소리가 들려왔다.

"젠장, 뭣 때문에 이렇게 오랫동안 나오지 않는 거지?"

"그야 모르지. 안에서 한잔 꺾고 계신지 말이야."

"빌어먹을! 타주님이 취해 버리면 약속하신 술 한 동이도 그냥 날아가 버리는 거 아냐?"

"그럴지도 모르지."

"그러지 말고 네가 한번 들어가서 살펴 봐."
"미쳤냐? 그러다 걸리면 경을 치게 될 텐데……."
목소리로 봤을 때 문 앞에서 떠들어 대는 놈은 단 두 명. 둘뿐이라면 자신의 이런 형편없는 몸으로라도 어떻게 될 수도 있을 듯했다. 연공공이 문을 살며시 열었을 때 타구봉을 들고 문 앞에 서 있던 거지 두 명은 독두개가 나오는 줄 알고 한 발자국 뒤로 물러나서 고개를 조아려 인사를 하였다.
"볼일은 끝나셨습……."
그리고 그것은 연공공에게 최고의 기회를 제공해 줬다. 연공공은 고개를 푹 숙이고 있는 거지들을 덮쳤다.
퍼퍽!
영문도 모르고 기습 공격을 당한 거지들의 몸이 쓰러지고 있을 때, 연공공은 이미 밖을 향해 자신이 낼 수 있는 최대 속도로 경공술을 전개하고 있었다.

*　　*　　*

황궁과 무림맹의 협정에 따라 웬만한 문파들은 다 남경을 떠났다. 공식적으로 무장을 할 수 없다는 것이 약육강식의 세계를 살고 있는 무림인들에게 꽤나 큰 부담으로 작용했기 때문이다. 하지만 그런 불리함이 있음에도 불구하고 남경에 남아 있는 문파들이 몇 있었는데, 그중 하나가 바로 무영문이다. 정보를 취급하는 무영문이 이곳 남경을 포기할 리 없었기 때문이다.
무영문의 남경 분타는 부호의 저택으로 위장되어 있었고, 주변에 사는 사람들은 이 저택이 왕 노야(老爺)라는 사람 좋은 은퇴상인의 집으로만 알고 있었다. 왕 노야는 오랑캐들과 국경 무역을 통해 상당한 부를 쌓았으며, 지금은 사업을 아들에게 물려주고 이곳 황도에 자리 잡은 뒤 만년을 보내고 있다는 소문이 퍼져 있었다. 그렇기에 그의 집에 많은 사람들이 들락거려도 이웃들은 아무렇지도 않게 생각했다. 아무리 사업을 아들에게 물려주고 은퇴했다고는 하지만 아직 정정했기에 음으로 양으로 아들이 하는 사업을 도와주고 있다고 생각한 것이다.

저택의 주인으로 알려진 왕 노야는 후덕한 인상에 살집이 넉넉한 몸을 하고 있었다. 그런 그가 무슨 급한 일이 있는지 저택 안 깊숙이에 위치한 별채를 향해 서둘러 발걸음을 옮겼다. 별채 쪽으로 다가가자 입구에서 경비를 서고 있던 무사들이 재빨리 그에게 인사를 건넸다.

"어서 오십시오, 노야."

왕 노야는 그들의 인사를 받는 둥 마는 둥 하며 안으로 들어갔다. 그는 별채의 문을 열기 전에 다시 한 번 주위를 쓱 둘러봤다. 그의 타고난 조심성 때문에 이제는 습관처럼 되어 버린 행동이었다. 그는 문 앞에 입을 가져가 속삭이듯 말했다.

"왕 타주입니다."

여인의 아름다운 음성이 안에서 가늘게 들려왔다.

"들어오세요."

"예."

문을 열고 들어가자, 곱게 차려입은 중년 여인이 앉아 있었다.

그녀는 탁자에 쌓여 있는 문서를 훑어보는 중이었다. 중년 여인은 문서에서 눈을 떼지 않은 채 입을 열었다.

"무슨 일인가요? 왕 타주답지 않게 꽤나 서두르는 것 같던데……."

별채 근처에서 왕 노야의 움직임은 평소와 다름없었다. 그런데도 이런 소리를 하는 것으로 보아 별채 밖에서 서둘러 이쪽으로 걸어 들어온 그의 발걸음 소리를 들은 모양이다. 겉보기와 달리 중년 여인은 상당한 고수였던 것이다.

"큰일 났습니다, 문주님."

큰일이라는 말에 중년 여인은 문서에서 눈을 떼, 왕 노야를 바라보며 물었다.

"대장군을 찾아냈나요?"

"그게 아니라 교주가 사고를 쳤습니다."

"사고라니…, 그가 연공공을 죽여 버리기라도 했단 말인가요?"

"그건 아닙니다."

왕 노야는 방금 전까지 개방 분타에서 일어났던 모든 일들을 보고했다. 그의 보고 내용은 너무나도 정확했는데, 그럴 수밖에 없는 것이 왕 노야가 바로 중원 최고의 정보 조직이라고 불리는 무영문의 남경 분타주였던 것이다.

왕 노야는 묵향이 이곳 남경에 도착했을 때부터 그의 움직임을 예의 주시하고 있었다. 다른 곳 같았으면 아무리 그들의 능력이 뛰어나다 해도 어디로 튈지 알 수 없는 묵향의 뒤를 밟기 힘들었을 것이다. 하지만 이곳은 남경이다. 숨기 좋은 엄폐물도 많았고, 뭣하면 수많은 인파들 속에 섞여 들기만 해도 찾아내기 힘들었다. 더군다나 묵향이 추격당할 가능성을 없앤답시고 장거리를 전력 질주할 공간도 없었다.

"그렇다면 연공공이 탈출했단 말인가요?"

"예, 교주가 어딘가로 사라지고 난 후, 얼마 지나지 않아 갇혀 있던 창고에서 탈출했다고 합니다. 그를 살려 둔다면 일이 복잡하게 꼬일 수도 있으니 없애 버리는 것이 어떻겠습니까? 문주님."

왕 노야의 말에 미간을 찌푸리며 골똘이 생각에 잠기는 아름다운 여인. 이 중년 여인이 바로 옥화무제의 딸이며, 현 무영문의 문주인 매설란(梅雪蘭)이었다. 매설란의 딸이 이미 중년의 여인이 되었음에도 불구하고 아직까지도 변함없는 아름다움을 유지하고 있는 것을 보면 그녀 역시 상당한 고수임에 확실했다.

한참 고심을 한 후, 결론을 내렸는지 매설란은 고개를 가로저으며 말했다.

"연공공은 황실을 수호하는 비밀 세력인 친황대의 수장이에요. 가뜩이나 황권이 취약한 상황에서 그를 죽일 수는 없어요."

"하지만 그렇게 되면……."

"그만큼 지독하게 당했으니 교주를 향해 복수의 칼날을 뽑아들겠죠."

"그렇게 되면 교주가 위험하지 않겠습니까?"

왕 노야의 말에 매설란은 피식 웃으며 대꾸했다.

"황실에 그만한 힘이 있을까요? 교주를 없애는 것이 그렇게 쉬웠다면 어떻게 그가 아직까지 살아 있을 수 있겠어요."

"그렇다면 그가 살아서 황궁에 돌아갈 수 있도록 도와주라고 명을 내리도록 하겠습니다."

그 말에 매설란은 고개를 갸웃거리며 물었다.

"도와줄 필요까지 있을까요?"

"어찌 된 영문인지는 알 수 없지만, 개방 분타에 있는 모든 개방도들이 지금 연공공을 척살하기 위해 움직이고 있다고 합니다."

"흐음……."

그 말에 미간을 찌푸리고 잠시 생각에 잠겨 있던 매설란이 마음을 굳힌 듯 고개를 들며 명령했다.

"사람들을 보내 연공공이 무사히 황궁으로 돌아갈 수 있도록 도와주세요."

"하지만 그렇게 되면 개방과의 충돌은……."

"연공공 같은 인물을 이런 일로 죽게 놔둘 수는 없어요."

"알겠습니다, 문주님."

왕 노야는 서둘러 별채 밖으로 나가 대기하고 있던 분타원들 중 한 명에게 뭐라 지시를 내렸다. 그와 동시에 10여 명의 인물들이 어디론가 급히 달려갔다. 아마 연공공의 탈출을 돕기 위해 움직이는 것이리라.

왕 노야가 다시 방 안으로 돌아오자, 매설란은 문득 생각났다는 듯 물었다.

"교주가 어디로 갔는지는 보고가 들어왔나요?"

"꼬리를 붙여 놓았으니 조만간 연락이 올 겁니다."

이때 밖에서 약하게 문 두드리는 소리가 들려왔다. 왕 노야가 문을 열어 주자, 문사 차림의 사내 하나가 뭔가 보고를 한 후 종

여기가 개방 분타야? 마교 분타야? 125

종걸음으로 사라졌다.

"교주가 추밀사의 저택으로 들어갔다는 보고입니다."

사내의 보고가 매설란에게는 예상 밖이었던 모양이다.

"추밀사? 그렇다면 추밀사가 대장군을 납치했다는 말인가요?"

"그럴 수도 있지 않겠습니까? 현재 최대의 군벌을 구축하고 있는 악비 대장군만 없어진다면, 지금의 군벌 체제를 타파하고 다시 한 번 과거와 같이 추밀원이 군권을 움켜쥘 수 있을 테니 말입니다."

하지만 매설란은 고개를 가로저으며 확신 어린 어조로 대꾸했다. 악비 대장군이 실종되었을 때, 그녀는 그런 가능성에 대해서도 이미 조사를 했었던 것이다.

"그건 말도 안 돼요. 만약 악비 대장군이 없어진다고 하더라도 현재 추밀원의 능력으로는 절대로 군권을 재편할 수 없어요. 오히려 대장군을 추밀원이 없앴다는 걸 군벌들이 안다면, 위협을 느낀 그들이 일제히 금나라로 넘어가 버릴 우려마저 있죠. 그런 위험을 감수하면서까지 추밀원에서 일을 벌일 수 있을까요?"

그 말에 왕 노야는 선뜻 대답하지 못하고 머뭇거렸다. 매설란도 왕 노야의 대답을 기대하지 않았는지 곧바로 말을 이었다.

"아마 연공공은 추밀사를 의심하는 모양이지만, 나는 그가 범인이 아니라고 생각해요."

그러면서 매설란은 이번 악비 대장군 납치 사건을 황궁 쪽에서 일으킨 일이 아닐까 조심스럽게 추측했다. 하지만 추측만 했을 뿐, 본격적인 조사를 지시하지는 않았다. 왜냐하면 황궁에는 황성사라는 첩보 단체가 있기 때문이다. 만약 혹시라도 무영문이

비밀을 파헤치기 위해 움직이다 황성사에 포착이라도 당한다면, 황궁과 상당히 껄끄러운 관계가 될 가능성이 농후했기 때문이다.
 심증은 있었지만 쉽게 움직이지 못하고 고민하고 있을 때 묵향이 황성에 나타난 것이다. 그는 이내 온 황성 내를 휘저어 놓기 시작했다. 그리고 그 기회를 이용해서 무영문도 조심스럽게 움직였다. 껄끄러운 황성사의 시선은 묵향에게로 집중될 것이 틀림없으니 그 틈에 악비 대장군에 대한 정보를 얻을 수 있을 거라는 판단에서였다. 덕분에 무영문은 꽤나 많은 정보를 끌어 모아 놓은 상태였다. 매설란이 내린 결론도 그런 정보들을 바탕에 깔고 있었다.

악비 대장군의 행방, 그리고 혈전

 우상시 연공공은 중상을 당한 몸임에도 불구하고 개방의 포위망을 뚫고 간신히 황군 진지로 탈출하는 데 성공했다. 물론 무영문의 도움이 있었기에 그게 가능했었지만, 그들이 워낙 은밀하게 움직였기에 연공공은 누군가 자신을 도와주고 있다는 사실을 눈치 채지 못했다.
 황군 진지에 겨우 도착한 연공공의 몰골은 처참하기 그지없었다. 전신에 수많은 상처를 입어 끊임없이 피를 흘리고 있는 그의 모습은 누가 봐도 뭔가 큰 환난을 당했다는 것을 금방 알 수 있었다. 황군 진지 앞에서 경비를 서고 있던 병사들이 연공공을 발견하자마자 달려 나왔다.
 연공공은 궁내의 환관들이 입는 관복을 착용하고 있었고, 경계를 서고 있던 황군 병사들이 그걸 못 알아볼 리 없었다. 그들은 연공공을 부축하여 병영 안으로 들어갔고, 그중 한 명은 당직을 서고 있는 장수에게 이 사태를 보고하기 위해 어디론가 달려갔다.

잠시 후, 연락을 받고 급히 달려온 황군 교령이 한눈에 연공공을 알아보고 깜짝 놀라 외쳤다.

"아니, 우상시 공공이 아니십니까? 이게 대체 어찌 된 일이십니까?"

그 말에 묵향에게 납치돼 온갖 고문을 당했던 것이 떠오르자 연공공은 치밀어 오르는 울화를 참지 못하겠는지 부르르 떨리는 목소리로 대꾸했다.

"내 극악무도한 놈들에게 잡혀 갔었으나 다행히 하늘이 도와 겨우 탈출할 수 있었다네."

"대인께 무례를 저지른 놈들의 거처를 알려 주십시오. 소장이 달려가 그놈들을 당장!"

"그렇게 섣불리 건드릴 수 있는 놈들이 아니야."

황군 교령을 만류하는 연공공의 눈이 얼음장처럼 차갑게 빛났다. 여기까지 탈출해 오는 동안 틈만 나면 복수를 생각했었다. 지독할 만큼 강렬한 복수심이 그를 이곳까지 오게 만든 원동력이 되어 주었던 것이다. 상대는 이 시대를 양분하고 있는 거대문파들 중 하나인 마교(魔敎)의 수괴(首魁)다. 풍문에 들었던 것처럼 놈의 무공은 엄청났다. 그런 만큼 조심에 조심을 기하지 않는 한 놈을 놓칠 가능성이 컸다.

물론 개방의 거지들도 절대 용서할 수 없었다. 하지만 자신을 납치하고 극악한 고문을 행했던 그 빌어먹을 마교 교주 놈을 잡는 게 먼저였다. 잡아서 자신이 겪었던 고통의 수십 배를 돌려줘야 했다.

교주 놈을 잡기 위해 그가 생각해 둔 한 가지 계책이 있었다. 그 계책을 세울 수 있었던 것은 지금 놈이 뭘 하려고 하는지, 그리고 그놈이 어디로 갔는지 알기에 가능했다.

"몇 가지 도와줄 일이 있네."

"하명만 하십시오, 공공."

"날래고 믿을 만한 녀석들을 다섯만 뽑아 주게. 서신을 보낼 게 있네."

"예, 즉시 대기시키도록 하겠습니다."

교령이 자신의 심복들 중에서 기마술에 뛰어난 자들을 부르러 나간 사이, 연공공은 그들에게 맡길 서신을 작성했다. 가장 먼저 그가 쓴 서신은 황궁에 있는 자신의 심복에게 보내는 것이었다. 자신의 안전을 확보하려면 아무래도 실력 있는 고수들이 필요했기 때문이다.

그리고 그다음으로 작성한 것은 황성사로 보낼 서신이었다. 자신이 당한 일을 다른 간부들에게 알리고, 도움을 청해야 했기 때문이다.

그다음에야 공동파와 아미파에 보낼 서신을 작성했다. 오랜 세월 황궁에서 일해 온 때문인지 우아한 서체로 쭉쭉 써 내려가던 그는 갑자기 붓을 멈추며 무심결에 중얼거렸다.

"이런! 이렇게 쓰면 안 되잖아."

황성사에 보내는 서신이야 이번에 그가 당한 불미스런 일들을 사실대로 기록한다고 해도 아미파와 공동파에 보낼 것들까지 그렇게 할 이유가 없었다. 아니, 사실대로 기록한다면 저들이 협조하지 않을 가능성이 더 컸다. 마교 교주의 무공이 워낙 강한 만큼 그를 없애려면 엄청난 피해를 감수해야 할 것이 아니겠는가. 그리고 더욱 큰 문제는 만약 교주를 없앴다는 게 마교의 귀에 들어갔다가는 전면전이 벌어질 게 분명했다.

지금 양양성에서는 마교와 정파라는 것들이 힘을 합쳐 오랑캐들과 싸우고 있었다. 그런 상황에서 상대가 교주라는 것을 알면 공동파와 아미파가 자신에게 제대로 된 힘을 빌려 줄 리가 없는 것이다.

"그렇다면 어떻게 쓸까?"

잠시 궁리하던 연공공은 일단 자신을 납치한 괴한이 마교 교주라는 사실을 숨기는 게 좋겠다고 생각했다. 괴한은 마교 교주가 아니라 강력한 무공을 지닌 '정체불명의 고수'로 바뀌었다.

자신의 서신을 소지한 다섯 명의 전령들이 전력질주하며 만들어 낸 경쾌한 말발굽 소리를 들으며 연공공은 살기 어린 미소를 지었다. 그는 자신의 눈앞에 이미 마교 교주 놈이 붙잡혀 온 것이나 다름없다고 생각했다. 제아무리 놈의 무공이 강하다고 해도 이렇게 많은 인원과 물자를 동원한 이상, 생포하는 것은 시간문제라고 여겼던 것이다. 아미파와 공동파는 물론이고, 중무장한 황군 5천까지 동원된다면 그 누가 도망칠 수 있겠는가.

"놈을 어떻게 죽여 줄까?"

이리저리 궁리하던 연공공은 기가 막힌 생각이 떠올랐는지 무릎을 탁 치며 외쳤다.

"그래! 놈이 말했던 대로 육시를 해서 그 잡것들에게 존엄한 황실의 권위에 반기를 들면 어떤 꼴이 되는지 알려 줘야겠어. 그래, 바로 그거야. 케케케케케!"

나름대로 통쾌하게 소리 내어 웃는 연공공이었지만 그 기괴한 고음의 목소리 탓에, 주변에서 웃음소리를 들은 사람들은 온몸에 소름이 돋는 기분 나쁜 경험을 해야만 했다.

　　　　　　＊　　＊　　＊

연공공의 서신을 찬찬히 읽은 후, 비호검 이평 장로는 그것을 가지고 온 전령에게 물었다.

"서신을 읽어 보니 아미파에서도 사람이 나올 거라고 쓰여 있는데…, 그쪽은 황궁에 매인 상태인데 과연 지원 나올 여력이 있겠나?"

"우상시 공공의 청인데 어찌 감히 거절할 수 있겠습니까? 당연히 나올 것입니다."

전령의 말에 그제서야 이평 장로는 연공공이 십상시 중 한 명이라는 것을 떠올릴 수 있었다. 그러면 설사 황제를 호위하는 무사라도 빼올 것이다. 그만큼 십상시가 휘두르는 권력의 힘은 엄청났다.

"알겠네. 정해진 시간에 그쪽에 도착할 것이라고 공공께 전해 주게나."

"예, 그리 전하겠사옵니다."

이평 장로의 말에 전령은 군례를 올린 뒤 다시 군영으로 돌아갔다. 전령이 돌아가자마자, 이평 장로는 1대제자들에게 다급히 명령했다.

"최대한 빨리 출동 준비를 갖춰라. 상대는 소수인 만큼 검과 암기 몇 가지 정도만 가져가도 충분하다."

믿고 존경하는 장로의 명령이니 의문을 제시하는 제자는 당연히 없었다. 1대제자들은 일제히 고개를 조아리며 외쳤다.

"옛, 장로님!"

이평 장로의 명령에 제자들이 무장을 갖추기 위해 밖으로 모두 달려 나갔지만 그의 적전제자인 허진산(許珍山)은 남았다. 허진산은 검대에 놓여 있는 사부의 애검을 꺼내, 두 손으로 사부께 바치며 슬쩍 질문을 던졌다.

"사부님, 무슨 일이신데 그리 서두르시는 겁니까?"

"노부가 그토록 고대하던 기회가 왔기 때문이다."

이평 장로는 서신을 허진산에게 넘겨주며 말을 이었다.

"이 일만 잘 처리해 준다면, 연공공의 환심을 살 수 있을 게다. 그는 황궁의 실세다. 그가 본문을 밀어주기만 한다면, 본문이 다시 한 번 무림에 이름을 떨치는 것도 결코 꿈은 아닐 게야."

공동파는 과거 무극검황(無極劍皇) 옥청학(玉靑鶴)이 무림맹주로 있을 때 최고의 성세를 달렸었다. 하지만 그가 행방불명된 후 거듭되는 불상사로 인해 지금 그 세력이 크게 위축되어 있는 상태다. 그렇기에 공동파는 다시 한 번 재도약의 발판을 황실에서 마련하기 위해 기회를 엿보고 있는 중이었다. 그런데 그 기회가 너무나도 빨리 넝쿨째 굴러 들어온 것이다.

급히 서신을 다 읽어 본 허진산은 조심스럽게 사부에게 의문나는 점을 물었다.
 "서신에 따르면 적도(敵徒)를 잡는 데 본문만이 아니라 아미파와 황군까지 투입된다고 하지 않습니까? 이렇게 많은 인원이 동원된다면 놈들이 낌새를 채고 도망칠 가능성도 있을 뿐만 아니라, 설혹 놈들을 잡는다고 하더라도 본문의 공이 그만큼 희석될 것이 뻔합니다, 사부님."
 그 말에 이평 장로는 흐뭇한 미소를 지으며 고개를 끄덕거렸다.
 "물론이다. 그 때문에 지금 내가 서두르는 게야. 최대한 빨리 그곳에 도착하여, 다른 사람들이 오기 전에 놈들을 친다. 알겠느냐?"
 "옛, 사부님."
 이때, 밖에서 1대제자들 중 한 명의 목소리가 들려왔다.
 "장로님, 출동 준비가 모두 끝났습니다."
 이평 장로는 검을 집어들고 자리에서 벌떡 일어서며 외쳤다.
 "자, 가자."

 이평 장로가 거느린 공동파 제자들은 순식간에 목표 지점인 추밀사의 저택에 도착했다. 목적지가 그리 멀리 떨어진 곳에 있지 않았기에, 경공술을 사용해서 내달리자 금방 도착할 수 있었던 것이다.
 이평 장로는 도착하자마자 지체하지 않고 제자들에게 명령했다.
 "적도들을 찾아라. 설혹 낌새를 챘다고 하더라도 그리 멀리 도망가지는 못했을 것이다."

"옛!"

1대제자들은 우렁찬 목소리로 대답한 후, 각기 자신들을 따르는 2, 3대제자들을 거느리고 추밀사의 저택 안으로 돌진해 들어갔다.

"큭, 겨우 적도 몇 놈 잡는데 아미파와 힘을 합치라니. 연공공은 본문의 능력을 너무나도 무시하는군."

그렇게 투덜거리며 이평 장로는 주위를 둘러봤다. 연공공의 말대로 적도들 중에 뛰어난 실력을 지닌 무림인이 있다면, 자신들이 이곳으로 달려오는 기척을 파악하고 벌써 도망쳐 버렸을 수도 있었다. 하지만 그가 아무리 집중해서 주위를 둘러봐도 누군가 전속력으로 달려가는 듯한 기척은 느껴지지 않았다.

"깊숙이 숨어 버렸다면 골치깨나 아프겠는데……."

지금 그가 우려하는 것은 단 한 가지, 놈들이 어딘가로 숨어 들어갔을 경우다. 시간을 늘여 전전히 수색해 나간다면 결국 잡아낼 수 있겠지만, 이평 장로는 적도들을 잡는 공을 아미파와 나눌 생각이 전혀 없었다. 그러자면 결국 적도들을 최단시간 내에 포착하여 격멸하는 것만이 최선의 방법이다.

이때 갑자기 추밀사의 저택 안으로 돌격해 들어가던 문하제자들이 술렁이는 것이 보였다. 그들이 주춤주춤 뒤로 물러서는 것이 보이는가 싶더니, 곧이어 복면으로 얼굴을 가린 암행복(暗行服)을 입은 사내가 그 모습을 드러냈다.

"흐흣, 잡았구나."

흐뭇하게 미소 짓는 이평 장로였지만, 그 미소는 얼마가지 못하고 그의 얼굴에서 사라져 버렸다. 아니, 얼마나 놀라운 광경을 봤

악비 대장군의 행방, 그리고 혈전 135

는지 그의 두 눈이 휘둥그레졌다.

　복면인은 공동파의 제자들이 포위하고 있음에도 불구하고 마치 주위에 아무도 없는 듯 태연한 안색으로 서 있었다. 그러던 그가 어느 한순간 번쩍하고 신형을 움직였다. 절정의 반열에 오른 이평 장로조차도 그의 움직임을 순간적으로 놓쳤을 정도로 그의 움직임은 빨랐다.

　퍼퍼퍽!

　놀랍게도 그 괴한은 순식간에 세 명의 문하제자들을 때려눕히더니, 곧바로 그들 중 한 명의 검을 뺏어 들었다. 그리고 그와 동시에 복면인을 중심으로 은빛 곡선의 파도가 화려하게 출렁이기 시작했다. 문하제자들 십수 명이 피를 뿌리며 사방으로 나뒹군 것도 그와 동시에 벌어진 일이었다.

　"제, 젠장, 고수로구나. 모두들 비켜라. 노부가 상대하겠다."

　이평 장로는 상승의 신법을 발휘하여 공중에서 아홉 바퀴나 곡예를 하듯 화려하게 돌며 문하제자들 앞에 착지했고, 그와 동시에 그의 몸은 앞으로 튕겨 나가듯 복면인을 향해 달려 나갔다. 과연 일문의 장로다운 절정의 경공신법이었다. 하지만 그는 자신이 상대해야 할 적이 얼마나 무서운지 아직 모르고 있었다.

　문하제자들이 더 이상 상하지 않게 자신이 도와줘야 한다는 생각에 복면인을 제대로 살피지 않고 너무 성급하게 움직인 게 화근이었다. 이평 장로는 복면인의 검격이 자신에게 날아온 후에야, 자신이 얼마나 상대를 얕보고 있었는지 깨달았다. 얼핏 봤을 때 복면인의 무공은 그리 대단해 보이지 않았다. 하지만 복면인은 쓸데없는 공력의 낭비를 최대한 자제하며, 상대를 해치우는 데

꼭 필요한 만큼의 공력만을 쓰고 있었다. 그 말은 복면인이 정말 엄청난 고수라는 말과 같은 뜻이다.

지금껏 제자들을 상대할 때는 그리 대단한 검식을 사용하지 않았지만, 이평 장로를 향해 날아온 것은 그 파괴력부터 상상을 초월하는 것이었다. 극도로 응축된 내공을 담고 있는 강력한 초식. 공동파의 장로답게 목숨의 위협을 느낀 순간, 이평 장로는 사력을 다해 자신이 익힌 무공 중 최강의 초식으로 강력한 검막(劍膜)을 구축했다.

콰콰쾅!

검과 검이 부딪쳤음에도 고막이 멍멍해 질 정도의 굉렬한 폭음이 울려 퍼졌다. 그리고 순식간에 이평 장로의 검막이 허무하게 깨져 나갔다. 상대는 상상 이상의 고수였다. 이평 장로가 이런 곳에서 만날 것이라고는 상상도 해 보지 못한……. 검막이 깨져 나간 순간, 이평 장로는 무의식중에 눈을 질끈 감았다. 곧이어 상대의 검이 자신의 목을 쓸어 올 것이 분명했기 때문이다.

하지만 촌각의 시간이 흘렀어도 적의 공격은 없었다. 어쩌면 적도 자신의 검막을 무너뜨리면서 충격을 받아, 연속 공격을 가할 여력이 없었을지도 모른다. 생각이 채 끝나기도 전에 이평 장로는 정신없이 뒤로 빠졌다.

이평 장로가 황급히 방어 자세를 잡을 때까지도 복면인의 공격은 없었다. 아니 복면인은 검을 아래로 축 늘어뜨린 채 공격할 의사가 전혀 없는 듯 보였다. 의아한 시선으로 이평 장로가 복면괴한을 바라보고 있을 때 괴한의 입에서 굵직한 목소리가 흘러나왔다.

"적하마령검법(赤霞魔令劍法)! 그걸 익힌 자가 있을 줄은 생각도 못했군. 너는 그 검법을 어디서 배웠느냐?"

복면인의 물음에 이평 장로가 오히려 어리둥절해졌다. 저자는 어떻게 제자들도 잘 모르고 있는 이 무공의 정체를 한눈에 알아본다는 말인가? 공동파 수뇌부 몇몇을 제외하면 무림에서 이 무공을 알아볼 사람은 전무하다고 말해도 과언이 아닐 것이다. 혹 저자가 과거 공동파에서 파문당한 선배였다는 말인가? 짧은 시간이었지만 그의 머릿속으로 온갖 상념들이 빠르게 스치고 지나갔다.

잠시 후, 이평 장로의 입이 힘겹게 열렸다.

"귀, 귀하는 누구시길래 그걸……?"

"젠장! 그녀의 흔적이 아직까지도 남아 있었군."

마치 살인에 재미라도 들린 듯 닥치는 대로 공동파 제자들을 죽여 대던 괴한은 갑자기 모든 흥이 사라진 듯했다. 그는 의미 모를 말만 남긴 채 그 장소를 이탈하려고 했다. 하지만 그것도 쉬운 일은 아니었다.

황궁 쪽 방향에서 수십이 넘는 인영들이 전속력으로 달려왔기 때문이다. 인영들은 이곳에서 만나기로 되어 있던 아미파의 지원 세력이었다. 아미파 고수들은 도착하자마자 피바다의 한가운데에 서 있는 복면인을 향해 다짜고짜 공격을 개시했다. 수많은 공동파 제자들의 시신이 널려 있는 것으로 보아, 복면인과의 대화는 무의미하다고 판단한 것 같았다.

아미파 제자들은 복면인에게 접근하며 저마다 품속에서 아미파 고유의 암기인 조핵정(棗核釘)을 꺼내 던졌다. 무림인들의 경우 같은 문파의 소속이라 할지라도 각자 지닌 암기는 저마다의 취향에 따라 달랐지만, 아미파는 모두 조핵정만을 사용했다. 대추씨와 비슷하게 생긴 조핵정은 통짜쇠로 만들어져 제법 묵직했기에 장거리의 적도 공격이 가능했다. 그리고 한쪽은 뾰족하게 또 다른 쪽은 둥글게 만들어져 있어, 살상은 물론이고 적의 혈도를 제압할 수도 있었다.

순식간에 수백 발의 조핵정이 발출되어 복면인을 향해 날아갔다. 모두 황궁 경호를 위해 뽑은 아미파의 내로라할 만한 실력 있는 고수들이었기에 암기들은 무시무시한 파공성을 울리며 날아갔다. 그녀들은 복면인이 벌집이 되어 쓰러질 거라고 믿어 의심치 않았다. 하지만 그게 아니었다.

티티팅.

일순 복면인의 검이 부드러운 궤적을 그리며 그의 주위로 두터운 벽을 쌓았고, 무서운 속도로 날아간 조핵정들은 콩 볶는 소리와 함께 갈기갈기 찢어져 소멸되어 버렸다. 정말이지 눈으로 보면서도 믿기 힘든 무위였다. 행인지 불행인지 모르지만, 그녀들은 그와 똑같은 한 수를 사용해서 조핵정을 찢어발기던 인물을 이미 경험한 적이 있었다.

아미파 제자들이 저마다 경악성을 질러 댔다.

"악! 바로 그자에욧!"

"모두들 조심해!"

어젯밤 황궁에서 만난 괴한을 그녀들이 어찌 잊을 수 있겠는가. 그 당시 그녀들은 자신들의 무력함을 뼈저리게 절감해야만 했다. 괴한과 아미파의 충돌은 어처구니없을 정도로 짧게 끝났지만, 그녀들이 강자에 대한 경외(敬畏)와 공포(恐怖)를 가슴속 깊이 새기기에는 충분한 시간이었다. 그렇게 엄청난 고수가 황궁에 둘씩이나 잠입했을 리는 없었다. 그렇다면 여기 서 있는 복면인은 어젯밤 만났던 바로 그놈이 분명했다.

정진사태의 명에 따라 동문들을 이끌고 이곳에 온 지선은 있는 힘껏 외쳤다.

"모두 피햇!"

순간 복면인의 앞을 가로막았던 아미파 여승들은 마치 대나무가 쪼개지듯 황급히 옆으로 비켜섰다. 복면인은 미처 옆으로 비키지 못한 여승들을 일말의 주저도 없이 베어 버리며 빠른 속도로 어디론가 사라져 버렸다. 여승 셋이 피보라를 일으키며 쓰러졌지만, 누구 하나 복면인을 향해 달려드는 자는 없었다. 달려들어 봐야 아예 상대가 안 됨을 그녀들은 너무나도 잘 알고 있었기 때문이다.

멍하니 서서 복면인의 사라진 뒷모습을 바라보고 있던 이평 장로는 이윽고 정신을 차렸는지 고개를 돌려 지선에게 물었다.

"도대체 저자가 누군지 아시오?"

상대는 공동파의 장로였기에 지선은 예의를 갖춰 정중히 대답했다.

"소승도 잘 모릅니다."

"방금 전에 보니 모두들 저자를 아는 듯하던데……?"

이평 장로의 눈에 의심의 기색이 가득한 것을 보자 지선은 가볍게 한숨을 내쉰 후 솔직하게 대답했다. 어젯밤에 있었던 일을 말이다. 이야기를 모두 들은 이평 장로는 놀라움을 감추지 못했다.

"진법을 사용했다면…, 혹 항마연환검진을 말하시는 거요?"

"그렇습니다. 비호검 대협."

"그, 그럴 리가……."

"아미타불, 한 치의 가감도 없는 사실입니다."

지선의 솔직한 대답에 이평 장로는 더 이상 할 말을 잃고 말았다. 이평 장로는 아미파의 항마연환검진이 얼마나 뛰어난 검진임을 잘 알고 있었다. 상대 문파의 최고의 무공이나 검진은 다른 문파들에게 있어 연구의 대상이니 말이다. 그런데 그런 검진을, 그것도 고르고 고른 정예들이 발동시킨 걸 혼자서 단숨에 뭉개 버렸다니 그 말을 어찌 믿을 수 있겠는가.

비록 믿기 힘든 듯 고개를 가로젓고 있지만 이평 장로는 지선의 말이 사실임을 이미 알고 있었다. 방금 전 그가 직접 복면인과 검을 나누지 않았던가. 상대의 무시무시한 검격을 생각하면 지금도 오금이 저릴 지경이다.

잠시 멍하니 서 있던 이평 장로는 이윽고 이번 사선에 뭔가 노종의 흑막이 있음을 간파했다. 저토록 무시무시한 실력의 고수라면 필히 무림에 이름이 널리 알려진 자일 게 분명했다. 더군다나 그 복면인은 자신의 검법을 한눈에 알아보지 않았던가. 그런 실력자가 뭣 때문에 연공공의 납치에 관여했을까? 아무리 생각해 봐도 도저히 이해할 수가 없었다.

이때 실내로 들어갔던 제자들 중 하나가 이평 장로에게 보고했다.

"추밀사 대인을 찾았습니다, 장로님. 지독한 고문을 받은 듯하지만 목숨에는 지장이 없을 듯 보입니다."

"그래? 빨리 의생에게 모시도록 해라."

"옛, 장로님."

이평 장로는 자신의 애제자에게로 시선을 돌리며 말했다.

"진산아."

"옛, 사부님!"

"일은 거의 끝난 듯하니 뒤처리를 네게 맡기겠다. 노부는 잠시 어디 들렀다가 돌아가마."

"알겠습니다, 사부님."

이평 장로가 제자에게 지시를 내리고 있는 것을 옆에 서 있던 지선도 들었다. 이런 상황에서 제자에게 뒤처리를 맡기고 자리를 비운다니, 필시 뭔가를 알아챈 것이 분명하다고 지선은 생각했다. 지선은 재빨리 자신의 사매에게 같은 지시를 내린 후 어디론가 달려가는 이평 장로의 뒤를 다급히 쫓아갔다.

복면인에게 너무나도 가볍게 무너지기는 했지만 그렇다고 이평 장로의 실력이 형편없는 것은 절대 아니었다. 그가 최대 속도로 경공을 전개하자 얼마 지나지도 않아 목적지에 도착할 수 있었다. 그가 도착한 곳은 바로 연공공이 몸을 추스르고 있는 병영이었다.

경비를 맡고 있던 군관은 이평 장로와 지선을 웬 환관에게로 안내했다. 이평 장로는 그를 처음 만났지만 지선은 연공공의 거처를 드나들던 도중에 그를 몇 번인가 본 기억이 있었다. 환관이 지선을 알아보고 먼저 아는 척을 했다.

"아, 지선 스님이셨군요. 그래, 무슨 일로 우상시 공공을 찾으시는 겁니까?"

그러자 지선 대신 이평 장로가 그 말에 대답했다.

"공공께서 이번에 노부와 지선 스님에게 한 가지 일을 맡기셨는데, 그 일로 상의드릴 게 있다고 전하시면 아실 겁니다."

"급한 일이 아니시라면 다음에 찾아 주시면 안되겠습니까? 공공께서는 급한 일이 있으셔서……."

환관은 급한 일이 있다고 대충 얼버무렸지만, 이평 장로는 이미 연공공이 자신들을 왜 만나지 못하는지 그 이유를 눈치 채고 있었다. 상승의 고수인 그는 연공공이 있음직한 막사 안쪽에서 누군가가 운기조식을 하고 있음을 기의 움직임을 통해 파악했던 것이다. 그게 아마 연공공일 가능성이 컸다. 지금까지 연공공이 내공의 고수라는 사실을 모르고 있었던 이평 장로에게 있어서는 작금의 사실은 꽤나 충격적인 것이었다. 상당히 강력한 기의 파동이 느껴지는 것으로 보아, 연공공은 주위의 이목은 신경도 쓰지 않고 전력을 다해 운공하고 있는 모양이다.

이평 장로는 슬쩍 뒤에 서 있는 지선의 표정을 살폈다. 의외로 그녀의 안색은 평온했다. 마치 지금 일어나고 있는 일을 예상이라도 하고 있었던 듯.

이평 장로는 다시 환관 쪽으로 시선을 돌리며 태연자약하게 대꾸했다.

"노부를 생각해 주는 것은 고마운 일이나 예서 기다리겠소."

"그래도 이곳에서 기다리시는 건 좀……."

"화급을 요하는 일이오. 나중에 공공께서 기침하신 후 귀하가 나를 돌려보내신 걸 아신다면 크게 역정 내실지도 모르오. 그래도 노부보고 그냥 가라고 하겠소?"

환관은 잠시 고민하는 듯하더니, 할 수 없다고 생각했는지 고개를 조아리며 말했다.

"정 그러시다면 여기서 기다리도록 하십시오."

환관이 물러간 후 이평 장로는 지선에게 전음을 날렸다.

〈자네는 이미 알고 있었던 모양이군.〉

〈예? 무슨 말씀이신지요.〉

〈모르는 척할 필요 없네. 그래, 언제부터 알게 되었나? 연공공이 무공을 익혔다는 걸 말일세.〉

〈소승도 그걸 안 지는 얼마 되지 않았습니다.〉

〈그런가……?〉

그렇게 말하면서 이평 장로는 주위를 빙 둘러봤다. 마치 침입자라도 있는지 경계하듯 말이다. 그걸 보며 지선은 왜 이평 장로가 굳이 이곳에서 기다리겠다고 환관에게 고집을 부렸는지 눈치 챌 수 있었다. 이평 장로는 지금 누군가가 몰래 침투해 연공공을 해치는 것을 경계하고 있는 것이다. 마치 그의 호법이라도 되는 듯이.

두 사람은 한 시진 정도가 지나서야 겨우 연공공을 만날 수 있었다.

"어서 오시구려, 이 장로."

연공공은 이평 장로의 뒤에 서 있는 지선에게도 아는 척을 잊지 않았다. 하지만 그런 연공공의 대응이 하나도 기쁘지 않은 지선 스님이었다. 딱히 하대를 하는 것은 아니었지만 뭔가 묘하게 사람을 깔보는 듯한 오묘한 말투가 귀에 거슬렸기 때문이다.

"어이쿠, 지선 스님께서도 오셨구려. 거기서 그냥 기다릴 게 아니라 통보라도 해 주지 그러셨소? 그래, 두 분께서는 무슨 일로 나를 찾으셨소?"

이평 장로는 거두절미하고 찾아온 용건부터 말했다.

"공공께서 지목하신 그 괴한의 정체를 알고 싶습니다."

"괴한들을 잡으셨소?"

"잡지 못했기에 묻는 말입니다."

연공공은 이평 장로의 대답에 눈썹을 찌푸리며 자신의 심기가 썩 좋지 않음을 숨기지 않았다.

"아니, 공동파에 아미파, 거기에다가 황군을 5천씩이나 지원해 주라 일렀거늘, 어찌 그놈들을 놓칠 수가 있단 말이오?"

"공공의 말씀대로 그 모든 세력이 연합하여 한꺼번에 공격을 가한다면 잡아낼 수도 있었겠지요. 하지만 그 많은 수가 일제히 움직이도록 놈들이 수수방관하고 있을 리 없지 않습니까? 더군다나 말씀하신 적도늘 중 한 명의 부공은 도저히 믿지 못할 만큼 막강한 것이었습니다. 수십에 달하는 본문의 제자들은 물론이고, 제 목까지 날아갈 뻔했으니까요."

"……."

"도대체 그자가 누굽니까? 그런 자가 무명일 리 없으니 빨리 정체를 알려 주시지요. 그자에게서 본문의 핏값을 받아 내야겠습니다."

그렇게 채근을 하는데도 아무런 대답을 하지 않자 이평 장로의 눈동자에는 연공공에 대한 의심이 짙어지기 시작했다. 말로는 놈들을 잡아 없애야 한다고 하면서도 정작 그놈들을 없앨 마음이 없는 건 아닌가 하는 의심 말이다. 더군다나 서찰에는 분명히 적도들이라고 적혀 있었지만 자신이 본 것은 단 한 명뿐이었다.
"알려 주실 생각이 없으십니까?"
연공공은 잠시 고심했다. 이걸 알려 줘야 하나? 아니면 숨겨야 하나. 하지만 숨긴다고 숨겨질 일이 아니다. 놈이 벌써 공동파 제자 수십 명을 도륙했을 뿐만 아니라, 이평 장로의 목숨까지 뺐을 뻔했다고 하지 않는가. 그 정도 실력을 지닌 자라면 무림에서도 열 손가락 안에 들어갈 정도의 고수임은 누구나 쉽게 짐작할 수 있는 바일 테고……. 그렇게 추론해 나간다면 얼마 지나지 않아 이 일을 마교 교주가 벌였음을 눈치 챌 게 분명했다.
결국 다 눈치 챌 게 분명한데 괜히 그 사실을 숨겼다가는 나중에 자신의 의도를 의심받게 될 수도 있다. 아니, 의심받을 게 분명했다. 마음을 정한 연공공은 헛기침을 몇 번 내뱉은 후 천천히 입을 열었다.
"뭐, 꼭 본관이 알려 줄 필요가 있겠소?"
그러면서 연공공은 지선을 가리키며 말했다.
"지선 스님에게 물어보시오. 그날, 그놈을 본관에게 친절하게 안내해 온 당사자였으니 말이오."
순간 이평 장로의 목이 획 돌아갔다. 그는 매서운 눈초리로 지선을 쏘아보며 물었다.
"도대체 어찌 된 일인가?"
자신의 잘못을 이렇게 대놓고 까발릴 줄은 몰랐기에 지선의 안색은 새빨갛게 변해 있었다. 너무 당혹스러웠기에 지선은 일시 간 아무런 말도 하지 못했다.
"……."

"어찌 된 일이냐고 물었네."

계속된 이평 장로의 채근에 지선은 할 수 없이 그날 자신이 처했던 상황을 자세히 설명했다. 그러면서 그녀는 연공공이 대단히 높은 수준의 무공을 익히고 있었다는 걸 자신이 이미 알고 있었다고 거짓말을 해야 했다. 안 그러면 자신은 물론이고 아미파가 매우 곤란한 지경에 처하게 되기 때문이다. 연공공의 무공을 믿었기에 괴한을 연공공이 있는 서재 쪽으로 데리고 갈 수 있었노라고 말이다. 그러면서도 지선은 불제자로서 거짓을 입에 담는 것이 못내 괴로워 내심 계속해서 참회진언(懺悔眞言)을 떠올려야 했다.

'옴 살바못자 모지 사다야 사바하……'

"그자의 무공이 그토록 뛰어날 것이라고는 예상치 못한 것은 소승의 실수였습니다. 소승으로 인해 크나큰 고초를 겪으신 공공께 사죄의 말씀을 올리겠습니다."

"호오~, 지선 스님은 본관이 무공을 익히고 있었음을 어떻게 알고 계셨소?"

나름대로 조심했는데 지선이 이미 알고 있었다고 하니 연공공으로서는 의외였던 모양이다. 그 질문에 지선은 사부를 팔기로 했다. 이왕 시작한 거짓말이었기에 죄책감을 느끼면서도 지선은 계속할 수밖에 달리 방법이 없었다.

"예전에 사부님께서 말씀해 주셨습니다. 무림에 수많은 고수들이 있는데도 불구하고 황궁이 무림의 영향을 받지 않을 수 있었던 것은 우상시 공공과 같은 뛰어난 고수들이 포진하고 있기 때문이라고 말입니다."

지금껏 연공공은 자신을 철저히 숨기고 음지에서만 무공과 세력을 키워 오고 있었다. 그런데 그런 자신의 실력을 인정해 주는 사람이 있을 줄이야. 그것도 무림의 명문이라는 9파1방의 장로급 고수가 말이다. 연공공으로서는 매우 기분 좋을 수밖에 없었다. 더불어 자신이 그 개고생을 하게 만든 지선에게 대가를 치르게 해 주겠다는 마음이 조금은 옅어졌다.

"정진사태께서는 실로 대단한 안목을 지니신 분이구려."

얘기가 자꾸 옆으로 새 나가는 듯하자 이평 장로는 연공공을 향해 주의를 환기시켰다.

"지선 스님은 알지 못한다고 하니 공공께서 알고 계신 거라도 제발 알려 주시길 청합니다."

"흠, 괴한의 정체를 알려 주고 싶지 않아서 말하지 않았던 건 아니오. 본관도 그자의 정체를 정확히 모르기 때문에 지금껏 말하지 못했던 거지요."

그러면서 연공공은 이평 장로와 지선의 눈치를 힐끗 살핀 후 계속 말을 이었다.

"본관이 납치되었을 때 그자들끼리 서로 나누는 대화를 엿들었소. 적도들 중 거지인 듯 보이는 자가 놈을 보고 '교주'라고 부르더이다. 무림에 마교라는 단체가 있다고 들었는데, 어쩌면 그곳의 수괴를 일컫는 것이 아닐까 하는 생각이 문득 들었소."

연공공의 입에서 마교의 교주라는 말이 나오자 이평 장로는 화들짝 놀라 되물었다.

"그, 그게 정말이십니까? 공공."

"본관도 그게 정말인지 알 수가 없었기에 적도들의 정체를 밝히지 못했던 거요. 그자들이 본관을 속이기 위해 일부러 그런 호칭을 입에 올린 것일 수도 있지 않겠소? 이미 황병들을 보내 본관이 잡혀 있던 곳을 치라고 일렀소. 놈들을 잡아들여 족쳐 보면, 진짜로 놈의 정체가 마교 교주인지 정확히 파악할 수 있겠지요. 본관은 적도들의 정체를 숨기고자 한 게 아니라, 확실치 않은 정보를 주어 두 분이 일을 추진하는 데 혼란을 야기할까 두려워 밝히지 않은 것뿐, 다른 뜻은 없었소."

"그, 그러셨습니까?"

연공공의 말은 충분히 그럴듯했기에 이평 장로는 더 이상 따질 수가 없었다. 그때 조용히 서 있던 지선이 문득 입을 열었다.

"마교 교주가 도대체 무슨 생각으로 이런 짓을 벌인 것일까요?"

이평 장로는 고개를 가만히 저으며 대꾸했다.

"어쩌면 교주가 아닐 가능성도 있지. 아직까지 놈의 정체를 속단하는 것은 금물일세."

"하지만 교주의 악행은 아미산에까지 들려오더군요. 소승의 생각으로는 그런 인물과 손을 잡았다는 것 자체가……."

아마도 그녀는 무림에 퍼져 있는 묵향에 대한 소문만으로 이런 판단을 하는 모양이다. 소문이 진짜라면 그 사악하기 그지없는 마두는 이런 못된 짓을 수천 번은 하고도 남았을 악당이니 말이다. 하지만 이평 장로의 생각은 달랐다.

"소문만으로 상대를 평가할 수는 없다고 생각하네. 맹에서 그런 것도 감안하지 않고 그와 손을 잡았겠는가? 그리고 마교는 오랑캐들을 상대로 뛰어난 전공을 세움으로써 맹의 선택이 틀리지 않았음을 보여 줬다네."

"그렇다면 장로님께서는 범인이 따로 있다고 생각하시는 겁니까?"

"무공이 매우 강한 자들 중 교주라고 불리는 자가 현 마교 교주인 암흑마제 말고 둘이 더 있지. 그건 바로 혈교의 교주와 마교의 전대교주인 흑살마왕일세. 노부는 암흑마제보다는 흑살마왕 쪽에 더 큰 혐의가 있다고 생각하네만……."

그 말에 연공공은 고개를 갸웃하며 말했다.

"이 장로의 말이 맞을 수도 있겠지만 틀릴 수도 있소. 본관이 고문을 당하면서 느낀 건데…, 그자가 악비 대장군을 찾는 이유는 구출하기 위함이었지 찾아내서 죽이고자 함은 아닌 듯했소. 물론 그 자체가 연극일 수도 있으나 적어도 본관은 그자의 언행에서 그렇게 느꼈다는 말이오."

그 말에 지선이 갑자기 생각났다는 듯 입을 열었다.

"그러고 보니 양양성에서 악비 대장군을 경호해 이곳에 온 무리들 중에 마교도들이 있었습니다."

"마교도들이 말인가? 아니, 그걸 어떻게 알았나?"

"악비 대장군을 찾겠다며 황궁 안을 기웃거리고 있는 10여 명의 마교도들을 며칠간 구금한 적이 있었기 때문입니다. 그들의 정확한 신분을 알 수 없었기에 이곳 개방 분타주께 의뢰하여 양양성에 기별을 넣어 달라고 했었지요. 교주가 양양성에 있다고 들었으니 그가 그걸 듣고 황성으로 달려왔을 수도 있지 않을까요?"

"그런데 그가 왜 이런 말도 안 되는 사건을 일으킨다는 말인가?"

그 말에 자신의 짐작이 맞았다고 확신한 연공공은 굳은 표정으로 대꾸했다.

"지선 스님의 말이 사실인지는 조사해 보면 알 수 있겠지요."

연공공이 뭔가 생각하는 표정으로 가만히 있자, 두 사람도 입을 다물고 이 일로 인해 자파가 어찌 행동해야 할지 고민하고 있을 때였다. 갑자기 밖이 시끄러워지더니 중무장한 장수 한 명이 당당한 걸음으로 갑주를 철그렁거리며 들어왔다. 화려한 갑주를 입고 있는 것으로 보아, 꽤나 높은 직위를 지닌 무장인 듯싶었다. 그는 절도 있는 동작으로 연공공에게 군례를 올리며 말했다.

"우상시 공공, 반도들의 저항이 거세기는 했지만 공공께서 지시하신 대로 저들의 소굴을 완전히 소탕했습니다."

장수의 보고에 연공공은 미소 지으며 치하했다.

"동중랑장(東中郞將)에게 크게 신세를 지는구려."

"수고랄 게 뭐 있겠습니까? 소장으로서는 그저 공공의 기대에 부응할 수 있어 영광입니다."

"그래, 남경 분타주는 사로잡았는가?"

"예, 공공. 하지만 워낙 상처가 심해 당장 심문하기는 어려울 듯합니다."

연공공은 개방의 남경 분타주를 사로잡았다는 보고에 만족스러운 웃음을 지었다. 죽지 않기만 하면 된다. 감히 자신을 향해 얼른 죽여야 한다고 이죽거리던 그 거지 놈을 생각하면 지금도 치가 떨리는 연공공이었다. 탈출하던 중 정상적인 몸이 아닌 상태에서 손을 썼지만, 상대가 얼마나 큰 상처를 입었는지는 누구보다도 연공공이 잘 알고 있었다. 아마도 그 상처로 인해 탈출하지도 못하고 사로잡힌 모양이다. 그렇지 않았다면 그자의 무공수위로 봤을 때 결코 황군에게 사로잡힐 만큼 녹록한 인물은 아니었다.

"뭐, 심문이야 천천히 해도 되겠지. 그 외에 다른 놈들은 얼마나 붙잡았는가?"

"모두 125명을 잡았습니다. 가급적이면 지시대로 생포하려고 노력했사오나, 저들의 저항이 만만치 않은 고로 어쩔 수 없이 태반은 사살(射殺)하지 않을 수 없었습니다."

황군의 주력 병기는 신비궁이라고 불리는 휴대용 쇠뇌였다. 장전하기가 용이하지 않아서 그렇지 유효 사거리가 무려 2백 보나 되는 강력한 무기다. 앞쪽에서 칼과 창 등으로 무장한 병사들이 개방도들을 상대하는 동안, 뒤쪽에 있는 사수(射手)들이 신비궁을 이용하여 저항하는 개방도들을 사살해 버렸던 것이다.

화살이 갑옷을 꿰뚫을 수 있을 정도의 거리를 그 활의 유효 사거리로 잡는다. 갑옷까지 뚫어 버릴 정도로 강력한 위력을 내포한 화살인 만큼, 개방도들의 무술실력이 웬만큼 뛰어나지 않고서는 신비궁의 밥이 되기 딱 알맞았던 것이다.

"그 정도 잡아들였으면 충분한 것 같구먼. 내 동중랑장의 공을 절대 잊지 않겠네."

"공이라니요, 다만 명대로 행했을 따름입니다."

"안 그래도 신세를 진 김에 한 번 더 손을 빌려 줄 수 있겠는가?"

연공공은 황실의 실세였다. 그런 그에게 빚을 만들어 둔다는 것은 자신의 출세에 든든한 토대가 되어 줄 것이 분명했기에, 동중랑장은 흔쾌히 대답했다.

"하명만 하십시오."

"그 거지 떼들과 모의하여 본관을 납치, 고문했던 자의 정체를 대충 파악해 냈다네. 아마 그자는 무림인으로서 마교라는 단체의 수장일 가능성이 크다고 생각되는데……. 방금 입수한 정보에 따르면 마교 쪽에서 악비 대장군의 호위로 일부 무사들을 보낸 모양일세. 만약 이번 사단을 일으킨 자가 마교 교주라면, 그자는 지금 자신의 부하들 틈 속에 숨어 있을 게 분명하지 않겠는가?"

재빨리 말귀를 알아들은 동중랑장은 호탕하게 말했다.

"대장군을 수행하여 성도에 들어온 자들을 모두 다 체포한 뒤 철저히 조사해 보도록 하겠습니다, 우상시 공공."

연공공의 예상대로 묵향은 임충 일행이 기거하고 있는 객잔에 도착해 있었다. 사건을 일으킨 후 부하들 틈에 슬쩍 숨어들어 위기를 모면하려고 그런 것이 아니라, 부하들과 함께 양양성으로 돌아가기 위함이었다.

"대장군은 찾으셨습니까? 교주님."

임충의 물음에 묵향은 썩 좋지 못한 표정으로 지시를 내렸다.

"모두 출발 준비를 하도록 해라. 지금 즉시 양양성으로 돌아간다."

"예? 그렇다면 악비 대장군은……."

묵향은 내뱉듯 중얼거렸다.

"이미 이 세상 사람이 아니다."

묵향의 표정으로 봤을 때, 악비 대장군의 죽음 뒤에는 뭔가 치졸하기 그지없는 음모가 숨어 있는 모양이었다. 하지만 임충은 감히 그걸 묵향에게 물어볼 수가 없었다. 그리고 그러고 있을 시간도 없었고. 그는 즉각 밖으로 달려나가 부하들에게 명령했다.

"모두들 짐을 챙겨라. 양양성으로 회군한다."

부하들에게 명령한 임충은 악비 대장군의 호위대에도 전령을 보냈다. 자신들은 지금 바로 양양성으로 회군할 건데 그쪽은 어떻게 할 거냐고 말이다. 그러면서 임충은 어떻게 된 것인지는 확실히 알 수 없지만 악비 대장군께서 이미 사망했다는 것을 알려줬다.

아아! 화산파여

 교통의 중심지 섬서성(陝西省)의 성도(省都) 서안(西安)에 도착하면, 중원무림을 대표하던 검의 명문 화산파의 성지 화산이 지척에 다가온다. 파문당해 쫓겨나고, 제자들은 주살당하고, 사문은 멸문당하고……. 화산에서의 마지막 기억은 현천검제에게 있어서 악몽과도 같은 것이었다. 하지만 그럼에도 불구하고 화산으로 달려가고 싶어 두근거리는 마음에 현천검제는 씁쓸하기만 했다. 잊고 싶은 기억도 있지만 그의 인생에서 제2의 고향인 화산을 어찌 기억에서 아예 지울 수가 있겠는가.
 고민하던 현천검제는 슬쩍 소연을 보며 입을 열었다.
 "사질, 화산에 잠시 들렀다가 가면 안 될까? 물론 갈 길이 바쁘고 또 사질이 양양성에 하루라도 빨리 도착하기를 바라는 것은 잘 알지만……."

"저는 상관없습니다."

아무렇지도 않은 듯 대답하면서도 소연은 힐끔 현천검제의 눈치를 살피지 않을 수 없었다. 그의 표정은 결코 5대 명산인 화산에서 유람이나 하자는 그런 것이 아니었다. 왠지 모르겠지만 뭐라 형용하기 힘든 깊은 슬픔이 감춰져 있었던 것이다.

"오히려 제가 사숙께 화산에 들렀다 가자고 부탁드리고 싶었어요. 중원 5대 명산 중 한 곳을 구경한다는 게 그리 쉽게 찾아오는 기회는 아니니까요."

"그렇게 생각해 주니 고맙구면."

소연에게 감사의 뜻을 표한 뒤 현천검제는 화산으로 발길을 돌렸다. 하지만 마음과는 달리 그의 발걸음은 아주 무겁기만 했다.

서안에서 화산까지의 거리는 대략 250여 리. 1만 리 길을 걸어 양양성으로 돌아가야 하는 것에 비하면 지척이나 다름없는 거리다. 둘 다 뛰어난 경공실력을 지닌 고수들이기에, 현천검제가 소연의 상태를 감안하여 쉬어 가며 천천히 달린다고 해도 한 시진 반이면 능히 도착하고도 남았다. 더군다나 현천검제의 배려 덕분에 그녀의 몸은 하루가 다르게 좋아져, 지금은 과거의 부상을 입기 전의 몸 상태로 거의 회복되었을 정도였다.

"정말 아름다워요."

아직 봄이 오려면 멀었기에 화산은 순백의 눈에 덮여 단아한 자태를 드러내고 있었다. 옛 선인들이 화산을 중원 5대 명산에 넣은 이유를 충분히 알 수 있는 수려한 모습이다.

소연이 화산의 절경에 탄성을 내지르자 현천검제는 씁쓰레한 표정으로 입을 열었다.

"산이 깊고 물이 맑기에 예로부터 도가의 성지로 많은 사랑을 받았었지. 이제는 그것도……."

"예? 그건 무슨……?"

괜히 말을 꺼내 봐야 화산 멸문에 마교가 개입되었고, 결국 이곳을 잿더미로 만든 당사자가 소연의 아버지임을 밝혀야 했기에 현천검제는 뒷말을 슬쩍 얼버무렸다.

"아니다. 그건 그렇고, 여기서 조금 더 올라가면 사부님의 묘소가 있지."

그제서야 소연은 현천검제가 이곳에 온 이유를 알 수 있었다. 그리고 이 아름다운 화산의 풍경을 보면서도 왜 서글픈 표정을 짓는지도. 하지만 그건 소연의 착각이었다. 지금까지 현천검제는 소연에게 자신이 화산파 출신임을 숨겼다. 그렇기에 소연으로서는 그가 사부님의 묘소를 찾기 위해 화산에 오르고 싶어 한다고 착각할 수밖에 없었던 것이다.

현천검제가 사부의 묘가 화산에 있다고 얘기하는 순간, 소연은 그가 혹시 화산파 출신이 아닐까 하는 엉뚱한 생각을 문득 했다. 현천검제 같은 위대한 검객을 키우려면 화산파 정도는 되어야 한다고 생각했기 때문이다. 하지만 곧 소연은 고개를 가로저었다. 그런 사람이 마교에 몸담고 있을 리 없지 않은가.

그리고 묘소를 보는 순간 소연은 자신의 생각이 완전히 틀렸음을 확실히 알 수 있었다. 현천검제가 안내해 준 사부의 묘는 볕이 잘 드는 아담한 곳에 위치하고는 있었지만 너무나도 초라하고 쓸쓸한 모습을 하고 있었다. 홀로 자리 잡고 있는 이 무덤이 화산파 제자의 것일 리 없다.

"인사드리거라. 사형과 내게 검술을 가르쳐 주신 유백 사부님이시다."

"소연이 사조님을 뵈옵니다."

예를 다해 인사하기는 했지만 그녀의 마음속에는 의문이 가득했다. 아버지와 사숙을 가르치셨다면 필히 마교의 인물일 텐데 왜 정도무림의 성지 중 하나인 이곳 화산에서 쓸쓸하게 홀로 잠들어 계시는지 아무리 생각해도 이해할 수가 없었던 것이다.

어쩌면 화산에 비무를 청하러 왔다가 패해서 객사한 다음 이곳에 묻혔는지도 알 수 없는 노릇이다.

하지만 소연은 감히 그 의문을 현천검제에게 묻지 못했다. 왜냐하면 사부님과의 추억을 나지막이 들려주는 현천검제의 표정이 너무나도 어두웠기 때문이다. 지금 그가 얘기하고 있는 대상은 자신이 아니라 누군가 다른 사람인 것만 같았다.

잠시 후, 유백 사부의 묘소를 떠나 이런저런 얘기를 해 주며 산길을 걷던 현천검제가 뭔가에 놀라기라도 한 듯 갑자기 멈춰섰다.

"무슨 일이세요?"

소연으로서는 주위를 아무리 둘러봐도 전혀 이상한 점을 찾을 수가 없었다. 누군가 매복하고 있는 것도 아니고 저 멀리 고색창연한 도관들이 들어서 있을 뿐인데 현천검제가 왜 이리 놀란 표정을 짓는단 말인가.

하지만 소연의 예상과는 달리 현천검제는 바로 그 도관들 때문에 놀라고 있었다. 그는 사형이 화산파를 멸문시킬 때 건물들을 몽땅 다 불살라 버렸을 거라고 지레짐작하고 있었다. 문파 간의 접전이 벌어졌을 때 상대 문파가 다시는 일어서지 못하도록 깨끗이 밀어 버리는 데는 그 방법이 최고였기 때문이다.

하지만 사형은 건물에 전혀 손대지 않은 모양이다. 아니, 불태웠는지도 모르지만 지금 그의 눈에 보이는 저 건물들은 무사한 듯 보였다. 수십 년에 걸쳐 봐 왔던 정든 건물들을 향해 현천검제는 다급히 걸음을 옮겼다. 그리고 그 뒤를 소연이 영문도 모르고 뒤따랐다.

길게 늘어선 높직한 담장을 뛰어넘자 수많은 도관들이 당당한 자태를 뽐내며 있었다. 현천검제가 떨리는 눈으로 아무리 둘러봐도 불에 탄 흔적이 있는 건물은 단 하나도 없었다.

그때 갑자기 어린 소년의 또랑또랑한 목소리가 들려왔다.

"어디서 오신 시주들이신지 모르오나 본관은 외인의 출입을 금하고 있습니다."

생존자가 있을 거라고는 생각지도 않았던 현천검제에게 그 목소리는 놀라움 그 자체였다. 그는 목이 부러질까 의심스러울 정도로 재빨리 그쪽으로 고개를 획 돌렸다. 열두세 살 정도 되었을까? 어린 도사 하나가 헐렁한 도복을 펄럭이며 이쪽으로 다가오고 있는 게 보였다. 화산파 내에는 워낙 많은 문도들이 있었기에 그 어린 도사가 누군지는 알지 못했다. 하지만 현천검제에게 있어 어린 도사가 누구냐는 중요하지 않았다. 이곳에 화산파 제자가 살고 있다는 것만으로도 충분히 놀랍고 고마울 따름이었다.

'아아, 살아 있었구나……'

현천검제의 눈에 희뿌연 물기가 차오르기 시작했다.

"죄송하지만 본관은 외인을 받지 않습니다. 치성을 드리러 오셨다면 산 아래쪽에 있는……."

어린 도사의 말은 현천검제의 말에 막혔다.

"네 사부가 누구냐? 사부는 살아 계시냐?"

어린 도사는 예상외의 질문에 난처한 듯 그 커다란 눈을 굴리며 현천검제의 눈치를 잠시 살폈다. 지금껏 이런 식으로 물어온 시주가 없었기에 당혹스러웠던 것이다. 하지만 자신을 자애스러운 눈으로 바라보는 현천검제의 모습에 자파에 악의가 있어 온 사람은 아니리라 생각했는지 조심스럽게 대답했다.

"사부님은 이번 난에 입적(入寂)하셨습니다."

"그렇다면 지금은 누구에게……."

"허억!"

갑자기 들려온 경악성에 현천검제는 재빨리 고개를 들어 어린 도사의 뒤를 바라보았다. 그곳에는 40대 중반쯤으로 보이는 청수한 인상의 도사가 두 눈을 부릅뜨고 마치 혼이라도 빠져나간 듯 굳어 있었다.

중년 도사는 바로 대사형이 아끼던 수제자 노궁(老穹)이었다. 그의 얼굴을 보는 순간 현천검제는 지금까지 자신이 잊고 있던 걸 떠올렸다. 소수이기는 했지만 화산파도 다른 9파1방에 소속된 문파들처럼 문도들을 무림맹에 파견해 두고 있었다는 사실을 말이다.

현천검제의 몸이 아르티어스의 도움으로 정상적인 상태로 회복된 것도 얼마 전의 일이다. 화산파의 멸문과 믿었던 사형제들의 배신. 수십 년에 걸쳐 공들여 키웠던 제자들의 죽음. 거기에다가 배신자들이 자신에게 가한 악독하기 그지없는 신체적 제재. 아르티어스에 의해 몸이 정상으로 회복되기 전까지 그는 자신이 평생 불구로 살아야 할 거라고 생각했었다.

 괴로운 자신의 처지에 그는 화산파에 대한 작은 기억조차 떠올리지 않으려 무진 애를 써야 했다. 그래서 지금껏 당시 무림맹에 파견 나갔던 노궁의 존재에 대해서는 생각조차 하지 못하고 있었던 것이다.

 "허허헛, 네가 살아 있다는 걸 생각조차 하지 못했었구나."

 벅차오르는 환희를 더 이상 견디지 못하겠는지 현천검제의 눈에 물기가 어리는 듯하더니 곧 한 방울의 눈물이 또그르르 굴러 떨어졌다. 그리고 그와 거의 동시에 중년 도사는 무너지듯 엎드리며 외쳤다. 그 목소리에는 현천검제와 마찬가지로 격한 감정이 고스란히 담겨 있었다.

 "노궁이 장문인을 뵈옵니다!"

 그 모습에 어린 도사의 눈이 놀라움으로 화등잔만 해지더니 노궁을 따라 황급히 납죽 엎드렸다. 지금껏 이곳 화산에서 가장 큰 어른이 바로 노궁이었는데 그런 그가 이런 예를 차릴 정도의 상대라니……. 어린 도사의 눈에 현천검제는 원시천존과 맞먹는 지고한 존재로 비춰졌을 게 뻔하다.

 현천검제의 축출은 화산파 내에서도 극소수만이 관여하여 매우 비밀스럽게 이루어졌었다. 그리고 그 통보를 받은 무림맹의 수뇌부에서도 그 사실을 외부에 밝히지 않았다. 정도무림의 치부(恥部)를 대놓고 떠들 수가 없었던 것이다. 그렇기에 노궁은 지금까지도 현천검제를 장문인으로 알고 있었다.

어린 도사와 마찬가지로 노궁의 말과 행동에 깜짝 놀라기는 소연 역시 똑같았다. 아니, 당혹스러운 감정은 더했다. 그녀는 지금 눈앞에서 벌어지고 있는 이 현실이 너무나도 혼란스럽기만 했다. 마교 교주의 사제인 현천검제가 어찌 화산파의 장문인이 될 수 있단 말인가? 하지만 그녀는 아무 내색조차 하지 못한 채 그저 두 사람을 지켜봐야만 했다. 그만큼 두 사람의 표정은 너무도 격동적이었고 슬펐기 때문이다.

노궁이 고개를 들며 울먹이듯 말했다.

"장문 어르신, 정녕 돌아가신 줄만 알았습니다."

"허허, 선재, 선재로고."

현천검제 역시 감정이 북받치는지 말을 제대로 하지 못하고, 선재라는 말만 되뇌었다.

마교와 달리 무림맹은 9파1방, 5대세가의 연합체였기에 맹주의 권한은 마교 교주만큼 그렇게 강하지 못했다. 맹주를 배출하지 못한 다른 문파들의 입장에서 보면, 그의 권한이 커진다는 것은 곧 자신들의 세력 약화를 뜻하기 때문이었다.

그 때문에 각 문파들은 맹주의 권한을 약화시키는 여러 가지 조항들을 만들었고, 그중 가장 강력한 족쇄가 바로 무림맹은 자체적으로 고수를 키울 수 없다는 조항이었다. 그 대신 부족한 힘의 공백은 각 문파에서 고수들을 파견하는 형식으로 채워졌다.

무림맹에 5천에 달하는 쟁쟁한 고수들이 있긴 했지만, 맹주의 독단으로 움직일 수 있는 고수는 얼마 되지 않았다. 물론 맹주를 배출한 문파의 동문제자들이야 쉽게 움직일 수 있겠지만, 그 외의 인원들은 장로회의를 통해 각 문파의 지지를 얻어 낸 후에야 움직이는 게 가능했다.

무림맹에 파견된 각 문파의 고수들이 먹고 마시고, 무기를 정비하는 등 생활하기 위해 들어가는 돈은 전액 자비 부담이었다. 그럼에도 불구하고 각 문파들이 수백 명에 달하는 뛰어난 고수를 맹에 파견하는 것은 자신들의 발언권을 확대하려는 의도였다.

그것도 다 맹주의 힘이 약하기에 벌어지는 일이었다. 맹주의 힘이 약한 이상 맹에 많은 무력을 파견해 놓은 쪽이 조금이라도 더 발언권이 강해지는 것은 당연한 이치였다. 더군다나 무림맹에서는 보다 많은 무사들을 확보하기 위해 맹의 일에 물심양면으로 도움을 주는 문파들의 경우 무림맹의 장로직까지 줬다. 물론 맹의 일에 열성적이지 않은 문파들의 경우, 아무리 덩치가 크다 할지라도 장로직을 주지 않았다.

그 대표적인 경우가 바로 화산파다. 화산파는 섬으로 이름 높은 문파였음에도 불구하고 무림맹의 장로직을 얻어 낼 수 없었다. 왜냐하면 권력에 대한 욕망이 없었던 현천검제는 다른 문파들로부터 욕이나 안 들을 정도의 최소 인원만을 맹에 파견했기 때문이다. 그 수는 겨우 1백 명. 그것도 뛰어난 실력을 지닌 1류고수도 아니었다. 수련에만 매진해 온 문도들에게 잠시 세상 구경이나 하며, 다른 문파의 인재들을 사귀라는 의미에서 파견했던 것이다.

현천검제는 장문인이 된 직후 이런 인원 1백 명을 뽑아 무림맹에 보내라는 지시를 장로들의 수장인 백화 장로에게 내렸다. 그리고 그 일을 자신이 하겠다고 자원한 인물이 바로 공천 장로다.

해마다 수천이 넘는 제자들 중 1백 명을 뽑아 무림맹으로 보내는 작업이다 보니 어떻게 보면 꽤나 귀찮을 수도 있는 일이다. 하지만 그 일을 권력욕이 강한 공천 장로가 떠맡은 것은 다 이유가 있었다.

무림을 위해 피 흘려 싸우러 가는 게 아니다. 넓은 세상 구경과 함께 쟁쟁한 친구들을 사귈 수 있는 좋은 기회가 아닌가? 어떻게 보면 1년 동안 근사한 휴가를 받는 거나 마찬가지다. 그렇다면 그 인사권을 쥔 공천 장로는 막강한 권력을 쥔 거나 다름없다고 봐야 했다. 그리고 자신이 뽑은 인원들을 웬수같은 현천검제에게 그가 보고했을 리도 없다. 괜히 보고해 봐야 그 사람들을 뽑은 이유등의 시시콜콜한 내용으로 골머리를 썩을 게 뻔하니 아예 보고 자체를 생략해 버린 것이다.

그런 식으로 오랜 세월 이어지다 보니 화산의 문도 1백 명이 무림맹에 파견 나가 있다는 사실 자체를 현천검제는 잊어버리고 있었던 것이다. 지금 화산에는 맹에서 돌아온 1백 명과, 이런저런 이유로 그 당시 문을 떠나 있었기에 화를 피할 수 있었던 34명을 더해 총 134명의 문도들이 남아 있었다.

너무나도 오랜만에 만난 둘이었기에 서로 할 말도 많았다. 현천검제가 뒤에 서 있는 소연의 존재까지도 잊어버릴 정도로 말이다. 하지만 끝없이 이어질 것만 같았던 두 사람의 대화를 중단시키는 인물이 있었다. 웬 젊은 도사 한 명이 달려오며 큰 소리로 외쳤던 것이다.

"사숙! 드디어 찾아냈답니다."

"응?"

현천검제가 고개를 돌렸을 때, 헐레벌떡 달려온 젊은 도사는 턱까지 올라온 숨을 씩씩거리며 다급히 말했다.

"개방에서 연락이 왔사온데, 귀주성(貴州省) 개리(凱里) 인근에서 청류(淸柳) 사조님을 뵈었다는 사람이 있답니다."

청류라면 현천검제의 사숙으로서 정확히 말한다면, 사부의 사제(師弟)다. 만약 아직까지도 생존해 있는 게 사실이라면 90세가 넘었을 것이다.

"청류 사숙께서 살아 계시다고?"

그제서야 젊은 도사는 현천검제를 돌아봤다. 처음에는 사숙께 웬 손님이 찾아오셨나 했는데, 곧바로 그의 머릿속을 뒤흔드는 말. '청류 사숙'이라는 명칭은 아무나 사용하는 것이 아니다. 상대는 손님이 아니라 동문 선배였던 것이다. 그렇기에 젊은 도사는 실례를 무릅쓰고 뚫어져라 현천검제를 바라봤고 곧이어 상대가 누군지 기억해 냈다. 젊은 도사는 쓰러지듯 무릎을 꿇고 고개를 조아렸다.

"왕적삼(王迪三)이 장문인을 뵈옵니다."

"허허, 어서 일어나거라. 그래, 청류 사숙께서 살아 계시다고?"

"예, 개방에서 보내온 연락에 의하면 개리 인근에서 2년 전에 사조님을 만났다는 사람이 있다고 합니다. 당시 매우 정정하셨다고 하니, 어쩌면……."

아마 노궁은 은거한 전대(前代)의 선배들을 찾고 있었던 모양이다. 그럴 수밖에 없는 것이 화산파는 지금 수뇌부 고수들이 대부분 전멸당한 상태가 아닌가? 그렇기에 노궁은 화산과 연이 닿아 있거나 지금은 은퇴하여 세상을 유람하며 유유자적 살고 있는 전대의 선배들을 찾으러 사방으로 제자를 보냈다. 물론 개방에도 사람을 보내 그 일에 협조해 줄 것을 잊지 않았다.

노궁은 기쁨에 찬 눈빛으로 현천검제를 바라보며 물었다.

"장문인, 어찌해야 할까요?"

"사숙께서 살아 계시다면 이곳으로 모시는 것도 좋겠지. 왕적삼, 너는 당장 사숙을 찾아가 본파가 처한 어려움을 말씀드리고 도움을 청한다고 전하거라."

"예, 명을 받들겠습니다."

"노궁은 적삼이 제대로 명을 완수할 수 있도록 동행자를 선택해 주고 노자도 넉넉하게 주도록 해라."

이렇게 지시를 내리던 현천검제는 문득 떠올랐다는 듯 다급히 물었다.

"참, 돈은 충분히 있는지 모르겠구나?"

"예, 마교도들은 무공서나 보물 같은 비교적 부피가 작은 것들만 약탈했을 뿐, 다른 것은 일체 손을 대지 않았습니다. 그러니 장문인께서는 너무 심려치 마십시오."

그런 뒤 노궁은 현천검제에게 고개를 조아린 뒤 다시 입을 열었다.

"그럼 잠시 다녀오겠습니다."

노궁과 왕적삼이 자리를 뜬 후 지금껏 아무런 말없이 조용히 서 있던 소연이 조심스럽게 입을 열었다.

"사숙께서 화산파 장문이실 거라고는 전혀 생각도 해 보지 못했습니다."

"허허, 노부도 유백 사부님과의 인연으로, 괴팍하지만 멋있는 사형과 자네같은 아름다우면서도 현숙(賢淑)한 사질을 얻게 되리라고는 꿈에도 생각하지 못했었네."

"과, 과찬이십니다, 사숙."

감회에 젖은 눈으로 도관을 바라보던 현천검제의 입에서 소연에게 하는 말인지 아니면 혼잣말인지 싶은 말이 흘러나왔다.

"노부의 사문을 이렇게 만드셨지만 그래도 나는 사형과의 인연을 원망하지는 않네. 왜냐하면 그분의 행동에는 언제나 인과율(因果律)에 따른 명확한 선이 있기 때문이지."

"인과율이라니요?"

현천검제는 대답을 하지 않고 허허롭게 웃으며 계속 도관들을 바라보았다. 오랜 세월 보수하며 관리해 온 고색찬연한 도관들을 말이다. 적이라 생각되면 풀 한 포기 남기지 않고 초토화를 시켰던 지금까지의 마교의 행동으로 봤을 때 도관이 이렇게 멀쩡할 수 있었던 것은 아마도 사형의 배려였으리라. 무뚝뚝하고 퉁명스럽기만 하던 사형인 줄 알았는데 그게 아닌 모양이었다.

"사형께서는 못난 내겐 너무나도 과분하신 분일세. 세상 사람들이 아는 것과는 달리 정도 많으신 분이고 말이야."

자신을 바라보는 소연에게 현천검제는 그렇게 말을 할 수밖에 없었다. 비록 권력에 눈이 멀어 자신을 음해하긴 했지만 죽은 제자들은 명문정파 화산의 제자들이다. 이미 그들이 모두 죽은 이 마당에 그들의 치부를 들춰서 무엇 하겠는가. 그 때문에 그렇게 말하는 현천검제의 표정이 그다지 밝지 않았던 것이다.

화산파가 명맥을 유지하고 있다는 사실을 알게 된 순간 현천검제는 비로소 자신의 자리를 되찾은 느낌이었다. 물론 사형의 배려는 가슴이 메이도록 감격스러웠지만, 어쨌든 자신은 화산파의 장문인이다. 앞으로의 행보를 고민하는 것은 당연했다. 화산파의 장문인으로 되돌아온 이상, 오랜 세월 정파의 한 기둥을 담당해 온 화산이 악의 무리라는 마교의 손을 대놓고 들어 주기는 힘들다. 그렇다고 사형에게 검을 겨누고 싶지도 않았다.

한참을 고민하던 현천검제는 한숨을 내쉬며 고개를 끄덕였다.

"오히려 잘된 일일 수도 있겠군. 이번 일을 계기로 화산은 다시 태어나게 될 게야."

"갑자기 그게 무슨 말씀이신지요?"

소연의 질문에 현천검제는 미소를 지으며 입을 열었다. 하지만 그의 입에서 나온 말은 결코 미소를 지으며 할 소리는 아니었다.

"봉문을 할 것일세. 10년이든 20년이든 혼탁해진 화산의 정기를 바로잡기 위해, 그리고 사형의 은혜에 감사하기 위해 말이야."

"그, 그게 무슨……?"

"허허, 무량수불."

결심을 굳히고 나자 마음이 평온해진 듯 현천검제는 부드러운 미소를 지으며 도호를 외웠다. 바람이 그의 수염을 살랑이며 지나갔다. 따스한 햇볕이 내려쬐는 도관은 세사와는 동떨어진 듯 마냥 평화롭게만 보였다.

그런데 바로 그때, 요란한 종소리가 정적을 깼다. 주위에 있는 새들도 놀랐는지 한순간에 하늘 높이 날아올랐다.

"이게 도대체 무슨 일이지?"

노궁이 허겁지겁 달려왔다. 그의 손에는 장검이 들려 있었고, 그를 뒤따라 온 여러 명의 도사들도 모두 다 무장을 하고 있었다.

"무슨 일이냐?"

노궁은 급히 앞으로 나서며 대답했다.

"마교도들이 나타났습니다."

"마교도가?"

"예, 장문인. 무시무시한 고수들을 10여 명씩이나 보낸 걸 보면, 아예 여기를 끝장낼 생각인 모양입니다."

그 말에 현천검제와 소연은 아차 할 수밖에 없었다. 노궁이 말하는 것은 바로 여문기가 이끌고 있는 호법원의 고수들일 것이다. 순간 현천검제는 노궁에게 마교의 고수들이 왜 이곳 화산에 왔는지 이야기를 해 줄까 하다 곧 그 생각을 접었다. 만에 하나라도 그 사실이 밖으로 새 나간다면 소연에게도 좋지 않을 것이고, 자신이나 화산파에도 좋을 것이 없다는 생각이 들었기 때문이다.

대신 현천검제는 중후한 어조로 제자들을 꾸짖었다.

"뭘 그렇게 당황하고 있는 것이냐? 너희들은 대화산파의 제자들이다. 그런 너희들이 마교도들이 두려워 우왕좌왕한다면, 지금까지 협의를 행하기 위해 수많은 악도들과 싸우다 산화하신 선대의 조사님들께 면목이 서겠느냐?"

현천검제의 질책에 모두들 부끄러움을 느꼈는지 고개를 푹 숙였다.

"상대가 아무리 강하다고 하지만, 그들이 설마 극마급에 이르는 고수들이겠느냐? 저들을 대적하는 데는 나 혼자만으로도 족하니 너희들은 안심하고 하던 일에나 전념하도록 하거라."

"존명!"

 그제서야 자신들의 장문인이 화경급의 고수라는 것을 깨달았는지 모두의 얼굴에는 두려움이 가셨다. 하지만 장문인 혼자 마교도들과 대적하겠다는 말에 제자들은 도관으로 되돌아가지 않고 머뭇거리기만 했다. 현천검제는 엄한 어조로 어서 도관으로 돌아가 일을 하되 항시 경계를 늦추지 말라고 다시 명령을 내렸다.

 현천검제는 머뭇거리면서도 자신의 명령에 어쩔 수 없이 발걸음을 돌리는 노궁을 불러세웠다.

 "궁아, 잠깐 얘기할 것이 있구나."

 "하명하십시오, 장문인."

 다른 문하제자들이 모두 도관으로 돌아간 후에야 현천검제는 노궁에게 입을 열었다.

 "노부는 마교도들을 처리한 뒤, 이 처자를 양양성까지 바래다주고 돌아오마."

 "예? 하지만 어찌 장문인 혼자서 저 흉악한 마교도들을……."

 "허허, 그건 노부에게 따로 복안이 있으니 네가 걱정할 일이 아니다. 설마 노부를 믿지 못하겠다는 것은 아니겠지?"

 현천검제의 말에 노궁은 황급히 고개를 조아렸다. 어찌 감히 하늘같은 장문인의 실력을 의심하겠는가?

 "아, 아니옵니다. 제자, 장문인의 말씀대로 따르겠습니다."

 현천검제는 노궁에게 자신과 마교도들과의 관계를 일부러 말해 주지 않았다. 무슨 말을 어떻게 한단 말인가? 때론 진실이 불편할 수도 있다. 그리고 그런 경우라면 세월의 흐름 속에 잊혀지는 것이 가장 좋을지도 모른다.

"그럼 노부가 양양성에 다녀올 때까지 네가 제자들을 잘 통솔하도록 해라."

"제자 노궁, 장문 어르신의 기대에 부응하도록 열과 성을 다해 노력하겠나이다."

남경 탈출

 황군에는 총사령관이 없다. 만약 그가 반란이라도 일으킨다면 황제는 꼼짝없이 죽은 목숨이나 다름없는 처지에 놓이게 되기 때문이다. 대신 황군은 다섯 명의 중랑장(中郞將)들에 의해 통제된다. 그중 네 명이 황도로 통하는 동서남북의 네 방위선을 지키고, 나머지 한 명인 호분중랑장이 황궁을 수비했다. 이렇게 다섯 명에게 병력을 분산시킴으로 인해 효율성은 좀 떨어질지 모르지만 모반이 일어날 가능성만큼은 최소화해 놓은 것이다. 반란을 일으키려면 최소한 두 명 이상의 중랑장을 자기편으로 끌어들여야 할 테니 말이다.
 동중랑장은 황도의 동쪽 방어를 담당하고 있었다. 그는 연공공의 명령을 받자마자 즉시 휘하 병력 중 보병 4천을 동원하여 악비대장군이 기거하던 관사를 덮쳤다. 하지만 그는 그곳에 도착하고 나서야 자신이 간발의 차이로 목표물을 놓쳤음을 알았다. 관사를 관리하는 총관의 말에 따르면, 대장군의 호위대는 1각쯤 전에 양양성으로 돌아간다며 떠났다는 거였다.

"호위대의 수가 얼마나 되나?"

총관은 그들의 수가 모두 1백 기라고 알려 줬다. 모두들 허리에 장검을 차고 있었는데, 그중 활을 휴대한 자는 50여 명 정도였고, 나머지는 창을 가지고 있었다는 것까지 말이다.

"크흐훗. 예상외로 규모가 작군. 겨우 1백 기쯤 포획하는 건 일도 아니지."

1각(15분) 정도밖에 안 됐다면 아직 황도의 외곽 방어선을 빠져나가지 못했을 게 분명하다. 물론 그들이 말에 박차를 가해 전속력으로 도망을 친다면 얘기가 다르겠지만, 수많은 행인들로 북적거리는 관도 위를 1기도 아닌 1백 여 기가 전력질주한다는 것은 거의 불가능한 일이나. 너군나나 황도는 주요 동로나 검문소들이 설치되어 있었기에, 그곳들을 하나하나 통과하자면 꽤나 시간을 지체할 수밖에 없었다.

동중랑장은 급히 전령에게 명령했다.

"양양성으로 가려면 서쪽 관도를 이용할 테지. 너는 즉시 서중랑장(西中郎將)께 달려가 놈들을 포획하라 전하거라. 한시가 급하다. 빨리 가라!"

"옛, 장군."

전령은 서쪽 관문에 위치한 서중랑장의 사령부를 향해 말에 박차를 가해 전속력으로 달려갔다. 전령을 보낸 뒤 그도 서둘러 병사들을 이끌고 전령의 뒤를 따라갔다.

동중랑장은 병사들을 다그쳐 최대한 빨리 서중랑장의 사령부로 달려갔지만 그들이 목적지에 도착했을 때는 애석하게도 이미 상황은 끝난 후였다. 이끌고 간 병사들이 강행군의 여파로 땀을 비 흘리듯 흘려대며 헐떡거리고 있을 때, 동중랑장은 서중랑장의 사령부가 위치한 토성 아래쪽에 즐비하게 널려 있는 시체들을 망연자실한 표정으로 바라보고 있었다.

아직 목숨이 붙어 있는 병사들을 구출하기 위해 동분서주하고 있던 군관들 중 한 명이 그런 동중랑장을 알아보고 다가왔다. 군관의 군례를 받으며, 그는 이해할 수 없다는 듯 질문부터 던졌다.

"이게 도대체 어찌 된 일이냐? 놈들은 잡았느냐?"

"실패했사옵니다."

"뭣이? 어찌 그럴 수가 있단 말이냐? 겨우 1백 여 기에 불과한 놈들을 잡지 못했다니 말이다!"

동중랑장의 협조공문을 지닌 전령이 서중랑장의 사령부에 도착하고, 또 서중랑장의 추포령(追捕令)이 떨어졌을 때쯤 악비 대장군의 호위병들은 검문소에서 통과 수속을 밟고 있는 중이었다.

"멈춰라! 저자들을 체포하라는 서중랑장님의 명이다!"

군관의 명령에 검문소 주위에 있던 모든 황병들이 무기를 들고, 호위병들을 몰아붙였다. 물론 그들은 호위병들이 반항할 거라고는 전혀 생각도 하지 않았다. 감히 오합지졸 어림군 병졸 따위가 정예 황병들에게 반항하다니, 죽으려고 환장하지 않고서야 절대로 그럴 수는 없다고 생각했던 것이다.

하지만 그들의 그런 과신은 순식간에 무너져 내렸다.

"돌파하라!"

뒤에서 들려온 단 한 마디 명령에 그들은 말에 박차를 가해 앞으로 달려들며 창칼을 휘둘러 댔다. 그들 앞에 포진하고 있던 황병의 수는 그렇게 많지 않았기에, 호위병들은 순식간에 검문소를 돌파한 후 서쪽 관도 위를 맹렬한 속도로 달려가 버렸다는 것이다.

"그들 중 흑색 갑주를 걸친 자들의 무예는 정말이지 뛰어났었사옵니다. 앞을 가로막는 모든 황병들을 단칼에 베어 버리며……."

그 말을 들은 동중랑장은 기가 막히지 않을 수 없었다. 어림군 따위가 황군의 포위망을 돌파하다니……. 아무리 기마병들이었다고 하지만, 겨우 1백 기밖에 되지 않는 수가 아닌가. 지나가는 코흘리개들에게 이런 말을 하면 거짓말쟁이라며 조롱당할 게 뻔한, 말도 안 되는 일이었다.

아직도 두려움에 젖어 주절주절 변명을 늘어놓는 군관의 말에 동중랑장은 급기야 노기를 터트렸다.

"그걸 변명이라고 하는 겐가? 놈들의 무공이 뛰어나다면 쇠뇌를 동원하면 되지 않나? 상자노(床子弩)를 동원하기에 시간이 부족했다면 신비궁만 해도 충분히……."

상자노는 초대형 쇠뇌를 말하는 것으로, 한 번에 한 발에서 일곱 발 정도의 대형 화살을 발사한다. 1천 보를 상회하는 엄청난 사거리와 아무리 두터운 중갑주라 하더라도 단숨에 꿰뚫어 버리는 무시무시한 파괴력을 갖춘 최강의 무기였다. 하지만 그걸 장전하는 데 시간이 너무 많이 걸린다는 게 가장 큰 단점이었다. 아마도 그 때문에 이번처럼 순식간에 시작되고, 또 끝나 버린 격전에 상자노가 사용되지 못한 모양이다.
"적 70여 기를 사살하기는 했습니다만, 저들의 무예가 워낙 출중한지라……."
군관의 말에 동중랑장은 콧방귀를 뀌지 않을 수 없었다. 아무리 남은 놈들의 무예가 출중하다고 해도 그렇지. 1백 기에서 70기를 죽였다면, 겨우 30기 정도가 남는데 그 정도 숫자로 이곳 검문소를 돌파해서 도망쳤다는 것 자체가 말도 안 된다고 생각했던 것이다.
"흥! 다 죽고 겨우 목숨만 건진 30기를 못 잡았다는 게 말이 되는가?"
"죄송하옵니다만 장군, 30기라니요?"
"이쪽으로 온 놈들의 수가 1백 기가 아닌가? 그중 70여 기를 죽였다면……."
"2백여 기가 이리로 왔사옵니다."
"그게 사실인가? 본관은 분명 1백 기라고 들었는데……."
"확실하옵니다."
이렇게 대답한 군관은 잠시 뭔가 생각하는가 싶더니 계속 말을 이었다.
"처음 악비 대장군과 함께 이곳 검문소를 통과한 기마병들의 수가 150기였사옵니다. 며칠 후 대장군의 호위대라면서 50기가 더 통과했었구요. 검문소 출입대장을 살펴보시면 제 말이 사실임을 확인하실 수 있을 겁니다."
"좋아. 귀관의 말대로 놈들의 수가 2백 기였다고 하세. 그렇다고 해서 뭐가 달라지나?"

"그, 그건……."

동중랑장의 질책에 군관은 더 이상 대꾸를 하지 못했다.

"이곳은 서쪽 방어선의 핵이 아닌가? 좌우로 수천에 달하는 병력이 포진해 있고, 2백 대가 넘는 상자노에 그 몇 배나 되는 신비궁이 있지 않나!"

연이은 질책에 군관은 아무런 변명도 하지 못하고 고개를 푹 숙였다. 더 이상 군관과 대화를 할 마음이 없어진 동중랑장은 짜증스런 어조로 외쳤다.

"에잇! 집어치워라. 서중랑장께서는 어디에 계시나?"

"서중랑장께서는 기마병들을 수습하여 놈들을 뒤쫓아 가셨사옵니다."

"서중랑장께서 직접?"

"예."

각 지대가 보유한 기마병은 5백 기였다. 모두늘 엄한 훈련을 받은 강병들이었지만, 저들의 매복기습이라도 받게 된다면 위험할 가능성도 있었다.

"놈들의 무예가 그토록 출중하다면…, 수가 겨우 130기밖에 안 된다고 하지만 서중랑장께서 위험하실 수도 있겠구먼."

그렇게 말한 동중랑장은 급히 뒤에 서 있던 부장을 불렀다.

"여보게."

"옛."

"급히 본진에 전령을 보내 기마대를 이쪽으로 보내라 이르게. 양쪽 합해 1천 기라면 아무리 놈들의 무예가 뛰어나다 해도 충분히 제압할 수 있겠지."

부장이 전령을 보내기 위해 어디론가 뛰어가자 동중랑장은 한심스런 눈빛으로 토성 아래에 즐비하게 누워 있는 시체들을 바라봤다.

기마대가 도착하자마자 동중랑장은 그들을 이끌고 적도들의 추격에 나섰다. 연공공은 이번 사건에 악비 대장군의 호위대가 수상쩍으니 그들을 추포(追捕)하여 심문해 보라는 명을 내렸었다. 그런데 그들이 황군의 포위망까지 돌파하며 도주한 것을 보면 확실히 뭔가 켕기는 게 있기는 있는 모양이다. 그렇다면 놈들을 반드시 추포하지 않을 수 없다.

기마대가 도착할 때까지 기다린다고 한 시진에 가까운 시간을 허비했다. 그동안 놈들은 멀리 도망쳤을 테니 더욱 서둘러야 했다. 동중랑장은 힐끗 태양을 올려다보며 시간을 가늠했다. 아직 해가 지려면 세 시진 정도는 여유가 있었다. 세 시진 동안 아무리 말에 채찍질을 하며 내달린다고 해도 적도들을 따라잡을 수는 없을 것이다.

"젠장, 밤을 새워 추격하는 수밖에 도리가 없겠군."

하지만 동중랑장의 예상과는 달리 한 시진 정도 말을 달리자 서중랑장의 기마대를 발견할 수 있었다. 서중랑장이 자신보다 연배가 높은 선배였기에 동중랑장은 그가 있는 곳으로 말을 달려가 군례를 올렸다. 서중랑장은 군례를 받아 주며 환히 미소 지었다.

"놈들은 어디에 있습니까?"

"저쪽일세."

서중랑장은 멀리 떨어진 풀숲을 손가락으로 가리켰다. 그 숲의 뒤편에서 가느다란 연기들이 피어오르고 있었다. 그게 뭘 의미하는 것인지 깨달은 동중랑장은 화가 머리꼭대기까지 치밀어 올랐다. 자신들이 무시당하고 있다고 생각한 것이다.

"아니, 저놈들이 지금 제정신입니까? 감히 도망칠 생각은 안 하고 태연히 식사 준비를 하고 있다니……."

하지만 서중랑장의 반응은 달랐다. 서중랑장은 침통한 표정으로 가만히 고개를 저었다.

"저들의 전투력은 생각 외로 강하다네. 황군 5백 기 정도는 상대도 안 된다고 여긴 것일 수도 있지. 그렇지 않으면 탈출하던 도중 화살에 상한 자들이 많아 어쩔 수 없이 휴식을 취할 필요성이 있다고 느낀 것일 수도 있고."

"어쨌건 잘됐군요. 저들이 방심하고 있는 이때 치는 게 좋겠습니다."

"내 생각도 그러네. 만약 자네가 도작하지 않았다 해도 나는 지금쯤 공격 명령을 내렸을 걸세. 그만큼 놓치기 아까운 기회니까 말이야."

동중랑장은 급히 부관을 호출했다. 미리 대기하고 있었던 듯 얼마 시간이 지나지 않아 달려온 부관에게 그가 명령했다.

"모두들 속옷을 찢어 말발굽을 감싸도록 해라."

서중랑장도 옆에서 한 가지 명령을 더 내렸다.

"말발굽을 다 감싸고 난 뒤 나뭇가지들을 충분히 모아 오도록 하게."

"예? 나뭇가지를 말씀이십니까?"

부관이 어리둥절한 표정으로 묻자 서중랑장은 씩 미소 지으며 대답했다.
 "저들처럼 여기에다가 모닥불을 피우는 게야. 우리들도 여기서 밥을 지어 먹을 테니 안심하고 편히 쉬라고 말일세."
 적의 방심을 유도한 후 일거에 들이치자는 계책이다.
 "호오, 그거 정말 묘책입니다."
 손바닥을 탁 치면서 감탄하던 동중랑장. 하지만 그는 곧이어 아차 하는 표정으로 급히 덧붙였다.
 "그런데 저놈들도 그렇게 위장해 놓은 거면 어떻게 하지요?"
 "하하, 걱정하지 말게. 저기 저거 보이나? 반짝반짝하는 거 말일세."
 서중랑장이 가리키는 곳을 보니 저들이 쉬고 있다는 풀숲 쪽에서 가끔 뭔가 반짝 하고 빛나는 것들이 보였다.
 "저게 뭡니까?"
 "이미 정찰병들을 깔아 뒀다네. 놈들이 아직 저곳에 있다는 걸 나한테 알려 주는 신호지."
 칼날의 면을 이용하여 햇빛을 반사시켜 신호를 보내다니, 과연 노회한 서중랑장이 생각해 낼 만한 계책이었다.
 그들은 각기 기마대를 지휘해 양쪽 방향에서 협공하기로 작전을 세웠다. 출발하기에 앞서 서중랑장은 모아온 나뭇가지로 여기저기에 모닥불을 피워 놓으라고 명령했다. 이쪽도 저들처럼 식사 준비를 하는 것처럼 보이게 말이다. 수십 개가 넘는 모닥불에서 연기가 피어오르기 시작했을 때, 그들은 병력을 움직였다. 병사들은 말발굽을 속옷으로 감싸 소리가 나지 않도록 막았고, 최대한 노출을 막기 위해 승마하는 대신 말을 끌고 목적한 곳으로 살

금살금 걸어갔다.

 하지만 그들은 아직까지도 적을 제대로 파악하지 못하고 있었다. 저들이 자신들보다도 훨씬 더 실전 경험이 많은 능구렁이들이라는 것을 말이다. 서중랑장은 그 사실을 적의 군막 근처에 도착한 후에야 눈치 챘다. 근처 구릉에서 내려다본 적의 군막 안은 식사를 하며 쉬고 있어야 할 적도들은 보이지 않고, 주인없는 모닥불만이 여기저기에서 연기를 뿜어내고 있었던 것이다.

 "헉! 그렇다면 놈들은?"

 신호를 보내는 정찰병들을 철석같이 믿고 있었던 서중랑장은 등골에 소름이 쫘악 끼치는 것을 느꼈다. 정찰병들도 저들의 움직임을 포착했을 텐데, 왜 엉터리 신호를 계속 보내고 있었던 것일까? 놈들이 어느샌가 정찰병들을 해치우고 대신 신호를 보냈을 수도 있다는 생각도 들었지만, 그런 서중랑장의 의문은 더 이상 이어지지 못했다.

 "우와아!"

 우렁찬 함성과 함께 요란한 말발굽 소리가 들리더니 적도들이 칼을 휘두르며 달려들었기 때문이다.

 "전원 승마하라!"

 "당황하지 마라!"

 휘하 장수들이 여기저기서 병사들을 격려하는 외침이 들려왔지만, 그것도 곧이어 처참한 비명 소리에 묻혔다. 적에게 완벽한 기습을 허용한 대가였다. 서중랑장은 병사들의 동요를 막기 위해 연신 고함을 지르면서도 재빨리 머리를 굴렸다. 적을 효과적으로 제압하기 위해 동중랑장의 기마대는 군막 건너편으로 갔다. 적도들의 숫자를 생각하면 가장 훌륭한 작전이라고 생각해서 실행한 것이었는데, 지금 그게 치명적인 약점이 되어 각개 격파당할 가능성마저 엿보이고 있는 것이다.

지금 서중랑장이 해야 할 일은 이곳에서 벌어지고 있는 일을 동중랑장에게 알리는 것이었다. 그가 이쪽으로 제때 달려와 주기만 한다면 충분히 승산을 바라볼 수도 있는 상황이었다.

"징을 울려라!"

동시에 서중랑장의 뒤에 서 있던 병사가 요란스럽게 징을 두들기기 시작했다. 이쪽이 위급한 일을 당했다는 신호였다.

"모두들 힘을 내라. 동중랑장이 올 때까지만 버티면 된다!"

하지만 그게 쉬운 일이 아님을 서중랑장은 잘 알고 있었다. 너무나도 완벽하게 허를 찔렸기 때문이다. 더군다나 적도들은 그 한 명 한 명이 놀라운 솜씨를 지니고 있었다.

이때 서중랑장의 눈에 적도들 중 한 명이 칼을 막는 모습이 보였다. 그자는 자신의 무기로 상대의 공격을 막는 대신, 다른 쪽 팔을 들어 비스듬히 칼을 막았는데 일견 잘려 버릴 것 같았던 그의 팔은 황병의 검격을 가볍게 튕겨 내는 것이 아닌가. 순간 서중랑장의 눈이 한껏 부릅떠졌다. 적도의 팔에 붙어 있는 막대기처럼 생긴 강철보호대를 봤기 때문이다.

그는 오래전에 저런 강철보호대로 적의 공격을 막는 자들을 직접 본 적이 있었다. 그들은 바로 저 영광스러웠던 찬황흑풍단이었다. 서중랑장 역시 젊었을 때 찬황흑풍단에 들어가기 위해 지원했었던 적이 있었으므로 또렷이 기억하고 있었던 것이다. 그러고 보니 적도들의 행색이 찬황흑풍단과 비슷했다.

흑색 갑주와 팔을 감싸는 강철보호대, 그리고 각자의 앞에 붙어 있는 계급을 나타내는 번호표까지. 서중랑장은 적도들이 분명 찬황흑풍단과 뭔가 관계가 있다는 것을 직감했다. 옥영진 대장군이 참수당했을 때, 찬황흑풍단 역시 해체되었다. 그런데 그들의 흔적이 자신의 눈앞에 다시 나타날 줄이야. 서중랑장의 온몸에 식은땀이 흘렀다. 과거 찬황흑풍단은 공포 그 자체였다. 그에 대적한 이민족들 중 살아남은 자는 단 하나도 없었던 것이다.

그 사실을 깨닫는 순간 서중랑장은 큰 소리로 외쳤다.

"전원 후퇴하라! 후퇴!"

비명과도 같은 서중랑장의 명령에 많은 병사들이 말머리를 돌려 그의 뒤를 따랐지만, 적들과 교전에 들어간 병사들은 그러지 못했다. 코앞에서 죽기 살기로 칼부림을 나누고 있는 상대를 놔두고 등을 보인다는 것은 죽여 달라고 목을 들이미는 것과 다름없었기 때문이다. 하지만 안 그래도 기울어 가던 전황이 서중랑장의 후퇴 명령이 떨어짐과 동시에 급격히 적도들 쪽으로 기울었다.

얼마 지나지 않아 뒤쳐진 황병들을 다 해치워 버린 적도들이 도망치는 서중랑장과 그 부하들을 뒤쫓아 달려왔다. 그리고 목숨을 건 추격전이 벌어졌다. 적도들에게 따라잡힌 서중랑장의 부하들은 하나씩 등 뒤로 칼을 맞고 쓰러지며 처절한 비명을 질렀다.

두두두두!

바로 그때 저 앞쪽에서 동중랑장의 기마대가 나타났다. 징소리를 듣자마자 적의 비어 있는 군막을 가로지르며 전속력으로 달려온 모양이다. 동중랑장의 기마대는 모두들 칼과 창을 뽑아 들고,

충돌에 대비한 채 전속력으로 돌진해 오고 있었다. 서중랑장은 그제서야 비로소 안도의 한숨을 내쉴 수 있었다. 목숨만은 건진 것이다. 심적 여유를 되찾은 서중랑장은 고개를 슬며시 뒤로 돌렸다. 적도들이 아직까지도 자신들을 뒤쫓고 있는지 확인하기 위해서였다.

동중랑장의 기마대가 나타나자 적도들은 뒤로 말머리를 돌려 전장을 이탈하고 있었다. 전속력으로 달려오던 동중랑장의 기마대가 자신들을 지나쳐 앞으로 내달리려고 할 때, 서중랑장은 급히 그를 불러 세웠다.

"무슨 일이십니까?"
"더 이상의 추격은 포기하는 게 좋을 걸세."
"예? 하지만……."
"한순간에 4백에 가까운 병사들을 잃었네. 저들에게는 거의 피해도 주지 못하고 말일세. 말을 타고 갑주를 입고 있지만 저들은 대장군의 호위병이 아니라 무림인이 확실해. 너무나도 뛰어난 실력들을 지니고 있단 말일세."

수많은 전장을 전전하며 용맹을 떨쳤던 서중랑장이다. 그런데 그런 장수가 적에게 이렇게까지 공포를 느끼다니, 동중랑장은 도무지 이해가 되지 않았다. 그러다 문득 그의 뇌리를 스쳐 지나가는 것이 있었다.

"그, 그렇다면 저들이 혹시 1만여 기로 금의 정예 20만을 막았다는 바로 그 흑풍대라는 말입니까?"

흑풍대……. 그러고 보니 찬황흑풍단과 이름까지 비슷하다고 생각하는 서중랑장이었다. 하지만 그는 그에 대해서는 아무런 말도 하지 않았다.

"아마도 그런 것 같군. 아니, 확실하네."

"하지만 우상시 공공의 청을 거절할 수는 없습니다."

"목숨을 잃을지도 모르네."

"저는 부하들의 실력을 믿습니다."

"그렇다면 더 이상 말리지는 않겠네."

말이 끝남과 동시에 동중랑장은 기마대를 이끌고 흑풍대로 추정되는 적도들을 쫓아갔다. 동중랑장도 바보가 아닌 이상, 적도들이 마교의 정예 흑풍대라는 것을 어렴풋이 확신하고 있었다. 그렇지 않다면 서중랑장이 그렇게까지 허무하게 깨질 리 없기 때문이다. 그리고 분명 연공공으로부터 마교의 교주가 그의 부하들과 함께 호위대에 숨어 있으니 잡아들이라는 명령을 받지 않았던가. 그런데 그 부하들이라는 게 바로 흑풍대였다니…….

적도들이 엄청난 실력을 지니고 있음을 알았지만 동중랑장은 절대 포기할 수가 없었다. 연공공의 명을 이행하지 못했을 때, 어떤 대가를 치르게 될지 잘 알기 때문이다. 그리고 아직 희망은 있었다. 적의 수는 겨우 1백여 기, 이쪽은 5백 기. 5 대 1의 싸움이다. 수적 우위에 있는 한, 한번 해 볼 만한 싸움이었다. 동중랑장은 불안에 떨면서도 연신 말에 채찍질을 하지 않을 수 없었다. 이미 화살은 시위를 벗어나 날아가고 있었던 것이다.

여우와 너구리

 연공공의 마음은 심란하기 그지없었다. 자신을 적도들에게 팔아넘긴 추린을 잡아들여 분근착골을 가해 놨지만, 그의 마음은 전혀 풀리지 않았다. 추린을 제외한다면 자신의 뜻대로 된 것이 하나도 없었기 때문이다.
 연공공은 포로로 잡아들인 거지들을 심문하면 많은 정보들을 얻어 낼 수 있을 거라고 생각했지만 그건 그의 오산이었다. 사로잡은 자들 대부분이 워낙 밑바닥에 위치한 놈들이라 아는 게 거의 없었던 탓이다.
 개방도 무림의 한 축을 이루는 단체인 만큼 직급이 높은 자일수록 무공 또한 강했다. 그런 자들을 황병들이 제압하기는 매우 힘들었다. 대부분이 탈출해 버리거나 혹은 끝까지 저항하다가 처참하게 사살당했다. 그렇다 보니 분타의 상층부 인물들 중 사로잡힌 자들은 독두개처럼 극심한 부상을 당한 자들뿐이었다. 안 그래도 생사가 오락가락하여 정신이 없는 놈들을 붙잡고 강도 높은 고문을 가할 수는 없는 노릇이 아니겠는가.

3일이라는 시간이 흘렀음에도 제대로 된 정보를 하나도 뽑아내지 못하자, 연공공의 명을 받고 포로를 심문하는 임무를 맡은 군관은 사색이 다 된 얼굴로 고개를 조아릴 수밖에 없었다.

"송구스럽사옵니다, 우상시 공공."

"귀관이 최선을 다하고 있음은 내 익히 알고 있다."

"알아 주시니 감사하옵니다."

"고문실에 추린의 시체가 있을 게다."

연공공의 명에 따라 그동안 지독한 고문을 당하다 오늘 아침에야 숨이 끊어진 추린의 시체가 지하실 한켠에 방치되어 있었다. 이제 그의 목숨이 끊어졌으니 그 뒤처리를 해야 하는 것이다.

"귀관은 추린의 시체를 깨끗이 씻고, 잘 단장하여 그의 유족들에게 전해 주거라. 다행히 개방도들의 마수에서 구출하는 데는 성공했지만, 이미 시기가 늦어 살릴 수는 없었다고 하면서 말이다. 알겠느냐?"

"옛, 명에 따르겠습니다."

"그럼 즉시 시행하도록."

"옛."

군관을 내보낸 후, 연공공은 그의 뒤편에 시립하고 서 있는 환관에게 명했다.

"황사(黃蛇)를 불러오게."

"예, 공공."

환관은 재빠른 걸음으로 밖으로 나가더니, 잠시 후 웬 흑의사내와 함께 들어왔다. 덥수룩한 수염을 하고 있는 꾀죄죄한 몰골의 사내였는데, 그런 몰골에 비해서는 꽤나 값비싸 보이는 고풍스런 장검을 지니고 있었다. 그는 몰골만큼이나 음침한 목소리로 말했다.
"찾으셨습니까? 공공."
"황성사에 실력 있는 고문 기술자를 좀 보내 달라고 통보해라. 이쪽에는 쓸모 있는 놈이 없다고 말이야."
"존명."
황사는 황성사에서 파견된 인물이었다. 황성사와 연공공을 연결해 주는 끈이면서 감시자라고 할 수 있었다. 연공공은 이미 추린의 처리에 대해 황성사의 허락을 받아 놓은 상태였다. 추린이 행한 배신 행위의 대가는 죽음이었다. 그리고 연공공은 그 집행권을 양도받았던 것이다.
"저 군관 놈도 쓸데없이 많은 걸 알게 되었는데 살려 두는 게 좋을까? 아니면……."
연공공은 살기 어린 미소를 지으며 중얼거렸다. 그러자 방금 전 황사를 불러왔던 환관이 조심스럽게 입을 열었다.
"아직은 쓸모가 있으니 처리는 나중으로 미루시는 게 좋을 듯합니다, 공공."
"그럴 수도 있겠지. 그렇다면 지선이라는 계집은 어떻게 하는 게 좋겠나?"
지선이라는 말에 환관은 처음에는 어리둥절한 표정을 짓더니, 잠시 후 자신이 제대로 알아들은 게 확실한지 확인했다.

"아미파의 지선 스님을 말씀하시는 겁니까?"

"본관이 아는 계집들 중 그 계집 말고 또 다른 지선이 있더냐?"

"지선 스님을 잡아들이는 것은 그리 어려운 일이 아니지만 다시 한 번 생각해 보시길 청하옵니다, 우상시 공공."

"다시 한 번 생각해 보라고 했느냐?"

"예, 지금 아미파는 황궁을 방위하는 데 있어 큰 축을 담당하고 있지 않사옵니까?"

환관의 말에 연공공은 코웃음을 쳤다.

"흥! 그럼 네 말은 아미파가 겨우 그 계집 하나 때문에 황실과 척이라도 질 거라는 말이냐?"

"지선 스님이 어떤 잘못을 저질렀는지 속하는 잘 모르오나, 공공의 명이시라면 아미파도 어쩔 수 없이 그녀를 내놓겠지만 시기가 너무 좋지 않사옵니다. 그들은 무림에서 큰 축을 담당하는 대문파가 아니옵니까? 그들에게도 자존심이라는 것이 있는 바, 지금으로서는 될 수 있다면 너무 자극하지 않는 게 좋을 듯하옵니다."

과연 그럴 게 확실했다. 원래 무림인이라는 것들이 자존심 하나에 목숨을 던지는 족속들이 아닌가? 쓸데없이 자신의 분풀이 좀 한다고 척을 지기에 아미파는 아직도 꽤나 쓸모가 있었다.

"그 말도 일리는 있구나."

지금 연공공은 마교 교주를 칠 계획을 짜고 있었다. 마교가 지닌 전력이 얼마나 대단한 것인지 연공공은 아직 잘 몰랐다. 현재 연공공이 확보한 정보는 황성사가 그동안 수집해 놓은 것과 공공파나 아미파를 통해 얻은 정보가 대부분이었다. 비록 정보가 많이 부족하기는 했지만 그것만으로도 마교라는 단체가 무림맹과 거의 쌍벽을 이룰 정도로 막강한 단체라는 것을 유추해 내는 데는 전혀 부족하지 않았다.

마교를 치려면 무림맹을 이용하는 것이 가장 좋다. 이런 상황에서 계집 하나 때문에 무림맹의 한 축을 담당하고 있는 아미파와 척을 져 봐야 좋을 게 없지 않겠는가. 하지만 그냥 이대로 넘기기에는 지선이라는 계집이 너무 괘씸했다.

이렇게 내심 고민하고 있을 때 환관의 말소리가 들려왔다.

"공공께서 아직까지도 지선 스님의 처리를 결정하지 못하고 계신 것은 그녀가 쓸모가 있기 때문이 아니겠습니까? 공공께서 내리신 결정은 언제나 틀림이 없었습니다. 뭔가 걸리는 게 있다면, 그게 해소될 때까지 지선 스님의 처리는 뒤로 미루시는 것이 좋지 않겠습니까?"

그 말에 연공공은 마음을 굳혔다. 지금은 악독하기 짝이 없던 그 마교 교주라는 놈을 먼저 잡아야 할 때다. 겨우 계집 하나 때문에 그놈을 포기할 수는 없다. 그리고 무엇보다 그 계집은 언제든 잡아들여 분풀이를 할 수 있는 상대였다.

"네 말이 옳구나. 아무래도 몸이 불편하다 보니 너무 마음이 앞서간 모양이야. 좋은 지적을 해 주었다."

연공공의 말에 환관은 깊숙이 고개를 조아리며 말했다.

"소인의 말이 도움이 되셨다니 다행입니다, 공공."

동중랑장은 연공공의 예상보다 훨씬 더 빨리 황도로 돌아왔다. 그가 도착했다는 소식을 들은 연공공은 동중랑장의 빠른 일 처리

속도에 몹시 흡족해 했지만, 곧이어 그가 직접 찾아와 자신에게 사죄를 올리자 그의 눈썹은 분노로 인해 하늘을 찌를 듯 솟아올랐다.

"뭣이? 내 그대를 그리 보지 않았거늘……."

"어쩔 수 없었사옵니다, 우상시 공공."

그러면서 동중랑장은 그때의 상황을 자세히 설명했다. 단 한 번의 충돌로 서중랑장의 기마대가 괴멸당했다. 그것도 1백 기의 직도들을 상대로 말이다. 그래도 그는 포기하지 않고 계속 추격했지만, 저녁이 다 되어 갑자기 나타난 대규모의 기마대 앞에서는 추격을 포기할 수밖에 없었다. 아마 그자들은 거기에서 동료들이 오기를 기다리고 있었던 모양이다.

"적도들의 수는 1천 기가 넘었습니다. 도저히 소장이 거느리고 간 기마대로는 상대를 할 수가……."

"그래서 그냥 되돌아왔다는 말인가?"

동중랑장은 고개를 푹 숙인 채 아무런 말도 하지 못했다. 뭔가 한마디 비꼬아 주려던 연공공은 마지막 순간에 생각을 바꿨다. 아직 동중랑장은 이용 가치가 있었기 때문이다.

"어쩔 수 없지. 저들의 규모도 제대로 파악하지 못한 채, 자네에게 일을 부탁한 내 잘못이니 말이야."

"그저 송구스러울 따름입니다."

"허허, 자네의 잘못이 아니라는데도 그러는구먼. 자네의 보고대로라면 상대는 겨우 1만 기로 20만의 금군과 대적한 마교의 최정예가 아닌가? 괜한 만용 부리지 않고 살아 돌아온 게 나로서는 더욱 고맙구먼."

"그렇게 생각해 주시니 소장 몸 둘 바를 모르겠습니다, 공공."

연공공은 자신의 뒤쪽에 서 있는 환관에게로 고개를 돌려 슬쩍 눈짓을 보냈다. 그러자 환관은 자그마한 함을 하나 꺼내 연공공에게 건네줬다. 공공은 그걸 동중랑장에게 건네주며 은근한 어조로 말했다.

"이건 내 일을 열심히 수행해 준 작은 보답일세. 부하들하고 술이나 한잔 나누며 피로를 씻도록 하게나."

"감사합니다, 공공."

임무를 완수하지 못했음에도 불구하고 이렇게 환대를 해 주자 동중랑장은 감격을 금치 못했다. 동중랑장은 막사를 벗어나며 연공공을 위해서라면 목숨이라도 걸겠다고 주먹을 불끈 쥐었다.

웃는 얼굴로 동중랑장을 돌려보냈지만 연공공의 속은 분노로 불타오르고 있었다. 놈에게 완벽하게 당한 것이다. 놈이 그토록 오만방자하게 까분 것도 다 믿는 구석이 있기 때문이었다. 황도 외곽에 1천 기에 달하는 정예기마대를 숨겨 놓고 있었다니…….

"으드드득! 멍청하기 짝이 없는 놈. 아무리 그렇다 하더라도 황병을 끌고가 제대로 한번 싸워 보지도 못하고 돌아오다니. 그나저나 이놈을 어떻게 처리해야……."

이때 기가 막힌 계책이 그의 머리를 스치고 지나갔다.

"그래! 그렇게 하면 되겠군."

연공공은 자신의 뒤에 서 있는 환관에게 명령했다.

"추밀사와 독대를 할 수 있도록 약속을 잡도록 해라. 최대한 빨리."

환관은 잠시 멈칫하더니 급히 되물었다.
"…류태청 말씀이십니까?"
"류태청 말고 또 다른 추밀사가 있던가?"
"류태청은 지금 금부에 투옥되어 있다고 들었습니다."
아연한 표정을 짓고 있던 연공공은 잠시 후 정신을 차렸다.
"뭣이? 어찌 그런 중요한 일을 내가 모르고 있었단 말이냐?"
"도중에 여러 일들이 겹쳐 미처 말씀드릴 기회가……."
잠시 이리저리 생각을 정리하는 듯하던 연공공은 씨익 웃으며 물었다. 마치 류태청이 투옥된 것이 그리 나쁘지 않다는 듯.
"누가 류태청을 가뒀다고 하더냐?"
"참지정사 대인이라고 들었습니다."
"참지정사? 허면, 참지정사와 독대를 할 수 있도록 약속을 잡아 주게."
"예, 공공."
환관이 종종걸음으로 밖으로 나가자 연공공은 허공을 응시하며 이를 으드득 갈았다.
"교주 이놈! 내 반드시 네놈을 갈기갈기 찢어 죽여 버릴 것이다. 잠시만 기다리거라. 크크크크."

아무리 조정에서 크나큰 권세를 누리고 있는 참지정사 섭평이라고 해도, 황실의 숨은 실세인 우상시 연공공을 홀대할 수는 없었다. 연공공의 독대 요청을 받은 섭평은 만사를 제쳐 두고 달려왔다.
기밀이 확실히 보장되는 밀실도 아니고, 병영 안에서 연공공을 만나야 했기에 섭평은 썩 내키지 않는 표정으로 주위를 둘러봤다. 그런 그의 마음을 이해한다는 듯 연공공은 미소를 지으며 말했다.

"내 측근들이 철저하게 주위를 경계하고 있으니 참지정사께서는 마음을 편히 하셔도 무방합니다."

섭평은 심중을 들킨 것 같아 찔끔하면서도, 그런 자신의 마음을 감추기 위해 가볍게 헛기침을 하며 느긋한 어조로 말문을 열었다.

"험험, 그런데 무슨 일로 공공께서 저를 찾으셨는지……?"

"이번에 참지정사께서 큰 분란을 일으켰다는 정보를 입수했습니다."

"분란이라니, 무슨 그런 말씀을……? 혹 황상께 허락을 받지도 않고 류태청을 수감한 일을 가지고 말씀하시는 것이오? 그 일이라면……."

섭평의 말을 듣던 연공공은 차가운 미소를 지으며 그의 말을 끊었다.

"아아, 그 일이 아니라 악비를 없앤 걸 말하는 겁니다."

그 말에 섭평의 안색이 살짝 굳었다. 하지만 그는 곧바로 마치 자신이 큰 욕이라도 들었다는 듯 정색을 하며 따지고 들었다.

"그게 대체 무슨 말씀이시오? 연공공. 악비 대장군을 시해한 자는 류태청으로, 추밀원의 권위를 세우고 군벌을 타파하기 위해 행한 일이라는 자백까지 받아 냈소. 그 일에 대해서는 이미 황상께도 고한 일인데 그런 말도 안 되는 말씀을 하시다니요."

"참지정사, 본관은 바보 멍청이가 아닙니다. 이미 황성사에서

뒷조사가 끝난 일인데 계속 아니라고 우기신다면…….”

 황성사라면 황실의 첩보, 감찰 기관이다. 그제서야 참지정사는 눈앞의 이 늙은 내시가 황성사의 간부들 중 하나라는 사실을 알 수 있었다. 그렇지 않다면 감히 황성사를 입에 담지 못할 테니 말이다. 그리고 이 늙은 내시가 이렇게까지 말을 할 정도라면 이미 황성사에서 확실한 물증을 확보하고 있을 가능성이 컸다. 그들은 그 정도로 뛰어난 실력을 갖추고 있었다.

 그런데 문제는 상대가 자신에게 왜 이런 말을 꺼냈냐는 것이다. 오랜 세월 황궁에서 치열한 암투와 음모를 경험하며 이 자리에까지 올라온 참지정사의 머리가 빠르게 움직였다. 그리고 더 이상 난 모르는 일이라고 우기는 것만이 능사가 아니라는 결론을 내렸다. 노회한 참지정사는 정면으로 부딪치자고 마음을 굳혔다.

 그렇게 마음을 먹게 된 이유는 이 늙은 내시 놈이 뭔가 자신에게 원하는 게 있다는 것을 눈치 챘기 때문이다. 그렇지 않고서야 자신의 정체를 누설해 가며 접근해 올 이유가 없지 않은가.

 섭평은 단도직입적으로 물었다.

 "뭘 원하는 게요?"

 그제서야 연공공의 얼굴에는 희미한 미소가 떠올랐다. 대화의 주도권을 쥐었으니 서두를 필요가 없다. 이제는 자신의 입맛대로 천천히 요리를 하면 되는 것이다. 그런 연공공의 입에서 참지정사 섭평으로서는 전혀 생각지도 못했던 요구 사항이 흘러나오기 시작했다.

 "우선 양양성에 대해서…….”

죽어도 우겨야 할 일

개방의 남경 분타는 황병들의 기습으로 처참하게 박살이 났다. 물론 개방도들이 다른 거대방파들의 제자들과 비교했을 때 무공에서 뒤떨어지기도 했지만, 남경 분타를 치기 위해 동원된 황병들의 수가 워낙 많기도 했다. 그리고 당시 남경 분타에서는 탈출하는 연공공을 추격하느라 고수들이 이리저리 흩어져 있어 전력을 한 군데로 집중시키지도 못했다. 무엇보다 분타의 거지들을 총괄 지휘해야 할 분타주 독두개가 중상을 입어 드러누워 버린 상태다 보니, 변변한 저항도 해 보지 못하고 순식간에 묵사발이 나 버렸던 것이다.

남경 분타는 파괴되었지만 의외로 탈출에 성공한 거지들의 수는 많았다. 무공이 뛰어난 거지들의 경우 연공공을 추격하느라 대부분 분타를 떠나 있었기에 직접적으로 전화(戰禍)에 휘말리지 않았다. 그들은 남경 분타가 황군의 공격을 받았다는 사실을 알자마자 재빨리 남경을 탈출했다. 그 무리들 중 소팔개가 끼어 있었다. 소팔개는 탈출에 성공하자마자 그 사실을 총타에 알렸다.

소팔개의 긴급 보고를 받은 개방의 수뇌부는 아연실색하지 않을 수 없었다. 남경 분타가 황군의 공격을 받았다는 사실도 도저히 믿을 수가 없을 지경인데, 소팔개가 보고한 사건의 전말은 그야말로 개방 수뇌부를 경기 들게 만들기에 족한 내용이었던 것이다.

발칵 뒤집힌 개방의 수뇌부는 긴급 장로회의를 열어 어떻게 이번 사건을 처리해야 할지 치열한 설전을 벌이기 시작했다.

"아니, 독두개 그놈은 무슨 일 처리를 그따위로 해서 본방을 이토록 난처하게 만든단 말입니까?"

"허허, 이보시오. 그게 어찌 독두개 혼자만의 잘못이겠소? 다 본방의 힘이 모자란 탓이시."

"빌어먹을! 도대체 그놈은 본방과 무슨 웬수가 졌다고 일을 이렇게 꼬아 놓을 수 있단 말입니까?"

그놈이라는 건 바로 천인공노할 마교 교주를 칭하는 말이었다.

"글쎄 말이오. 아니, 그때 놈에게 전폭적인 지원을 하자고 제안한 사람이 도대체 누구요? 이번 일에 대해 확실히 책임을 져야 할 게요."

"흥! 다른 사람 탓하지 마시오. 당신도 그 일에 찬성하지 않았소?"

"뭐야? 증거 있어?"

사안이 사안인 만큼 모두들 불똥이 자신에게 튈까 봐 서로 책임을 미루느라 회의장은 마치 시장통을 방불케 했다. 잠자코 듣고만 있던 방주의 인상이 어느 순간 확 일그러졌다. 대책을 수립하기보다는 서로 책임을 미루는 장로들의 모습에 울화가 치민 것이다.

"자자, 모두들 조용히 하게!"

방주의 명령에 장로들은 언쟁을 멈췄지만, 모두들 하나같이 떨떠름한 표정이었다. 방주는 한껏 부드러운 목소리로 말했다. 울화가 치민다고 지금은 질책할 때가 아니다. 최대한 머리를 모아 대책을 수립해야 할 때인 것이다.

"이미 엎질러진 물일세. 흔적 없이 주워 담는다는 것은 불가능하지. 지금 자네들이 해야 할 최우선적인 일은 어떻게 하면 이번 일을 가급적 모양새 좋게 얼버무릴 수 있느냐 하는 걸세."

그 말에 평소 개방의 지낭(智囊)임을 자처하던 비육걸개 장로가 비대한 살집에 감춰진 작은 눈을 교활하게 굴리며 의견을 개진했다.

"소팔개의 보고에 따르면, 이번 일에는 독두개가 가장 깊게 관여했다고 합니다. 그가 독두개의 지시를 받아 다른 방도들이 모르도록 조심해서 처리했다고 하니, 모든 죄를 독두개에게 뒤집어씌우면 될 겁니다."

"하지만 한 가지 걸리는 게 있소."

사사건건 자신의 의견에 토를 달아 대는 취선개 장로에게 비육걸개는 마음에 안 든다는 듯 쏘아보며 빈정거렸다.

"그게 뭐요?"

"이미 남경 분타의 많은 제자들이 체포되었다는 사실이오."

"체포된 자들 중 3결 이상의 제자는 몇 되지도 않소. 2결 이하는 아는 것도 별로 없으니 놈들에게 고문을 당한다고 해도 큰 문제는 없을 거요."

비육걸개는 두터운 살점만큼이나 두꺼운 얼굴 가죽을 자랑하듯 뻔뻔스레 말했다. 비록 한솥밥을 먹던 식구들이기는 하지만, 그들을 그냥 버리자는 의견이었다. 비정하게 들릴지는 모르지만 개방이 살려면 어쩔 수 없지 않겠는가.

"허허, 하나만 알고 둘은 모르는 소리. 급이 낮을수록 놈들의 고문을 참지 못하고 실토할 가능성이 그만큼 크지 않소?"

취선개 장로의 대꾸에 비육걸개는 답답하다는 듯 버럭 소리쳤다.

"방금 전에도 말했잖아! 아는 게 있어야 실토하지."

"닥치고, 내 말 좀 들어 봐. 물론 그놈들은 아는 게 별로 없지. 하지만 '교수가 정보 제공을 요청해 올 때, 전폭적인 협조를 해 주라'는 지시는 2결제자 이상이라면 누구나 다 알고 있다는 게 문제라는 거요. 고문을 참지 못한 놈들이 그 사실에 대해 나불거리면 본방은 끝장이지. 그 말을 듣고 본방과 교주 사이를 오해하지 않을 자가 누가 있겠소? 이제 내 말의 요지를 이해하겠소?"

모두들 공감하는 모양인지 장로들의 안색은 더욱 어두워졌다. 이젠 독두개만의 문제가 아니다. 황실과 척을 진 것이 분명한 교주와 개방이 그렇고 그런 사이라는 오해가 일어나는 것만은 어떻게든 막아야 했다.

"크흠……."

"그렇다면 빨리 사람을 보내 그놈들을 구출하든가, 그도 여의

치 않으면 죽여서 입막음을…….”
"그게 가능하다고 생각하시오?"
또다시 취선개 장로가 톡 쏘자, 울컥한 비육걸개 장로는 자신이 직접 나서겠다고 외치려다가 그 말을 꿀꺽 삼켰다. 아무리 생각해도 자신이 없었기 때문이다. 한두 명이라면 몰라도 포로로 잡힌 자는 1백 명이 훨씬 넘는다. 그들 모두를 구출하는 것도 어렵지만, 죽여서 입막음하는 것도 결코 쉬운 일이 아니라는 말이다. 5만이나 되는 황군이 철통같이 지키고 있는 황도에서 일을 벌여야 하는 데다, 자칫 이 일에 개방의 상층부가 개입되었다는 조그마한 심증이라도 안겨 줬다가는 개방은 그야말로 파멸당할 가능성마저 안고 있었다.

비육걸개 장로는 살집에 묻힌 자그마한 눈동자를 연신 뒤룩거리더니 퉁명스런 음성으로 물었다. 마치 그럼 넌 뭔가 방도가 있느냐는 듯한 어투였다.
"젠장, 그럼 어떻게 하자는 말이오?"
취선개 장로는 짐짓 목소리를 낮춰 차분히 설명했다.
"일단 이번 일을 독두개의 단독범행으로 몰아가는 거요. 그리고 나머지 정보 제공의 건은 이번에 맹과 마교 간의 동맹이 체결된 만큼 동맹의 의리상 마교 쪽에도 그들이 필요로 하는 정보를 제공해 주라는 명령이었다고 밀어붙이는 거요. 동·맹·의·의·리 말이오. 알겠소?"
취선개 장로는 특히 '동맹의 의리'라는 말에 힘을 줬다.
"흠, 현재로서는 그 방법밖에 없겠구려."
나름대로 취선개 장로의 의견이 그럴듯하게 느껴졌는지 방주는 장로들을 둘러보며 말을 이었다.
"또 다른 의견이 있으신 분은 없소?"
다들 꿀 먹은 벙어리처럼 아무 말도 못 하고 있자 취선개 장로는 자신의 의견을 보충하기 위해 다시 입을 열었다.
"일단 지금까지 논의된 사항에 대해서는 각 분타들에 지시를 하달해 증언을 함에 있어 한 치의 어긋남이 없도록 조치해야 할 겁니다. 그 외에 다른 일들은 본방에 유리한 방향으로 즉흥적으로 처리하거나 아니면 그건 비밀이니 상부의 허락을 받아야만 증언해 줄 수 있다고 둘러대는 겁니다. 그런 다음 즉시 이쪽으로 보고하도록 하면 되지 않겠습니까?"
방주는 고개를 끄덕이며 찬성의 뜻을 표했다.
"취선개 장로의 의견대로 하는 게 좋겠소."
어느 정도 대책이 수립되었다고 느꼈는지 비육걸개 장로가 재빨리 입을 열었다.
"그렇다면 지금 당장 무림맹에 파견 나가 있는 공수개 장로에게 연락을 취하는 게 좋겠습니다. 공수개 장로도 뭘 좀 알고 있어야 변명이라도 할 수 있을 게 아닙니까?"
방주는 이번에도 말없이 고개를 끄덕였다. 남경 분타의 참사에 대한 대책은 조금씩 틀이 잡혀 가는 것 같았지만, 과연 이런 변명이 먹힐지는 아직 확신할 수가 없었다. 그래서인지 각 분타에 지시 사항을 하달하러 밖으로 분주하게 나가는 장로들을 바라보는 방주의 안색은 침중하기 그지없었다.

개방의 수뇌부가 발 빠르게 움직인 덕분에 공수개 장로는 맹주쪽에서 자신을 호출하기 전에 이번 사건에 대한 보고서를 받아 볼 수 있었다. 그는 즉시 맹주에게 면담을 요청했다. 미리 선수를 치는 것이 유리했기 때문이다.

공수개 장로가 맹주의 집무실에 들어섰을 때, 맹주인 태극검황 청영진은 그의 측근들과 심각한 표정으로 뭔가를 토의하고 있는 중이었다. 맹주는 굳은 표정으로 공수개 장로의 인사를 받으며, 그에게 자리를 권했다.

"공 장로가 노부를 보자고 한 게, 혹 남경에서 일어난 사건 때문이오?"

갑작스런 맹주의 질문에 공수개 장로는 당혹감을 감추지 못했다.

"그, 그렇습니다, 맹주님."

"조금 전에 추밀원에서 항의문이 도착했소. 남경에서 마교 교주가 혈겁을 일으켰다는 사실도 믿기 힘들지만 거기에 개방의 남경 분타가 관여했다고 하는데…, 이게 도대체 무슨 소리요?"

공수개 장로는 재빨리 총타에서 보내온 대책 방법을 머릿속으로 정리하며 천천히 입을 열었다. 총타에서는 이번 일의 책임을 모두 다 독두개 혼자의 잘못으로 밀어붙이라고 명령했다. 하지만 노련한 공수개 장로는 처음부터 그 말을 꺼내지는 않았다.

"본방에서 올라온 보고서에 따르면 유감스럽게도 그게 대부분 사실인 모양입니다."

"허어, 그럴 수가. 노부는 설마 하고 있었거늘……."

맹주가 한탄하고 있을 때, 그의 옆에 앉아 있던 감찰부주가 재빨리 끼어들었다.

"자세히 설명 좀 해 보시오. 어째서 마교 교주가 일으킨 혈겁에 남경 분타가 끼어든 것인지 말이오. 혹 개방 수뇌부의 지시가 있었던 거요?"

공수개 장로는 펄쩍 뛰며 부인했다.

"무슨 천부당만부당한 말씀이시오? 만약 그런 일이 있었다면, 남경 분타에서 무슨 일이 벌어진 것인지 조사하기 위해 총타에서 대대적으로 인력을 동원했을 리가 없지 않습니까? 이 일에 장로급 다섯 명과 4결제자 5백 명이 동원됐소이다. 남경에서 탈출한 모든 거지들을 조사하고 있으며, 그들 간에 대질 심문까지 벌이고 있단 말이오. 만약 총타에서 그런 일을 지시한 것이라면, 구태여 그러고 있을 이유가 없지 않습니까?"

물론 개방의 호들갑이 연극이라고 생각할 수도 있다. 좌중에 앉아 있는 사람들의 표정을 살펴보고 자신의 변명이 썩 먹혀 들어가는 것 같지 않자, 공수개 장로는 재빨리 말을 이었다.

"황군은 남경 분타를 괴멸시키며 분타주 독두개를 포함해 1백 명이 넘는 방도들을 잡아갔소이다. 그쪽에서도 나름대로 조사를 벌일 텐데, 우리 쪽에서 제식구 감싸기 식의 말도 안 되는 변명을 늘어놔 봐야 헛게 아니겠소이까?"

당연한 말이었기에 감찰부주는 고개를 끄덕였다.

"좋소. 그렇다면 개방에서 조사한 바를 들어 봅시다."

공수개 장로는 입술에 침을 바르며 계속 말을 이었다.

"총타에서 치밀하게 조사한 결과, 남경 분타주인 독두개가 마교에 포섭되어 이번 사건을 일으켰다고 최종 결론을 내렸다 합니다. 부분타주인 소팔개를 비롯해서 그곳에서 탈출해 온 모든 방도들을 철저하게 조사해 봤지만, 독두개 외에 다른 자들이 마교도들과 작당한 징후는 전혀 찾을 수 없었답니다. 거의 대부분의 방도들이 교주가 남경에 나타났다는 사실조차도 모르고 있었을 정도였으니 그건 확실할 겁니다. 그나저나 독두개, 그 빌어먹을 배반자 때문에 남경 분타의 모든 방도들이 오욕을 뒤집어쓰고 황군에 체포되었으니 정말이지 안타까운 일이 아닐 수 없습니다."

"그 말을 믿어도 되겠소?"

"맹주님, 오랜 세월 동안 저희 개방은 협의의 최선봉에 섰던 문파입니다. 비록 독두개와 같은 추잡한 배신자로 인해 이와 같은 사태가 벌어지기는 했지만, 그렇다고 모든 개방도들이 그놈과 같다고는 생각지 말아 주시기 바랍니다. 사실 분타주가 마교에 포섭된 이상, 그 밑에 있는 제자들이야 분타주의 명령에 따라가는 수밖에 도리가 없지 않습니까?"

공수개 장로는 짐짓 침통한 표정을 지으며 말을 이었다.

"더군다나 독두개가 한 일이라고 해 봐야 황도에서 입수한 정보들을 취합하여 마교에 넘겨주거나 그들이 일을 벌일 창고를 빌려 준 정도인 모양입니다. 그리고 창고 안에 술이라든지 뭐 그런 것들이 있다며 일반 방도들에게는 그 안에 들어가지 못하도록 엄명을 내려놓고 밖에 경비까지 세워 놨다고 하니, 그 속에서 교주가 무슨 짓을 벌였는지 다른 방도들이 알 수가 없었을 게 아닙니까?"

모두들 고개를 주억거릴 수밖에 없었다. 그 정도 일쯤이야 방도들에게 아무런 의심도 받지 않고 독두개 독단으로 처리할 수 있는 가벼운 일이라고 자신들도 느꼈으니까.

"만약 방도들로 하여금 무장을 갖춘 뒤 황궁으로 돌격하라든지 아니면 대신들 중 몇몇을 암살하라든지 하는 그런 망령된 명령을 독두개가 내렸었다면 곧바로 소팔개 등 간부들이 놈의 변심을 눈치 챘을 겁니다. 하지만 그런 일은 절대로 일어난 적도 없었습니다."

충분히 말이 되는 설명이었기에 맹주와 그 측근들은 공수개 장로의 말을 받아들이지 않을 수 없었다.

"허, 정말 안타까운 일이오. 어찌 그 간악한 마교의 꼬임에 빠져 그런 일을 저지르게 되었는지……."

안타까운 듯 중얼거리고 있었지만 맹주는 내심 안도의 한숨을 내쉬고 있을 게 분명했다. 무림맹으로서도 이번 일에 대해 빠져나갈 명분이 필요했었고, 그걸 공수개 장로가 제공해 준 셈이었으니 말이다. 그리고 더욱 중요한 것은 정파 최고의 정보 단체인 개방을 못 믿게 되는 죄악의 사태로 발전하지 않아도 된다는 점이다.

공수개 장로는 자신의 말이 완벽하게 먹혀들었다고 판단했다. 이제는 마무리만 하면 끝이다. 공수개 장로는 짐짓 허심탄회한 어조로 말했다.

"사실 저도 총타로부터 보고서만 받은 상황이기에 정확한 건 잘 모릅니다. 하지만 추밀원과 형부(刑部)에 알아 보시면 제가 한 말이 사실인지 바로 아실 수 있을 겁니다. 황군들이 남경 분타를 기습하여 체포한 인물이 독두개 혼자만은 아니지 않습니까? 보나마나 다른 거지들을 모두 다 심문할 테고, 그럼 이번 일이 독두개 혼자 저지른 것인지 아니면 다른 누군가의 입김이 가해졌던 것인지 금방 알아낼 수 있겠지요."

맹주는 처음보다 훨씬 밝아진 얼굴로 공수개 장로를 바라보았다.

"그건 공수개 장로의 말씀이 옳은 듯하구려. 그렇다면 공식적으로 개방이 이번 일과 아무런 연관이 없다는 것을 믿어도 되겠소?"

"물론입니다, 맹주님."

"좋소. 그럼, 이번 사건을 일으킨 마교를 어떻게 하는 것이 좋을지 의논해 보기로 합시다. 도대체 교주의 의도가 뭔 것 같소? 이런 일을 벌여서 뭘 얻을 수 있기에 이토록 터무니없는 짓을 저지른단 말이오?"

공수개 장로는 보고서의 내용을 떠올리며 입을 열었다.

"소팔개의 증언에 따르면 교주는 아마도 실종된 악비 대장군을 찾고 있었던 듯합니다. 비록 다소 무리한 방법을 동원하긴……."

하지만 공수개 장로의 말은 끝까지 이어지지 못했다. 분노한 감찰부주가 더 이상 들을 가치도 없다는 듯 소리쳤기 때문이다. 그의 손에는 여기저기서 보내온 항의문들이 쥐어져 있었다.

"다소 무리라니요? 이것들을 보고도 그런 소리가 나옵니까? 교주는 남경에 도착한 첫날 관도를 검문 중인 황병들을 구타했을 뿐 아니라, 우상시와 추밀사 그리고 소부경 같은 고위관리들을 차례로 납치해서 고문을 가했다고 합니다. 더군다나 소부경은 그 후 유증으로 사망했을 정도로 지독한 고문을 받았다고 하지 않습니까. 그리고 그것도 모자라서 공동파, 아미파와 충돌을 일으켜 수십 명에 달하는 사상자를 발생시켰다고 쓰여 있습니다. 교주가 남경에서 한 행위는 맹과 황실의 권위에 대한 도전이나 다름없습니다."

감찰부주의 옆에 앉아 있던 청호진인이 고개를 주억거리며 입을 열었다.

"맞습니다. 만약 대장군이 실종되었다는 사실을 알았다면 즉시 맹에 알려 황실에 파견 나가 있는 공동파와 아미파에 협조를 구했어야 합니다. 그랬다면 결코 이런 유혈 충돌은 벌어지지 않았을 겁니다. 그리고 무엇보다 자신을 막아서는 아미파와 공동파의 제자들에게 조금도 주저하지 않고 살수를 써 수많은 인명 피해를 냈다고 하지 않습니까? 이런 모습이 과연 동맹을 맺은 맹에 할 행동입니까? 더군다나 그 당시 교주는 야행복에 복면까지 착용했다고 합니다. 그걸 보면 그는 자신의 정체를 감추고 싶어 했음이 분명했고, 그 말은 곧 그의 행동이 결코 떳떳하지 않았음을 반증하는 것이 아니겠습니까?"

맹주는 침중한 표정으로 고개를 주억거렸다.

"충분히 일리가 있는 추론이오."

터지기 시작한 봇물인 듯 청호진인의 입에서는 계속해서 마교에 대한 규탄이 흘러나왔다. 오랑캐의 침입으로 일시지간 동맹을 맺고 있지만 두 거대세력의 내부에는 이렇듯 불신이 팽배해 있었던 것이다.

"그뿐만이 아닙니다. 얼마 전 교주는 팽선을 비롯한 하북팽가의 정예들과 난투극을 벌였습니다. 다행히 사망자는 나오지 않았지만, 팽선을 비롯해서 수많은 팽가의 고수들이 크고 작은 부상을 당했지요. 그걸 가만히 참고 넘기니까 이번에는 아예 이렇게

간 큰 행동을 하는 겁니다."

그 말에 감찰부주 역시 동감의 뜻을 표했다.

"이제는 결단을 내려야 할 때입니다. 언제까지나 교주의 횡포를 눈감아 줄 수는 없습니다. 추밀원이 맹에 엄중히 항의해 온 것뿐만 아니라…, 공동파와 아미파 역시 맹의 결단을 원하고 있습니다."

감찰부주의 말에 고무된 듯 청호진인도 옆에서 거들었다.

"교주의 정확한 의중을 알지 못하는 이상, 이런 식의 공동 전선은 더 이상 아무런 의미가 없다고 생각합니다, 맹주님."

맹주는 한동안 아무 말 없이 가만히 앉아 있더니 힘겹게 입을 열었다.

"지금은 때가 아니오. 조금만 더 기다려 봅시다."

말을 마친 맹주는 더 이상의 의견 개진을 불허한다는 듯 두 눈을 질끈 감았다. 뭐라 반론을 말하려던 청호진인은 그 모습에 입을 다물어야 했다. 맹주의 집무실에 무거운 침묵이 감돌기 시작했다. 하지만 그 와중에 공수개 장로만이 성공적으로 일 처리를 해냈다는 만족감에 내심 흐뭇한 미소를 짓고 있었다.

또 다른 변수

 묵향이 남경에서 벌여 놓은 사건 때문에 그 불똥이 자신들에게 튀지 않도록 개방과 무림맹이 저나마 잔머리를 굴리고 있을 때, 묵향은 남경에 파견되었던 흑풍대를 이끌고 서둘러서 양양성으로 돌아왔다. 황궁을 들쑤셔 놓은 엄청난 사건을 벌여 놓고도 그는 자신이 무슨 짓을 저질렀는지조차 전혀 신경을 쓰지 않았다.
 사실 이번 사건에 대해 책임을 져야 할 사람은 따로 있었기에 그런 것이지만, 다른 사람들은 그걸 모르다 보니 모든 혐의는 묵향에게로 돌아가고 있었다. 더군다나 이번 사건에서 애꿎게 묵향에게 고문을 당한 연공공이 자신을 향해 이를 갈고 있다는 사실은 묵향으로서도 전혀 상상하지 못한 것이다. 물론 남경 분타가 황군들에 의해 피로 씻겼음도 말이다.
 "어서 오십시오, 교주님."

문을 박차고 들어오는 묵향의 얼굴이 잔뜩 굳어 있는 것을 본 마화는 악비 대장군의 행방을 찾았느냐는 질문을 도저히 던질 수가 없었다. 묵향의 안색만 봐도 남경에 갔던 일이 실패했음은 뻔하니 말이다.

묵향은 자신의 방으로 들어가며 명령했다.

"관지 장로에게 나한테 오라고 전해 줘."

"예, 교주님."

묵향이 방으로 들어간 후, 마화는 재빨리 밖으로 나갔다. 밖에는 묵향과 함께 남경에서 돌아온 흑풍대원들이 분주하게 움직이고 있었다. 가벼운 부상자들은 의생을 찾아 치료를 받으러 갔고, 말에서 짐을 풀어 옮긴 후 말을 돌보고 있었다. 먼 거리를 달려온 만큼 세심하게 보살펴 주지 않으면 말이 병이 나기 때문이다.

마화는 그들 중에서 임충의 모습을 발견하자 그에게로 달려갔다. 임충의 갑옷에도 치열한 격전의 흔적이 여기저기 남아 있었다. 그녀는 거두절미하고 대뜸 물었다.

"어떻게 된 일이야?"

"뭐가 말이야?"

대답을 하는 임충의 표정 역시 묵향과 같이 잔뜩 굳어 있었다. 마화는 그런 임충의 얼굴을 빤히 보면서도 계속 같은 질문을 던졌다.

"어떻게 된 거냐니까?"

그제서야 마화가 뭘 알고 싶어 하는 것인지 눈치 챈 임충은 침중한 음성으로 대답했다.

"악비 대장군이 죽었다고 하시더군."

"주, 죽어? 악비 대장군이?"

"그래, 분명히 죽었다고 하셨어."

"그, 그런……."

마화가 도저히 믿기 힘들다는 표정을 짓고 있자 임충은 어쩔 수 없이 보충 설명을 해야 했다.

"자세한 것은 나도 잘 몰라. 교주님은 남경에 도착하시자마자 따로 움직이셨거든. 그런데 어느 날 갑자기 악비 대장군이 죽었다고 양양성으로 회군한다고 하시길래 그냥 따라왔을 뿐이야."

그 말에 마화는 어처구니가 없다는 표정으로 되물었다.

"그게 말이 된다고 생각하는 거야? 명색이 흑풍대 천부장이 호위하던 악비 대장군의 죽음에 대해 제대로 아는 게 없다는 게 말이야."

"그럼 어떻게 해! 그렇다고 교주님의 명령을 내가 거부했어야 한다는 말이야?"

임충이 화를 벌컥 내자 마화는 고개를 절레절레 흔들었다. 비록 답답해서 임충에게 뭐라 하기는 했지만 묵향의 성격은 자신 역시 뼈저리게 잘 알고 있지 않은가. 마교에서는 워낙 주변에서 그의 행동을 지켜보는 사람들이 많았기에, 묵향이 구태여 설명하지 않아도 홍진이나 군사 등이 그가 왜 그런 행동을 했던 것인지 잘 설명해 줬었다. 하지만 지금은 아무도 설명해 줄 사람이 없는 것이다.

두 사람 사이에 잠시 어색한 침묵이 흘렀다. 분위기를 바꿔 보려는 듯 마화가 슬쩍 엉망이 된 임충의 흑색 갑주를 가리키며 말을 걸었다.

"이건 또 뭐야? 왜 이랬어?"

"젠장, 나도 잘 몰라. 회군을 하려는데 갑자기 황군들이 우리를 잡으려 하기에 빠져나오다 보니 이렇게 된 거야."

"흠, 흔적을 보니 오랜만에 화끈하게 한판 붙은 거 같은데?"

짐짓 마화가 활달하게 말을 했음에도 불구하고 임충의 표정은 쉽게 펴지지가 않았다. 임충이 아무 말도 없이 가만히 있자 마화는 임충의 엉덩이를 툭툭 치며 쾌활하게 말했다.

"짜식, 무슨 일이 있었는지는 잘 모르겠지만 인상을 찌푸리고 있으니 안 그래도 험악한 얼굴 진짜 더럽게 험악해 보인다."

"너, 너, 내 엉덩이 자꾸 치지 말랬지?"

"에라, 이 쫌생이 같은 놈아. 이까짓 엉덩이 좀 만진다고 지랄을 하기는. 이따 밤에 보자. 내 거하게 한잔 사마."

완전 남자의 탈을 쓴 여자라며 투덜거리는 임충을 뒤로하고, 마화는 관지 장로의 집무실을 향해 뛰어가기 시작했다.

* * *

왜국과의 무역은 전적으로 절강성 분타에서 행해지고 있었다. 분타에서 그렇게 멀지 않은 곳에 소주와 항주 등 대도시들이 위치해 있기에 후지와라 영주가 필요로 하는 각종 물품들을 사들이는 데 있어 다른 분타들의 도움을 필요로 하지 않았기 때문이다. 왜국에서 생산되는 물품들 중에서 중원에서 탐낼 만한 것은 없었기에 수출 대금은 전액 은(銀)으로 결제 받았다.

은괴는 현금이나 마찬가지다. 분타에서는 후지와라 영주에게서 받은 은괴로 또 다른 물품들을 상인들로부터 사들여 일본으로 보내는 일을 되풀이했다. 그 과정에서 엄청난 양의 은괴가 수익금으로 남게 되고, 그것들은 모두 신용도 높은 전장의 전표로 바뀌어 십만대산으로 보내지는 것이다.

더군다나 영주가 원하는 물품들은 모두 다 부피가 작은 고가의 사치품들이었기에 숨겨서 옮기기에도 좋아, 수송 과정에서 타인의 의심을 살 가능성도 극히 적었다. 그리고 일본에서는 그 어떤 물건도 수입하지 않았기에 그걸 팔다가 관부에 꼬리를 밟힐 우려도 전혀 없었다. 그야말로 밀수출은 마교에게 아무런 잡음도 일으키지 않으면서도 엄청난 이익을 끊임없이 제공해 주는 황금알을 낳는 거위가 되어 있었던 것이다.

그런데 갑자기 절강성 분타주가 보낸 서신이 양양성에 도착했다. 봉인된 서신의 겉면에 기록된 암호는 「부친본가입납(父親本家入納)」즉, 교주에게 보낸 서신이었다. 이것을 받아 든 관지 장로는 한순간 고심하지 않을 수 없었다. 고작 분타주 따위가 교주에게 직통으로 서신을 보낸다는 건 말도 안 되는 행위였기 때문이다. 정상적인 경로를 밟는다면 분타주는 십만대산에 있는 외총관에게로 서신을 보내고, 외총관이 그 내용을 검토한 후 군사에게로, 그리고 군사가 그걸 검토하여 교주에게 보고하는 식의 여러 단계를 거쳐야만 했다.

그런 정상적인 보고 경로를 완전히 무시한 서신이었기에 관지 장로는 서신을 개봉해서 읽어 봤다. 과연 이걸 교주님께 전해 드려도 상관없을지, 그리고 경로를 무시할 만큼 화급을 요하는 일인지 확인해야 했기 때문이다. 만약 기대에 못 미치는 형편없는 내용이라면 관지 장로는 월권행위를 한 절강성 분타주를 작살내 버릴 심산이었다.

　단단히 봉인된 겉봉을 뜯어내자 그 안에 또 다른 봉투가 하나 더 나왔다. 봉투에 쓰인 기록자는 마사코. 밀무역에 있어서 묵향이 전권을 맡긴 대리인이었다. 마사코의 이름을 보자 그제서야 관지 장로는 서신이 이쪽으로 온 것을 이해했다.

　절강성 분타에서 양양성까지의 거리만 해도 무려 3천 리 길이다. 정상적인 보고의 경로를 따른다면 십만대산까지 무려 1만 2천 리에 달하는 거리를 달려갔다가, 또다시 교주의 승인을 받기 위해 양양성으로 와야 하고, 그 후 절강성 분타로 교주의 지시가 하달되려면 최소한 2만 5천 리가 넘는 길을 움직여야만 하는 것이다. 그럴 바에는 차라리 체계를 무시하고 곧바로 양양성으로 서신을 보내는 게 훨씬 빠르지 않겠는가.

　현재 묵향 진영의 가장 큰 문제점이 바로 이것이었다. 서로 간의 거리가 너무나 많이 떨어져 있어, 연락을 보내는 데 있어 굉장히 많은 시간 낭비가 발생하고 있다는 점 말이다. 과거 무림맹과의 전쟁에만 치중하면 되었던 시절에는 마교의 연락망은 이상없이 잘 움직였다. 왜냐하면 대개 십만대산과 무림맹의 중간쯤에서 접전이 벌어졌었기에 어떤 의미에서 보면 서로가 비교적 공평한 조건에서 싸우고 있었던 셈이기 때문이다.

　하지만 지금은 마교 정보의 집결지인 십만대산에서 동쪽으로 너무 멀리 떨어진 곳에서 전쟁이 벌어지고 있는 게 문제였다. 정보의 대부분이 전서구를 통해 오고 가고 있기는 했지만, 비둘기가 제아무리 빨리 난다고 해도 1만 리가 넘는 거리를 오간다는 것은 엄청난 시간 낭비임에 분명했다. 더군다나 도중에 여러 이유로 사라져 버리는 비둘기들도 많았고…….

관지 장로는 며칠 전 수령해 둔 마사코의 서신을 챙겨 자리에서 일어났다. 부하를 통해 남경으로 갔던 묵향이 돌아왔다는 전갈을 받았기 때문이다. 악비 대장군의 실종에 대한 일도 물어볼 겸, 서신을 전해 줄 생각이었던 것이다.

쾅!

그 순간 거칠게 문이 열리며 마화가 뛰어 들어왔다.

"관지 장로님, 교주님께서 찾으십니다."

"허허, 좀 살살 문을 열고 들어오면 안 되나? 안 그래도 지금 교주님께 가려고 하던 참이었네."

관지 장로는 묵향의 방에 들어가며 고개를 조아렸다.

"찾으셨습니까? 교주님."

묵향은 관지에게 의자를 권했다.

"음. 그쪽에 앉게."

"옛."

"자네가 생각했을 때, 관군의 도움이 없다고 해도 금을 격파하는 데 문제가 없겠나?"

전혀 생각지도 못했던 묵향의 엉뚱하기까지 한 질문에 관지 장로는 의아한 표정으로 물었다.

"대장군을 찾지 못하신 겁니까?"

"아니, 찾긴 찾았지."

"그런데 왜……?"

"내가 그를 찾아냈을 때는 이미 목이 잘린 시체가 되어 있었으니 문제지."

현재 고착화된 전황에서 악비 대장군의 중요성을 누구보다도 잘 알고 있는 관지 장로는 놀라지 않을 수 없었다.

"그, 그럴 수가……."

"그래서 자네에게 묻는 걸세. 관군의 도움 없이도 금군을 격파하는 것이 가능한지 말이야."

관지 장로는 잠시 대답을 하지 않고 생각을 해 보고는 조심스럽게 입을 열었다.

"어떻게 싸우느냐에 따라 다르지 않겠습니까? 이쪽에서 확고한 명령 체계에 따라 일사분란하게 움직인다면 저들의 수가 많다고 해도 충분히 대적이 가능할 것입니다. 하지만……."

"하지만 뭔가?"

"악비 대장군이 사라진 지금 구심점이 없어졌다는 게 문제라고 생각합니다, 교주님. 본교와 무림맹은 오랜 시간 견원지간으로 지내 왔지 않습니까? 그 둘을 이어 줄 연결 고리가 없어진 지금, 만약 적을 앞에 두고 자중지란이라도 벌어진다면……."

충분히 가능성이 있는 말이었다. 그렇기에 묵향이 악비 대장군의 실종을 알자마자 남경까지 쫓아간 것이 아니겠는가.

"흠, 충분히 그럴 수도 있겠지. 하지만 대적을 앞에 두고 본교와 다툼이나 벌이고 있을 정도로 수라도제가 멍청한 인물은 아니야."

"물론 그렇습니다. 하지만 지금 연합을 이끄는 자는 수라도제가 아니라 서문길이라는 젊은 가주가 아닙니까?"

"그건 그렇지만…, 뭐 좀 지나면 그 늙은이도 정신을 차리지 않을까? 아무리 내가 조금 맛뵈기를 보여 줬다고 하지만, 상처를 입은 것도 아니었고…….''

'그 맛뵈기 때문에 한동안 수라도제가 정신이 나가 있었다는 게 문제겠지요.'라고 반론하고 싶었지만, 관지 장로는 감히 그걸 입 밖에 내지는 못했다.

"어쨌든 사람을 보내 수라도제에게 본좌가 만나고 싶다고 하더라고 전하게. 내가 몇 가지 실마리를 던져 준다면 곧바로 재기(再起)할 수 있을 거야."

관지 장로는 묵향이 아무렇지도 않게 던진 그 말에 경악했다. 수라도제가 지금 저렇게 된 것은 묵향과 부딪쳤을 때 당시의 그로서는 절대 넘을 수 없는 벽을 느꼈기 때문이다. 초라함과 좌절감으로 인해 자존심에 심각한 타격을 입자 수라도제는 한동안 넋을 놓고 있을 수밖에 없었을 것이다.

그런데 그 한 단계 높은 무공으로 들어갈 수 있는 현경에 대한 실마리를 던져 준다니. 관지 장로가 생각하기에도 엄청나게 파격적인 말이었다.

입을 쩍 벌리고 있는 관지를 향해 묵향은 피식 미소 지으며 말했다.

"왜? 내가 못할 것 같나?"

"아, 아뇨. 하지만 그건 좀…, 어려울 것 같습니다. 지금 수라도제는 양양성에 없으니까요."

"무림맹에 갔나?"

"정확한 행방을 알 수가 없습니다. 수하들을 풀어 알아 본 결과, 며칠 전 갑자기 혼자서 어디론가 떠나 버렸다고 합니다."

"그럼 서문길에게 사람을 보내 수라도제에게 연락을 취해 달라고 해. 한 단체의 수장이라는 놈이 그렇게 쉽게 자리를 비우겠나? 아들에게는 자신의 행선지를 말하고 잠시 바람을 쏘이러 어딘가로 갔겠지."

"떠난 게 확실합니다. 맹에서 수라도제의 후임으로 곤륜무황(崑崙武皇)을 보내오겠다고 우리 쪽에 통보를 해 왔기 때문입니다."

전혀 생각도 못해 본 일이었기에 묵향은 가벼운 놀라움을 표시했다.

"곤륜무황을? 그게 사실인가?"

"예, 교주님. 봄이 오기 전에 곤륜파 문도들을 이끌고 이곳에 도착할 거라고 하더군요."

"알 수가 없군. 이렇게 중요한 시기에 윗대가리를 교체하다니. 도대체 무슨 생각들인지……. 쯧쯧. 어쩔 수가 없군. 그럼 나중에 곤륜무황을 만나 이야기를 해 보도록 하지."

수라도제는 엄청난 기회가 그냥 사라져 버렸음을 알았다면 아마 땅을 치고 통곡할지도 모른다. 어찌 되었건 그 후의 대화는 후임자인 곤륜무황이 도착하면 금과의 전투를 어떻게 치러 나갈 것인지로 집중되었다.

작전 토의가 대충 끝난 후, 관지 장로는 품에서 서신 하나를 꺼내 묵향에게 내밀었다.

"절강성 분타에서 마사코가 서신을 보내왔습니다, 교주님."

"마사코가?"

봉인을 뜯은 후, 찬찬히 서신을 읽어 본 묵향은 가소롭다는 듯 콧방귀를 뀌었다. 묵향은 서신을 관지에게 건네주며 말했다.

"자네는 어떻게 생각하나? 그렇게 안 봤는데, 후지와라 영주도 되게 웃기는 놈이군. 지원군을 파병해 주겠다니 말이야."

영주가 보내는 병력이라고 해 봐야 뻔한 게 아니겠는가. 보나마나 생색내기에 불과한 병력일 게 분명했다. 그렇기에 서신을 읽은 관지 장로도 씁쓸한 미소를 짓지 않을 수 없었다.

"우리 쪽에서 흑풍대 1천 기를 보낸 보답이라고 하지 않습니까?"

"보답? 그게 더 웃기는 거지. 흑풍대의 전력이 얼마나 되는지 이미 확인해 봤을 텐데, 지원군은 무슨 얼어 죽을 지원군이야. 대충 정리가 끝났으면 흑풍대나 돌려보내든지, 그도 아니면 돈이나 보내든지……."

"서신을 보니 마사코노 그에 대해 언급을 해 놨지 않습니까? 피에 대한 보답은 피로 지불하는 게 그들의 방식이라고 말입니다. 지원군에 대한 보답은 지원군뿐이라는 거지요. 마사코도 교주님께서 이 제안을 거절하지 말아 달라고 청하고 있지 않습니까? 호의를 거절한다는 것은 영주에게 모욕을 주는 행위라고 말입니다."

"웃기는 놈들이지. 걸핏하면 모욕이니 뭐니…, 쓸데없는 걸 가지고 목숨을 건다니까."

그러면서 묵향은 오래전 왜에 갔을 때를 떠올렸다. 놈들은 자신의 체면 유지를 위해서라면 목숨마저도 아깝게 생각하지 않았다. 그 때문에 몇 명이나 되는 영주의 무사들을 때려잡았지 않았던

또 다른 변수 219

가. 하긴 체면이 손상되었다고 배를 가르던 놈들도 있었으니 더 이상 말할 필요도 없을 것이다.
"어쩔 수 없지. 내가 영주의 지원에 감사드린다고 하더라는 답신을 보내라고 마사코에게 전해라."
"예, 교주님."
"그리고 영주가 보내올 지원군들을 먹일 수 있도록 식량을 충분히 확보해 두라고 절강성 분타주에게 지시하도록. 뭐, 지원군이라고 해 봐야 체면치레로 몇백 명 정도 보내오는 걸 테니, 이런 명령을 내릴 필요가 없을지도 모르지만 말이야."
퉁명스레 말하는 묵향의 모습에 관지 장로는 쓴웃음을 지었다.
"그렇게 전하겠습니다."
"아, 그리고 절강성 분타주에게 지원군이 도착하면 이쪽으로 보내지 말고 근처 경치 좋은 데로 데리고 가서 편안하게 쉬다가 돌아갈 수 있도록 하라고 해. 실력도 없고 숫자도 얼마 되지도 않는 병사들을 어디다가 써먹겠나?"
관지 장로도 그러는 편이 좋을 것 같다고 생각했다. 지원군이라고 와 봐야 신경만 쓰인다. 물론 실력이 엄청난 고수들이라면 얘기가 달라지겠지만 현 상황에서는 그놈들을 챙겨 주느라 오히려 일거리만 늘어날 게 분명하니 말이다.
"그렇게 지시해 두도록 하겠습니다, 교주님."
"그리고 다음부터 절강성 쪽에서 오는 서신은 자네가 알아서 처리하게. 그런 하찮은 것까지 나한테 물어볼 필요는 없으니 말일세."
"잘 알겠습니다, 교주님."

말을 끝낸 묵향은 오랑캐의 병사들 사이에 숨어 있는 장인걸 패거리를 어떻게 끌어내 박살을 낼까 고심에 고심을 거듭하기 시작했다.

복수를 하고 싶은가?

묵향 일행이 양양성에 도착했다는 것이 곧바로 유광세(劉光世) 상장군에게 보고됐다. 상장군은 즉시 대장군을 수행한 호위대장을 불러들였다. 호위대장은 황성을 빠져나오는 과정에서 벌어진 전투로 부상을 당한 상태였지만, 절룩거리면서도 상장군을 찾아가 사건의 전말을 자신이 아는 한도 내에서 자세하게 보고했다.

보고를 들은 상장군은 크게 놀랐다. 그리고 분노했다. 가만히 들어 보니 대장군은 누군가에 의해 이미 살해당했음이 분명했다. 그리고 황군으로 호위대 전체를 없애 버림으로써 양양성에 그 소식이 전해지지 못하게 막으려고 했다. 황군을 움직일 정도였으니 이 사건의 주모자는 권력의 상층부에 있는 자일 것이다. 어쩌면 재상 진회일 수도 있었고 최악의 경우 황제의 뜻일 수도 있었다.

그 음모의 주재자가 누구이든 간에 명백한 것은 자신들의 정신적인 구심점이었던 악비 대장군이 죽었다는 사실이다.

상장군은 당장 부관으로 하여금 악가군의 상층부에 해당하는 장수들을 모두 소집하라는 명령을 내렸다. 악가군의 존립이 위태로울 수 있는 사안이었기에 긴급회의를 하려는 것이다. 부관이 밖으로 뛰어나가자 잠시 군막 안을 이리저리 서성거리던 상장군은 여유 시간을 이용해 묵향부터 먼저 만나 보기로 마음먹었다. 호위대장을 통해 들은 것만으로 정확한 판단을 내리기가 힘들었기 때문이다.

호위대장의 말에 따르면 그곳에서의 모든 일을 주도적으로 알아 본 인물이 묵향이었고, 악비 대장군의 죽음 역시 그의 입을 통해 들었다고 하지 않은가.

마교에 할당된 장원에 도착한 유광세 상장군은 묵향이 있는 방으로 안내되었다.

"이번 일에 교주께서 발 벗고 나서 주셔서 감사하기 이를 데 없소이다. 예를 차릴 정신이 없는지라 거두절미하고 묻겠소. 호위대장에게 들으니 대장군께서 돌아가셨다고 하셨다던데…, 그게 사실이오?"

질문을 던지는 시커먼 수염 사이로 보이는 상장군의 얼굴에는 이미 묵향의 대답을 알고 있었기에 짙은 슬픔과 분노가 어려 있다.

"유감스럽게도 사실이오. 수하들의 보고를 받은 즉시 황성으로 달려가 백방으로 찾았으나 내가 대장군을 발견했을 때는 이미 목이 잘린 후였소."

"그, 그렇다면 시신은……."

이미 죽어 버린 시신이 뭐 그리 중요하냐고 말하고 싶었지만 슬픔에 잠긴 상장군의 얼굴을 보니 차마 그런 식으로 말을 할 수가 없었다. 그래서 묵향은 대충 얼버무리듯 말했다.

"안타깝게도 시신을 제대로 수습할 상황이 아니었소. 그것보다는 상장군께서는 앞으로 어찌할 생각이시오?"

"그건 대체 무슨 말씀이십니까?"

"남경에서 대장군을 구금하고 있던 추밀사라는 놈을 족치다 보니 대장군 제거에 대한 명령을 내린 자가 참지정사(參知政事) 섭평(聶平)이라는 걸 알아냈소."

뿌드드득!

이 갈리는 소리와 함께 원독에 가득 찬 상장군의 목소리가 터져 나왔다.

"참지정사, 이 쳐 죽일 놈!"

그 모습에 묵향은 가만히 고개를 흔들었다.

"문제는 섭평이 하수인에 불과할 수도 있다는 사실이오. 대장군이 재상을 만나러 가자마자 재상은 지방 순시를 핑계로 급히 황성을 떠난 걸로 알고 있소. 그 후 섭평이 이런 일을 벌였다면 재상에게 모종의 지시를 받고 움직였다고 볼 수밖에 없지 않소?"

참지정사 섭평은 재상 진회의 심복 같은 인물이었으니 당연히 재상 진회의 명이 있었음을 쉽게 짐작할 수 있었다.

"으으, 기어이 재상 그놈이……."

"어떻게 하시겠소? 대장군의 복수를 위해 황성으로 진격하겠다면 도와줄 수는 있소."

잠시 분노에 온몸을 떨며 이를 북북 갈아 대던 상장군은 곧이어 그 말뜻이 가지는 의미를 깨달았는지 화들짝 놀란 표정을 지었다. 그것은 곧 반란을 일으키라는 말이 아닌가? 그는 급히 좌우를 둘러보며 혹 엿들은 자가 없는지 확인부터 했다.
"바, 반란을 일으키라는 말씀이십니까?"
"뭔가 오해를 한 모양인데, 내 말은 반란 따위를 말하는 게 아니오. 순수하게 복수를 말하는 거요, 복수. 황성으로 쳐들어가 대장군의 죽음에 관련된 모든 자들의 목을 쳐 버리란 말이외다."
"하, 하지만 황상 폐하의 명 없이 군사를 움직인다는 것은……."
상장군은 난처하다는 듯 말했지만, 묵향은 별것 아니라는 투로 대꾸했다.
"상장군의 말대로 패하면 역적의 오명을 뒤집어쓰겠지요. 하지만 복수에 성공한다면 얘기는 달라질 거요. 뭐, 선택은 상장군이 하시오. 지금 당장 대답해 달라는 것은 아니오. 휘하 상수들과 충분히 의논해 본 뒤에 대답해도 좋소."
그제서야 상장군은 고개를 들어 떨리는 목소리로 물었다.
"묵 대인께서는 이제 어떻게 하시겠습니까?"
"나로서는 달라지는 게 하나도 없소. 금나라만 박살 낼 수 있다면 그것만으로도 충분히 만족이니까."
사실 묵향의 속마음이야 금나라가 아닌 장인걸 패거리였지만 유광세 상장군에게 솔직하게 말해 줄 필요가 없지 않은가.

묵향을 만나고 돌아오는 유광세 상장군의 머릿속은 정보를 얻기 위해 찾아갔을 때보다 오히려 더 복잡하게 뒤엉켜 있었다. 악비 대장군의 죽음의 이면에는 송제국의 2인자라 할 수 있는 재상 진회가 버티고 있었다.

만약 교주의 말대로 군사를 일으킨다면 황군과의 충돌은 피할 수 없을 게 분명했다. 물론 상장군은 황군과의 전투에서 승리할 자신이 있었다. 아무리 황군이 막강한 전력을 보유하고 있다고 해도 교주가 전폭적으로 도와만 준다면 말이다.

하지만 지금까지 충성스런 군인으로 살아온 그의 삶이 군사를 일으키려는 그의 결정을 망설이게 만들고 있었다. 실패하면 반역자의 오명을 뒤집어써야 할 게 분명하기 때문이다.

깊은 생각에 잠겨 상장군이 사령부 쪽으로 걸음을 옮기고 있을 때 그를 발견한 부관이 헐레벌떡 달려왔다. 지금껏 상장군을 찾아 여기저기를 돌아다녔었던 모양인지 부관은 거친 숨을 내뱉고 있었다.

"상장군, 황성에서 전령이 도착했습니다."

"전령이?"

자신을 찾아 부관이 여기까지 달려온 걸 보면 아마 그 전갈은 자신이 직접 받아야 할 정도로 중요한 것인 모양이다. 상장군은 서둘러 자신의 집무실로 돌아갔다.

황성에서 왔다는 전령은 상장군에게 군례를 올린 후 봉서(封書)를 바쳤다. 겉봉을 보니 봉서를 보낸 곳은 추밀원이 아니라 형부였다.

"이상하군. 형부에서 왜 나한테……."

봉인을 뜯어 내용물을 살펴보자 황도에서 도주한 대장군 호위대를 전원 형부로 압송하라는 명령서가 튀어나왔다. 여기서 말하는 '대장군 호위대'라는 것이 대장군을 호위하기 위해 움직였던 묵향과 그 수하들까지 포함한 것이었기에 상장군은 당황스러울 수밖에 없었다. 그런데 명령서를 한참 읽고 있던 상장군은 고개를 갸웃하지 않을 수 없었다. 명령서 말미에 대장군 호위대의 죄목이 적혀 있었는데 방금 전 대화를 나눴었던 묵향이 한 말과 뭔가 미묘한 차이점을 보이고 있었기 때문이다.

"젠장, 뭐가 어떻게 된 일인지……."

투덜거리던 상장군은 전령에게 물었다.

"이것 외에 다른 지시 사항은 없었느냐?"

"예, 상장군. 저는 이 명령서를 꼭 상장군께만 전달한 후 수령증을 받아 오라는 명령만을 받았습니다. 여기……."

상장군은 전령이 내미는 수령증에 서명해 줬다.

"그래, 수고했다. 가 보거라."

"옛."

전령을 내보낸 후, 상장군은 얽힌 실타래마냥 혼란스럽기만 한 머릿속을 털어 버리고 싶은 듯 고개를 절레절레 흔들었다. 상장군에게는 좀 더 생각할 시간이 필요했던 것이다.

유광세 상장군은 긴급 소집한 장수들과의 회의에서 악비 대장군의 죽음을 밝히지 않았다. 뭔가 확실한 결론이 나기 전까지는 악비 대장군의 죽음을 묻어 두는 것이 좋을 것 같았기 때문이다. 물론 오랫동안 감추어 둘 수는 없는 일이지만 말이다.

상장군은 장수들에게 대장군의 실종에 흔들리지 말고 맡은 바 임무를 잘 수행해 달라는 당부로 회의를 끝맺었다. 회의를 마치고 돌아가는 장수들 중 자신이 가장 신뢰하는 순우기 장군에게 상장군이 슬쩍 손짓을 보냈다. 잠시 자신과 얘기를 나누고 돌아가라는 신호였다.

순우기 장군은 굵은 눈썹, 다듬지 않아 사방으로 뻗친 호랑이 같은 수염, 그리고 투박해 보이는 인상을 지닌 단순무식한 무장의 전형적인 외모를 지니고 있었다. 하지만 그는 그런 겉모습과는 달리 수많은 병서를 읽은 아주 박식한 모사형(謀士形)의 장군이었다. 그의 능력을 높이 산 악비 대장군 덕분에 이제 겨우 30대 초반임에도 불구하고 장군으로까지 진급해 있었던 것이다.

둘만 남게 되자 상장군은 묵향에게 들은 이야기를 전한 뒤 그다음엔 형부에서 보낸 명령서를 건네줬다.

"형부에서는 황도에서 도주한 자들이 대장군 납치의 주범 혹은 주범들과 연관되었을 가능성이 크니 모두 다 체포하여 황도로 압송해 달라고 명령했네."

명령서에 따르면 형부에서는 대장군의 실종 사건에 관련된 몇 가지 조사를 할 것이 있어 서중랑장에게 협조를 구해 대장군의 호위대를 불러 세웠다고 한다. 그리고 그 부분은 호위대장의 보고와도 일치했다. 그런데 호위대는 조사에 불응하여 황군의 포위망을 뚫고 양양성 방향으로 도주해 버렸다고 쓰여 있었다.

물론 이것은 참지정사 섭평이 형부에 입김을 넣어 발송한 것이었지만, 그런 자세한 속사정까지 상장군이 알 리 없었다. 하지만 순우기 장군은 명령서의 밑바닥에 숨겨져 있던 핵심을 곧바로 파악해 냈다.

"흥! 이건 아주 치졸한 이간책입니다, 상장군."

"이간책이라고?"

"예, 대장군을 시해한 섭평은 황군을 풀어 호위대가 이쪽으로 돌아오지 못하게 막으려고 했을 겁니다. 그렇게 해 놔야 대장군께서 돌아가셨다는 걸 우리들이 모를 테니 말입니다. 하지만 그게 실패하고 나니 이런 말도 안 되는 명령서를 보내 묵 대인과 우리들을 이간질하는 거죠."

"귀관의 말이 옳구먼. 어쩐지 뭔가 찝찝하더라니……."

순우기 장군은 다시 한 번 명령서를 읽어 본 후 머리를 긁적거리며 말했다.

"그런데 이거 일이 아주 고약하게 되었습니다. 검문에 불응하고 도주한 자들 모두를 당장 체포하여 형부로 압송하라고 했지 않습니까? 이제 시간 여유가 별로 없습니다. 상장군께서는 어떻게 하시겠습니까?"

잠시 망설이던 상장군은 어쩔 수 없다는 듯 입을 열었다.

"묵 대인은 행동하라고 권했었네."

"행동이라면…, 혹 반란을 말씀하시는……?"

"무, 무슨 말을 그렇게 하는 겐가?"

상장군은 급히 좌우를 둘러봤다. 혹 누가 엿듣는 자가 있을까 우려했던 것이다. 하지만 넓은 회의실에는 그들 단 두 사람뿐이었다. 상장군은 목소리를 한층 낮춰서 말했다.

"묵 대인의 말은 병력을 이끌고 황성(皇城)으로 쳐들어가 대장군의 죽음에 관계된 버러지 같은 간신배들을 처형한 후 양양성으로 회군하는 걸 말하는 거였네. 대장군 같은 위대한 무인을 정적(政敵)이라는 이유 하나만으로 살해해 버린 놈들을 몽땅 다 때려

잡고 제국의 정기를 바로 세우자는 말이지, 결코 반란을 일으키자는 게 아니라는 말일세."

상장군의 말에 순우기 장군은 의외로 적극적인 찬성의 뜻을 표했다. 그는 황실에 대한 충성심 때문에 군문에 투신한 게 아니라, 악비 대장군을 존경했기에 지금 이 자리에 있는 것이다. 그렇기에 군대를 이끌고 가 간신배들을 소탕하자는 묵향의 의견에 주저 없이 고개를 끄덕이는 것이다.

"저는 좋은 생각인 것 같습니다. 이런 상황에서 어찌 황실을 믿고 오랑캐 무리들과 싸울 수 있겠습니까? 그리고 황상의 존엄을 높이 세운다는 명분이라면 충분히 병사들을 움직일 수 있을 겁니다."

하지만 상장군은 가만히 고개를 저었다.

"이유야 어찌 되었든 황성으로 군대를 돌린다는 것 자체만으로 자칫 반역의 무리로 낙인이 찍힐 수도 있다는 걸 왜 모르나? 그렇게 쉽게 말할 수 있는 사안이 아닐세."

상장군은 오랑캐와 싸우다 죽는 것은 두렵지 않았지만 역적의 오명을 뒤집어쓰고 죽기는 싫었다. 하지만 순우기 장군은 계속 상장군을 충동질했다.

"어차피 남아일생 아닙니까? 성공하면 영웅이 될 것이요, 실패하면 만고의 역적이 되겠지요. 제 생각으로는 묵 대인께서 도와만 주신다면 충분히 승산이 있다고 판단됩니다."

"이제 그만! 그 얘기는 더 이상 거론하지 말게."

그 말을 끝으로 완고하게 입을 다무는 상장군의 모습에 순우기 장군 역시 더 이상 말을 꺼내지 못했다.

잠시 어색한 침묵이 두 사람 사이를 감돌았다. 그러다 문득 순우기 장군이 입을 열었다.

"하여튼 상장군께서는 앞으로 행동을 조심하셔야 할 겁니다."

"그게 무슨 말인가?"

"형부에서 이런 명령서까지 보낼 정도라면 황성사에서 가만히 있겠습니까? 아마 벌써 상장군 주위에 감시자들이 붙었을지도 모릅니다. 아니, 어쩌면 지금까지 대장군을 감시했었던 자들이 상장군을 감시하는 것으로 임무 교대를 했을 가능성이 크다고 봐야 하겠죠."

"그, 그렇겠군. 알겠네. 내 조심하도록 하지."

"그럼, 저는 이만."

예를 올리고 돌아서서 회의실 밖으로 나가는 순우기 장군의 머릿속에는 이미 자신들의 뜻을 지지해 줄 장수들을 어떻게 포섭해야 할지 계획이 하나 둘씩 짜여 가고 있었다.

만통음제의 실종

 묵향은 저 멀리 서쪽 하늘을 바라보며 서 있었다. 낙조(落照)의 아름다움을 감상할 수 있으려면 한 시진은 더 기다려야 했음에도 불구하고, 마치 그는 아름다운 노을이라도 감상하듯 멍하니 그쪽을 응시한 채 가만히 서 있었다.
 마화는 평소답지 않게 은근히 분위기를 잡고 있는 묵향에게 선뜻 말을 걸 수가 없어 눈치만 살피고 있었다. 무슨 생각을 하고 있는 것일까? 지금까지 묵향이 저렇듯 심각하게 고민하고 있는 모습을 본 것은 소연이 치명상을 입었을 때뿐이었다. 소연은 지금 완쾌되어 이곳 양양성으로 오고 있다고 했다. 그렇다면 그녀에게 뭔가 일이라도 생긴 것일까?
 하지만 마화는 살짝 고개를 가로저었다. 마교에서 온 보고서에 따르면 그녀는 패력검제와 함께 이쪽으로 출발했다고 했다. 현천검제의 경우 마교 내에 존재하지 않는(?) 인물로 되어 있었기에 그가 함께 동행하고 있다는 사실을 마화는 몰랐다.
 어찌 되었건 소연에게 패력검제라는 화경급 고수가 함께하는 이상, 그녀가 또다시 생명에 위협을 받을 상황은 일어나기 힘들 것이라는 게 마화의 판단이었다. 그리고 혹시라도 그녀에게 뭔가 문제가 생겼다고 하더라도 묵향보다는 마화가 그 사실을 먼저 알았을 것이다. 왜냐하면 그녀가 마교에서 오는 모든 보고서를 묵향에게 보고하는 역할을 담당하고 있었으니 말이다.
 한동안 묵향의 눈치를 살피던 마화는 슬그머니 뒤로 물러나와 임충을 찾아갔다.
 "무슨 일인데?"
 "혹시 총단에서 온 보고서들 중에서 나 모르게 교주님께 전달된 게 있었어?"
 임충은 어깨를 으쓱하며 말도 안 된다는 듯 대꾸했다.
 "그런 게 있을 리 없잖아."
 "그렇지? 그렇다면 가능성은 하나밖에 없군."
 "대체 무슨 소리야?"
 "황도에서 뭔가 일이 있었던 게 분명해. 그때 어떤 일이 있었는지 자세히 말해 봐."
 남경에 다녀온 후부터 묵향이 왠지 우울한 표정을 짓고 있었기에 마화가 이렇게 단언하는 것도 무리가 아니었다. 물론 악비 대장군이 죽는 큰일이 있었지만, 그 정도로는 묵향이 눈썹 하나 까딱하지 않을 거라는 게 마화의 생각이었다.
 계속된 마화의 추궁에 임충은 귀찮다는 듯 투덜거렸다.

만통음제의 실종 233

"젠장! 전에 너한테 다 말해 줬잖아."

"그거 말고 또 다른 일이 있어. 그렇지 않고서야……."

여자로서 마화의 예감은 정확한 것이었다. 지금 묵향은 오래전에 죽은 한 여인을 추억하고 있는 중이었다. 그녀의 이름은 옥령인. 그녀의 혈족을 비롯해, 그녀를 추억할 만한 모든 것을 다 없애 버린 후 묵향은 그녀를 완전히 잊어버렸다고 생각하고 있었다. 하지만 그게 아니었다. 황도에서 공동파의 한 무인이 적하마령검법을 펼치는 걸 본 순간, 그녀와 얽힌 수많은 추억들이 번개처럼 묵향의 뇌리를 스쳐 지나갔던 것이다.

'설마 그녀의 전인(傳人)이 있을 줄이야……. 그런데 그 녀석은 그 검법을 누구에게 배웠을까? 그녀에게 직접 배웠다는 건 말이 안 돼. 그렇다면 결론은 하나군. 어딘가에 비급이 남아 있었다는 말이겠지.'

그녀의 흔적을 찾아서 없애 버릴까? 아니면 그냥 놔둘까? 좀 더 세월이 지난 후, 어쩌면 그놈 말고도 적하마령검법을 익힌 자들이 더 튀어나올지도 모른다. 그런 놈들을 만날 때마다 이렇게 마음이 싱숭생숭해질 가능성이 있을 바에는 아예 모든 흔적을 완벽하게 없애 버리는 게 나을지도 모른다.

그런 생각을 하면서도 묵향은 선뜻 결단을 내리지 못하고 있었다. 왜냐하면 적하마령검법이야말로 그녀가 이 세상에 남겨 놓은 마지막 흔적이었기 때문이다. 그녀가 자신과 만났음을 증명하는…….

저녁이 될 때까지도 묵향의 표정은 펴질 줄을 몰랐다. 임충에게 만족스러운 대답을 듣지 못한 마화가 묵향에게 뭔가 말은 걸고 싶은데 어떻게 말을 걸어야 할지 몰라 궁리하고 있을 때, 한 중년 사내가 안으로 들어왔다. 그는 마화를 발견하자 애써 침통한 표정을 감추려 노력하며 인사했다.

"안녕하셨습니까? 머나먼 변방에서 고생이 많으십니다."

중원인들의 입장에서 보면 마교 총단이 훨씬 더 변방에 있는 것이겠지만, 마교도들의 입장에서 보면 총단이 중심이고 이쪽이 변방인 것이다.

살갑게 인사하는 그가 왠지 낯설지 않았다. 더군다나 그의 몸에서 뿜어 나오는 패도적인 기운. 세인들이 마기(魔氣)라고 부르는 음산한 기운이었지만, 십만대산을 떠난 후 오랜만에 접해 보는 기운이라 그런지 마화에게는 왠지 정감까지 느껴졌다.

이토록 강렬한 마기라면 상승의 경지에 접어든 고수라는 증명이나 다름없다. 순간 마화의 머릿속에 상대가 누군지 떠올랐다.

"아! 혹시 수석장로님을 모시고 있는……."

겉으로 뿜어지는 패도적인 기운과 달리 상대는 쑥스러운 듯한 미소를 지으며 공손하게 대답했다.

"예, 왕지륜이라고 합니다, 부대주님."

"그런데 그대가 여기까지 어쩐 일로 왔지요?"

"교주님께 급히 전해야 할 사항이 있어서 말입니다."

"하지만 지금 교주님께서는……."

왠지 이유는 모르겠지만 마화가 느끼기에 묵향은 지금 혼자 있고 싶어 하는 듯했다. 하지만 십만대산에서 이 정도의 고수가 전령으로 달려올 정도라면 뭔가 급한 보고 사항이 있다는 말이었다. 어찌해야 할지 망설이고 있을 때 왕지륜이 다급히 물어왔다.
"교주님께서는 지금 어디에 계십니까?"
그 표정이 워낙 절박했기에 마화는 자신도 모르게 슬쩍 교주의 집무실을 가리켰다. 그러자 왕지륜은 상관인 마화에게 실례인 줄 알면서도 곧바로 그쪽으로 달려갔다. 그는 지금 교주께 전해야 하는 중대한 비보가 있기 때문이다. 바로 교주의 아버지께서 실종되셨다는…….
문을 열고 들어가자마자 왕지륜은 무릎을 꿇으며 큰 소리로 외쳤다. 그 음성에는 임무를 제대로 완수하지 못했다는 자책감과 혹시 이로 인해 처벌을 받게 될지도 모른다는 두려움이 짙게 깔려 있었다.
"교주님, 큰일 났습니다!"
하지만 묵향이 대꾸없이 멍하니 서 있자 왕지륜은 더욱 큰 목소리로 외쳤다.
"교주님, 큰일 났습니다!"
그제서야 왕지륜 쪽으로 천천히 시선을 돌린 묵향은 느릿하게 입을 열었다.
"무슨… 일이냐?"
왕지륜은 묵향이 물어오자 고개를 푹 숙이며 처연한 음성으로 외쳤다.
"교주님의 아버님께서 실종되셨습니다. 지금 즉시 수색대를 보내야……."
"아·버·지가 실종되셨다고?"
옛 사랑의 추억을 회상하던 걸 방해받은 것만도 열 받는 일인데, 그놈이 꺼낸 말이 단 한 마디도 듣고 있을 가치조차 없는 것이었으니…….

묵향의 안색에 살짝 분노가 비치고 있음에도 불구하고, 그걸 눈치 채지 못한 왕지륜은 마치 큰일이라도 일어났다는 듯 호들갑을 떨었다. 그것도 다 자신이 아르티어스를 제대로 수행하지 못한 책임을 희석시키기 위한 것이었지만, 그는 지금 그게 자신의 목줄을 죄고 있는 행위임을 전혀 모르고 있었다.

"예, 그러니까 어르신이 갑자기 교주님을 만나 보고 싶어 하시기에 이쪽으로 모시고 오는 도중 기방에 들렀습니다. 최대한 대접을 잘하여 모시라는 수석장로님의 당부가 있으셨던 터라, 최고의 기녀들과……."

묵향은 이런 헛소리를 계속 듣고 있어야만 하나 하는 생각이 문득 들었다. 자신도 감히 감당이 안 되는 괴물이 바로 아버지인 아르티어스 아닌가. 하지만 왕지륜은 그런 묵향의 생각을 모르는시라 계속 주절거리며 그때 상황을 이야기하고 있었다.

"이제 그만. 이 세상에 누가 본좌의 아버지를 감히 해할 수 있단 말이냐? 뭔가 흥미로운 걸 발견하신 거겠지."

"하, 하지만……."

묵향은 대답 대신 천천히 고개를 돌렸다. 조금 더 옥령인과의 추억을 되새기고 싶었던 것이다.

"저, 그래도 실종이 분명……."

순간 묵향의 주먹이 불끈 쥐어졌다. 하지만 애써 끓어오르는 분노를 눌러 참았다. 고개를 돌리지도 않은 채 묵향의 입이 천천히 열렸다. 그 속에는 더 이상 입을 놀리면 가만두지 않겠다는 듯 진한 살기마저 감돌고 있었다.

"여기까지 오느라고 수고했다. 다 알아들었으니 이제 나가서 푹 쉬도록 해라."

"예? 하지만 그게…, 아버님께서 실종되셨는데……."

퍽!

그와 동시에 왕지륜은 지독한 두통과 함께 온 천지가 환한 빛에 감싸이는 걸 봤다.

잠시 기절해 있던 그는 곧이어 정신을 차리자마자 재빨리 부복했다. 그러면서 힐끔 아래쪽을 내려다보니 연적(硯滴) 하나가 나뒹굴고 있는 것이 보였다. 아마 신경질이 난 교주가 책상 위에 놓여 있던 연적을 자신에게 집어 던진 모양이다.

"요, 용서를……."

"꺼지라면 꺼질 것이지, 왜 말귀를 못 알아들어!"

"옛! 교주님의 명을 받들겠습니다."

후다닥 밖으로 튀어나온 왕지륜은 이마에 튀어나온 혹을 문지르며 마화에게 슬쩍 물었다.

"어르신께서 실종되셨는데도 아예 신경도 안 쓰시고…, 오늘 교주님께서 별로 기분이 안 좋으신가요?"

마화는 마치 '그걸 이제 알았냐'는 듯 딱한 눈빛으로 바라보다 나직하게 대답했다.

"황성에서 돌아오신 후 별로 심기가 편치 않으세요. 그리고 교주님께서 알았다고 하셨으니 더 이상 걱정하지 않아도 될 듯하군요."

"에효~, 수석장로님께 어떻게 보고드려야 할지……."

"있는 그대로 보고하세요. 교주님께서는 어르신의 실종에 대해 전혀 신경 쓰지 않으셨다고 말이에요. 그러면 수석장로님께서도 이해하실 거예요."

"알겠습니다, 부대주님."

마화의 말대로라면 좋겠지만 보나마나 수석장로는 자신을 엄청 갈굴 게 뻔했기에 힘없이 십만대산 쪽으로 발걸음을 옮기는 왕지륜이었다.

왕지륜이 돌아가고 며칠이 지난 후 임충과 함께 이러쿵 저러쿵 잡담을 나누고 있던 마화에게 거지 한 명이 안내되어 들어왔다. 거지에게서 지독한 악취가 풍겨 나오자 임충은 마치 급한 일거리라도 생각난 듯 재빨리 도망쳐 버렸고, 그녀 혼자 남아 그 지독한 악취와 씨름할 수밖에 없었다. 그녀는 미간을 찌푸리며 급히 거지에게 물었다.

"무슨 일로 찾아왔죠?"

"의창(宜昌) 분타에서 흑풍대 부대주님께 전달해 달라면서 이걸……."

거지는 품속에서 땟국물이 좌르르 흐르는 서신을 꺼내어 마화에게 건넸다.

'이걸 받아야 하나 말아야 하나…….'

갈등이 생길 수밖에 없었다. 더군다나 자세히 보니 서신 위로 이 몇 마리가 슬금슬금 기어 다니고 있지 않은가. 그녀는 차마 서신에 손을 뻗치지 못하고 난처한 듯 미소 지으며 말했다.

"혹 이게 무슨 내용인지 알고 있나요?"

그 질문에 거지는 퉁명스레 대꾸했다. 상대가 꽤나 미모를 지닌 여인이었지만 마교도들에 대해 썩 좋지 못한 선입견을 지니고 있던 그였기에 대화를 즐길 생각이 전혀 나지 않았던 것이다.

"저는 서신만 전달받았을 뿐, 내용은 알지 못합니다."

어쩔 수 없이 그녀는 서신을 직접 받아야만 했다.

"수고했어요. 이건 수고비라고 하기는 뭣하지만 동료들과 술이라도 한잔……."

은자 한 냥을 건네준 뒤 서둘러 거지를 돌려 보낸 그녀는 이부터 잡기 시작했다. 손톱으로 세 마리를 꼭꼭 찍어 죽인 후 더 이상은 없는 듯하자 그녀는 서신을 펼쳐 읽기 시작했다. 그리고 곧바로 그녀의 두 눈이 경악으로 부릅떠졌다.

"큰일 났습니다, 교주님."

너무 급한 나머지 묵향이 요 근래 이상한 분위기를 잡고 있다는 것마저도 잊어버린 마화였다. 창백하게 질린 마화의 얼굴에 뭔가 심상치 않은 일이 벌어졌다고 생각했는지 묵향이 다급히 물었다.

"무슨 일인데 그렇게……."

"이, 이걸……."

마화는 서신을 묵향에게 건네주면서 말했다.

"만통음제 대협께서 실종되신 듯합니다."

서신을 읽던 묵향의 미간에 주름이 잡혔다. 며칠 전에는 웬 멍청한 새끼가 말도 안 되는 헛소리를 지껄여 대더니, 오늘은 또 마화가 그와 유사한 소리를 해 대고 있는 것이다. 만통음제는 그렇게 호락호락하게 당할 만큼 녹록한 인물이 아니다. 현 강호에서 화경에 이른 만통음제를 어찌해 볼 수 있는 자가 과연 몇이나 되겠는가. 당연히 이건 어떤 놈이 농간을 부리는 게 분명하다고 묵향은 판단했다.

"꽤나 질이 나쁜 농담이로군. 이걸 가지고 온 놈은 누구지? 그놈을 잡아들여 족쳐 봐. 뭔가 나오겠지."

"개방도가 가져왔습니다. 의창 분타에서 보낸 거라고 하더군요."

마화의 대답이 의외였던 모양이다.

"개방도가 확실해? 장인걸이 아니고?"

"확실합니다."

그러면서 마화는 묵향에게 알리지 않았던 사실 한 가지를 말했다. 묵향이 황성에 가 있을 때였다. 묵향의 명령으로 마화가 양양성에 먼저 돌아와 있을 때 설취가 그녀를 찾아왔었다. 설취는 마화가 묵향을 만나러 갔다 온 사실을 알고 있었기에, 평소 친분이 있었던 그녀와 얘기도 나눌 겸 사부의 안부도 물을 겸 해서 찾아왔던 것이다. 얘기를 나누던 도중 그녀는 사부가 홀로 만현에 남아 있다는 걸 알게 되었다.

"그래서 질녀가 만현으로 달려갔다는 말인가?"

"예, 만통음제 대협의 몸도 안 좋으시니 시중이라도 들어 드릴 생각이었겠죠. 그런데 만현에 도착해 보니 대협은 이미 떠나고 없으시더라는 겁니다. 그래서 그분의 행방을 수소문하면서 양양성 방향으로 내려오던 도중, 의창 인근에서 그분의 종적이 끊어졌다고 합니다."

묵향의 입장에서 보면 뜬금없는 말이기는 했지만, 분명 그런 비

숫한 내용이 서신 군데군데 적혀 있었다. 묵향이 그 내용을 이해하지 못하고 넘어간 것은 앞부분의 설명이 다 빠진 채 결과만 쓰여 있는 탓이리라.

뭔가 심상치 않다고 느꼈는지 묵향의 음성에 긴장감이 어리기 시작했다. 평상시의 만통음제라면 모를까 그는 장인걸과의 격전에서 입은 부상을 아직 회복하지 못한 상태가 아닌가.

"그렇다면 이 서신을 질녀가 보낸 게 확실한 건가?"

"예, 필체는 다르지만 내용상으로 봤을 때 우리 둘만 알고 있는 사실이 군데군데 섞여 있었습니다. 아마 전서구를 통해 날아온 걸 해독하여 서신에 옮겨 적은 모양입니다."

"그렇다면 지금 당장……."

뭔가 말을 꺼내려던 묵향은 멈칫했다. 흑풍대를 동원할 생각이었지만, 상대는 화경급 고수마저도 납치한 실력자들이다. 흑풍대로는 도저히 상대가 안 될 가능성이 컸다. 그렇기에 묵향은 생각을 바꿔 명령했다.

"지급으로 철영 부교주에게 연락을 보내라. 당장 혈랑대(血狼隊)를 의창으로 보내 달라고 말이야."

"옛, 교주님."

묵향은 자신의 애검 묵혼을 집어 들며 말했다.

"나는 먼저 의창에 가 있겠다."

혈랑대는 장인걸이 거느린 천마혈검대와 맞먹는 전력을 지닌 마교 최강의 전투 단체였다. 그들을 동원할 결단을 내린 걸 보면 묵향이 얼마나 만통음제를 중요하게 생각하고 있는지 알 수 있을 것이다.

드러나는 진실

　황도에 돌아온 재상 진회는 즉시 추밀사 류태청을 불러들이라고 명령했다. 하지만 그럴 수가 없었다. 왜냐하면 류태청은 이미 처형당한 후였기 때문이다. 그리고 그의 처형에는 참지정사 섭평이 깊숙이 관계되어 있었다. 진회는 그걸 알아내자마자 즉시 섭평을 불러들였다.
　"본관이 도착하기 하루 전에 서둘러 류태청을 처형한 이유부터 물어보고 싶구려."
　서슬 시퍼런 진회의 질책에도 섭평은 별것 아니라는 듯 대꾸했다.
　"그가 모든 죄를 자복한 상태였고, 황상 폐하의 윤허마저 떨어진 상황이었기에 처형을 뒤로 미룰 이유가 전혀 없었습니다."
　"아무리 그의 죄가 명명백백하다고 해도 그 정도의 고위관리를 겨우 며칠 동안 심문하고 처형했다는 게 말이 된다고 생각하는가? 도대체 그를 그렇게 서둘러 처형한 저의가 뭔가? 혹 내가 그를 만나면 자네에게 곤란한 상황이라도 생기나?"

"무, 무슨 말씀을 그리하십니까? 문서를 보시면 아시겠지만 류태청의 처형을 주도한 인물은 형부의……."

진회는 거칠게 탁자를 탕 하고 치며 외쳤다.

"자네, 지금 본관을 놀리는 것인가?"

"예?"

"어서 진실을 말해 보게. 이미 악비 대장군도 류태청도 죽어 버렸네. 자네는 본관이 믿고 의지했었던 자네마저 처형해 버리기를 원하는가?"

"……."

진회의 분노가 진짜임을 눈치 챈 섭평은 두려움에 몸을 부르르 떨며 얼른 고개를 조아렸다. 하지만 그의 머릿속은 빠르게 돌아가기 시작했다. 지금 같은 상황에서 어설프게 대답을 했다가는 분명 자신의 목이 형장의 이슬로 사라질 게 뻔했다. 그런 그의 뇌리에 연공공과의 밀담이 떠올랐다.

연공공이 자신에게 바란 것은 단 하나였다. 마교의 교주라는 자를 반역죄로 엮어 달라는 것이다. 그 요구에 참지정사 섭평은 흔쾌히 승낙했다. 안 그래도 그놈의 마교 교주는 찢어 죽이고 싶은 놈이었다. 자신이 세워 놨었던 모든 계획이 어긋나게 된 게 바로 그 망할 교주 새끼 때문이니까.

처음 류태청으로 하여금 악비 대장군을 구속하게 한 명분은 바로 역모 혐의였다. 일단 잡아들인 다음 자백만 받아 낸다면, 그를 역적으로 처형한다 해도 그 누구도 반대할 수가 없게 되는 것이다. 하지만 매일같이 강도 높은 고문을 가하며 추궁했음에도 불구하고 악비는 끈질기게 자신의 무죄를 주장했다. 하지만 섭평은 걱정하지 않았다. 아무리 지독한 놈이라도 고문 앞에서는 장사가 없는 법이니 결국에는 없는 죄도 인정할 수밖에 없을 거라고 생각했기 때문이다.

그런데 문제는 마교 교주라는 놈 때문에 벌어졌다. 그가 너무나도 빠른 속도로 압박해 들어왔기에 섭평은 교주가 악비가 구금되어 있는 위치를 알아내기 전에 그를 처형해 버리는 수밖에 다른 도리가 없었다. 악비가 그놈에 의해 구출되면 자신은 분노에 가득찬 악비의 손에 죽임을 당할 게 뻔했으니 말이다.

하지만 문제는 악비에게 반역을 도모했다는 시인을 받아 내지 못했다는 데 있었다. 반역도 안 한 인물을 죽인 셈이니 그 죄를 누군가는 덮어써야만 했다. 그것도 진회가 황궁에 돌아오기 전에 말이다.

그래서 그는 증거 인멸도 할 겸, 류태청이 독단적으로 악비를 처형한 것으로 뒤집어씌워 사건을 마무리 했다. 그리고 진회가 류태청을 만나지 못하도록 하루라도 빨리 그를 처형하기 위해 발이 닳도록 황궁을 뛰어다니며 황제를 설득하느라 진땀을 흘려야만 했다.

계속된 진회의 추궁에 섭평은 재빨리 잔대가리를 굴렸다. 진회에게 역모와 같은 어설픈 거짓을 말했다가는 당장 자신의 목이 날아갈 게 뻔했다. 어떻게 말해야 할까? 한참을 고민하던 섭평은 어쩔 수 없이 정면 돌파를 하기로 마음을 먹었다. 밀약을 맺은 연공공이 마음에 걸리기는 했지만 자신부터 살아야 하지 않겠는가.
 섭평의 입에서 긴 한숨이 흘러나온 후 천천히 말을 잇기 시작했다.
 "휴~~, 군벌 체제를 타파하기 위해서는 어쩔 수 없는 선택이었습니다."
 "어쩔 수 없는 선택이었다?"
 "예, 재상께서도 아시다시피 국경이 유지되고 있는 것은 다 무림인들의 덕분 아니겠습니까? 악비는 그런 무림인들을 이용하여 자신의 힘을 키우고 있는 해충과도 같은 존재였습니다. 지금 악가군(岳家軍)에 35만 대군이 있다고 하지만, 그 대부분은 쓰레기나 다름없는 오합지졸들입니다. 과연 그런 병사들을 이끌고 북진해서 1백만에 달하는 금의 정예대군을 격파할 수 있겠습니까?"
 "……"
 정곡을 찌르는 말이었기에 진회로서도 반론을 제기하기가 힘들었다.
 "그건 분명 말도 안 되는 소리지요. 하지만 무림인들이 지금과 같이 적극적으로 협조를 한다면 가능할 수도 있을 겁니다. 그걸 간파한 악비는 북진을 한다고 하고서는 무림인들의 뒤를 슬금슬금 따라다니며 그들이 세운 공을 마치 자신이 한 것처럼 꿀꺽 삼키려는 속셈이었을 게 분명합니다. 즉, 악비가 앉아 있는 그 자리에 누구를 집어넣어도 결과는 똑같아진다는 말이지요."
 악비의 능력을 인정하고 있던 진회는 말도 안 된다는 듯 대꾸했다.

"꼭 그렇게 단정할 수 있을까?"

"지금까지 진행된 결과가 모든 걸 말해 주지 않습니까? 양양성에서 무한에 이르는 방어선을 유지하고 있는 것은 악가군이 아닙니다. 일당 백의 무서운 무술실력을 지닌 무림인들에 의해 유지되고 있는 것이지요. 지난 가을에 무한 일대로 침입해 들어왔던 금의 별동대 20만이 겨우 3만 남짓밖에 안 되는 무림인들에게 전멸당했던 일을 벌써 잊으셨습니까?"

"흐음……."

"무림인들이 양양성 방어전에 가장 큰 공을 세웠지만, 그 뒤 승전에 따른 혜택은 누가 가장 크게 봤습니까? 바로 악비였지 않습니까? 금나라와의 방어선을 유지하고 있는 여러 군벌들이 있지만 그들 대부분은 황실의 지원을 거의 못 받고 있습니다. 악비 대장군이 30만 대병을 모집해서 무장시키고 또 훈련시키고 있는 동안 다른 군벌들이 증원한 병력을 모두 다 합쳐도 10만이 될까 말까한 게 현실이지 않습니까? 그렇다고 악비가 송 황실에 충성을 다하는 장군이냐 하면 그것도 아니지 않습니까? 만약 그랬다면 벌써 군벌을 해체하고 추밀원의 명령을 충실히 따랐을 테니 말입니다."

악비 대장군을 없애야 했던 이유를 참지정사 섭평은 필사적으로 설명했다. 그중에는 그가 억지로 갖다 붙인 것도 몇 가지 있었지만, 대체적으로 현 상황을 직시한 것이었기에 진회로서도 그 말에 반론을 제기하지는 않았다. 하지만 대화가 진행될수록 진회의 표정은 점점 더 어두워져만 가고 있었다. 그만큼 진회는 악비를 아꼈기 때문이다.

"악비 대장군에게 힘을 몰아 준 것은 어쩔 수 없는 선택이었음을 자네도 잘 알고 있지 않은가?"

"물론입니다. 당장 노도(怒濤)와도 같이 밀려드는 금의 세력을 저지하려면 어쩔 수 없는 선택이었음을 저도 잘 알고 있습니다. 하지만, 지금은 조금이나마 시간적 여유를 얻었습니다. 아니, 오히려 방어의 개념을 뛰어넘어 북진을 단행하려고까지 하고 있지 않습니까? 만약 이 시점에서 북진을 하고 또 금을 정벌하는 데 성공해 보십시오. 송제국의 모든 것이 악비의 손에 놀아날 위험성이 가장 큰 문제로 대두될 것입니다."

섭평의 생각에도 일리는 있었다. 그의 말대로 분명 악비가 북진을 감행하여 성공한다면 악비의 위명과 힘은 황실의 힘을 훨씬 넘어서게 될 것이다. 지금도 35만 악가군은 황실에서 내리는 명령보다 악비 대장군을 더 따르고 있을 정도니 말이다.

더군다나 그때쯤 실전을 통해 35만 악가군은 정예병으로 변화해 있을 터이다. 그런 악비 대장군이 혹시라도 불온한 마음을 먹는다면 송 황실에서는 아무런 제재도 할 수 없을 게 뻔하다.

진회의 표정이 약간 변화하자 섭평은 마치 자신의 충심을 왜 몰라주느냐는 듯 외쳤다.

"그런 위험이 있기 때문에 재상께서도 악비가 북진하겠다고 하는 걸 끝까지 반대하시지 않았습니까?"

물론 진회가 북진을 반대했던 것은 그런 이유 때문이 아니었다. 그 한 번의 승리로 인해 송의 명줄이 조금이라도 더 연장되는 것을 두려워 했던 것이다. 진회는 송이 재기 불능이라고 생각하고 있었고, 백성들의 고통을 조금이라도 줄이는 길은 중원의 주인이

한시라도 빨리 바뀌는 거라고 판단했다.

그런 진회가 송의 멸망에 대한 마음을 완전히 굳히지 못한 이유는 바로 악비의 존재 때문이었다. 이 걸출한 무인(武人)이 잃어버린 북쪽 영토를 되찾고, 또 뒤이어 금나라까지 멸한다면 더 이상 송을 위협할 이민족은 없어진다. 또다시 수백 년간 제국이 존속할 가능성을 얻게 될 수도 있다는 말이다. 만약 그런 상태에서 현명한 황제가 나오고, 자신의 온힘을 다해 천하를 태평하게 만들기 위해 노력한다면……. 그런 희망이 진회로 하여금 송이 망하도록 그냥 방치하지 못하게 만들고 있었던 것이다.

하지만 악비의 죽음은 그 모든 가능성을 없애 버렸다. 그렇다면 이제 남은 길은 한 가지뿐이다. 송의 멸망을 가속화시켜 조금이라도 빨리 새로운 왕조가 시작되도록 만드는 것. 그것만이 도탄에 빠져 있는 백성들의 고생을 조금이라도 덜어 주는 길이 될 것이다.

진회는 한숨을 푹 내쉰 후 정색하며 섭평에게 명령을 내렸다.

"추밀원이 반드시 군권을 가져야만 한다고 생각한다면 자네가 한번 그렇게 만들어 보게."

갑작스런 진회의 명령에 섭평은 찔끔했다.

"예? 그건 대체 무슨 말씀이신지……?"

"내 황상 폐하께 고하여 자네에게 추밀원을 맡기도록 하겠네."

"예? 그, 그건……."

진회의 말에 섭평이 당혹스러워할 만도 했다. 자신에게 추밀원을 맡기겠다는 말은 곧 자신의 직위를 강등하겠다는 것과 똑같은 말이었다. 지금 추밀원의 권위는 땅바닥에 떨어져 있었다. 그렇기에 그가 추밀사였던 류태청을 마음대로 주무를 수가 있었던 것이다.

"자네는 지금까지 나한테 군권이 추밀원에 귀속되어야 한다고 주장하지 않았나? 그럼 그렇게 해 보게. 지금 추밀원은 유명무실한 상태지만 군벌들로부터 군권을 회수한다면 과거처럼 중서성과 쌍벽을 이루게 될 걸세. 왜, 그렇게 만들 자신이 없나?"

진회의 도발에 섭평은 안색을 굳히며 대답했다. 그로서는 선택의 여지가 없었다. 만약 여기서 그렇게 못하겠다고 대답한다면 악비를 없앤 명분이 사라지기 때문이다.

"좋습니다. 그렇게 하겠습니다."

"알겠네. 내일 정식으로 폐하의 첩지(牒紙)가 내려갈 걸세."

예를 표한 후 진회의 집무실을 빠져나오는 섭평의 안색은 이러다 숙청당하는 것이 아닌가 하는 두려움에 창백하게 질려 있었다. 한직으로 끌어내린 후 적당한 누명을 씌워 제거하는 것. 그게 지금까지 섭평 자신이 가장 즐겨 써 왔던 정적 제거의 수법이었다.

사방에는 박쥐들이 득실거린다네

공식적으로 악비 대장군은 현재 행방불명으로 처리되어 있었다. 그리고 추밀원에서는 그의 후임사에 대해 그 어떤 언급도 하지 않고 있었다. 그래서 지금 현재는 아쉬운 대로 대장군의 임무를 유광세 상장군이 대리하고 있는 상황이었다.

"황도에서 방금 전에 도착한 공문입니다, 상장군."

중서성에서 도착한 공문을 읽기 시작한 상장군의 표정이 점차 딱딱하게 굳어지기 시작했다. 재상 진회의 인장이 찍혀 있는 공문에는 악비 대장군이 감히 황실에 역심을 품었기에 그 죄를 물어 참수형(斬首刑)에 처했다고 기록되어 있었다. 그리고 대장군 따위가 감히 반란을 획책(劃策)할 수 있었던 것은 휘하에 있는 병사들을 사병화시키는 군벌 체제에 있다고 규정했다. 그렇기에 이후로 다시는 이런 불상사가 재발되지 않도록 군벌을 타파하고, 병권을 과거와 같이 추밀원으로 귀속하겠다는 내용이었다.

공문을 읽고 있던 상장군의 손에 점차 힘이 들어가기 시작했고, 이윽고 공문은 그의 굳건한 손아귀 안에서 꾸깃꾸깃 구겨져 버렸다.

"이런 나쁜 놈들! 황실과 민초들을 위해 불철주야 최선을 다하신 대장군께 이딴 말도 안 되는 죄명을 덮어씌우다니. 대장군, 혹시 원통해서 눈도 못 감고 돌아가신 건 아니요? 크흐흐흑."

오랜 세월 악비 대장군과 함께 전장을 누빈 상장군이다. 그랬기에 악비 대장군이 단 한 번도 자신의 영달을 위해 살지 않았음을 누구보다도 잘 알고 있었다. 그런 대장군에게 역심을 품었다는 더러운 죄명을 뒤집어씌워 죽이다니. 지금껏 그가 이뤄 놓은 공로를 생각한다면 참으로 말도 안 되는 죽임을 당한 것이었다.

한동안 악비 대장군을 생각하며 목을 놓아 오열하던 상장군은 어느 정도 감정이 진정되자 밖에 대고 외쳤다. 그의 목소리는 슬픔에 잠겨 거칠게 쉬어 있었다.

"순우기 장군더러 이리 오라고 전하라."

"옛, 상장군."

잠시 후 순우기 장군이 들어왔다.

"찾으셨습니까? 상장군."

"이걸 한번 읽어 보게."

공문을 다 읽은 순우기 장군은 뭔가 미심쩍은지 고개를 갸웃거리다가 갑자기 흠칫한 표정을 지었다. 그리고는 상장군을 향해 입을 열었는데, 악비 대장군의 억울한 죽음에 분노하기는커녕 뭔가 숨기는 것이라도 있는 듯 그의 목소리는 이상하리만큼 평온했다.

"한마디로 요약하면 군벌 타파를 하겠다는 공문이로군요. 어쩔 수 없지 않습니까? 상장군. 과거부터 군권은 추밀원에 있었으니 돌려 달라면 줘야 하겠죠. 더군다나 지금은 대장군께서도 돌아가시고 안 계시니 말입니다."

꽝!

전혀 생각지도 못했던 순우기 장군의 말에 상장군은 탁자를 치며 벌떡 일어섰다.

"자, 자네 어찌 그런 말을……."

"시세를 아는 자가 준걸이라 하지 않았습니까? 대장군께서도 돌아가신 이 마당에 우리로서는 어쩔 수가 없는 선택이지 않습니까."

순우기 상군은 말을 하면서도 연신 눈을 찡긋거리며 귓불을 만지작거렸다. 노화를 터트리려던 상장군은 그 순간, 얼마 전에 대장군을 감시하던 첩자들이 자신에게 붙었을 거라며 조심하라던 순우기 장군의 말을 떠올렸다. 그러고 보니 태연한 표정으로 말을 하고는 있었지만 순우기 장군의 눈가는 이미 물기로 흠뻑 젖어 있었다.

상장군은 장탄식을 터트리며 자리에 다시 털썩 주저앉았다. 그리고는 맞장구를 치려 했지만 그게 쉽지 않았다. 분노로 인해 목소리가 떨리고 있었기 때문이다.

"그, 그렇겠지. 자네 말이 맞네. 하지만 황실에서 이렇게 하지 않고 그냥 대장군께 군권을 내놓으라고 말만 했어도 그냥 내놨을 텐데……. 참으로 애석하구먼."

너무나 원통했기에 상장군의 입에서 할 필요가 없는 말까지 흘러나왔다. 갑자기 순우기 장군이 자리에서 벌떡 일어나 상장군의 손을 잡으며 말했다.

"기분도 그런데 술이나 한잔하시죠? 제가 사겠습니다."

혹시라도 상장군이 말실수라도 할까 봐 이런 제안을 한 것이다. 그걸 잘 알고 있기에 상장군은 고개를 끄덕일 수밖에 없었다.

"그러지. 오늘은 흠뻑 취해 보고 싶구먼."

"마침 서문세가에 좋은 술이 있다고 하니 들러서 한 동이만 달라고 하죠."

두 사람은 일어서서 밖으로 나왔다. 그리고 서문세가를 향해 곧바로 걸어갔다. 서문세가에 도착하자 순우기 장군은 일단 서문길 가주에게 면회 신청을 한 뒤, 대기실에서 기다리는 와중에 목소리를 낮춰 상장군을 향해 입을 열었다. 현재 무림세력의 지휘부인 이곳 서문세가까지 첩자들이 따라올 수 없을 거라 생각한 것이다.

"앞으로 한층 더 조심하셔야겠습니다, 상장군."

"그게 무슨 말인가?"

"그 공문을 보고 뭔가 느끼신 게 없으셨습니까?"

"글쎄…, 놈들이 대장군에게 말도 안 되는 더러운 오명을 뒤집어씌워 죽인 뒤 군권을 회수하려고 한다는 것 정도?"

"그게 이상하다는 겁니다. 재상은 능구렁이 찜 쪄 먹을 정도로 노회한 인물입니다. 예전에 상장군께서도 황도에서 그에게 뒤통수를 맞아 보지 않으셨습니까?"

황제 앞에서 당했던 그날의 치욕이 떠오르자 유광세 상장군의 얼굴이 붉게 달아올랐다. 황제를 만나기 전까지만 해도 '자신만 믿으라'며 호언장담을 하더니, 막상 황제의 코앞에서 딴소리를 지껄여 자신을 완전히 물먹이지 않았던가.

썩 유쾌하지 못한 과거를 떠올리며, 상장군은 퉁명스런 어조로 되물었다.

"그 얘기를 꺼낸 이유가 뭔가?"

"그렇게 노회한 인물이 이렇게 뻔히 보이는 술책을 쓸 리가 없다는 거지요. 재상이 이런 공문을 보낸 의도는 좀 더 깊숙이 생각해 봐야 할 것 같습니다. 과연 어떤 저의로 이런 공문을 보낸 것인지 말입니다."

"저의?"

"예, 이런 말도 안 되는 공문을 받고 분노하지 않을 군벌은 단 한 명도 없을 겁니다. 더군다나 지금 낭상 군권을 반환하시 않는다면, 네놈들도 대장군처럼 참수형에 처하겠다고 하는 위협이나 다름없으니 말입니다. 이걸 보시고 상장군께서도 불같이 분노를 터뜨리지 않으셨습니까?"

듣고 보니 이상했다. 황성에 주둔해 있는 황군이라고 해 봐야 겨우 5만이 전부다. 악가군이 아니라도 서너 개 군벌만 힘을 합친다면 충분히 황실을 뒤집어엎을 수 있다는 말이다.

"그, 그렇군. 설마 미친 게 아니라면 이런 말도 안 되는 공문을 보낼 수가 없을 텐데."

"그러니까 드리는 말씀입니다. 진회의 진짜 저의가 뭔지 말입니다. 아마도 뭔가 믿는 구석이 없지 않고서는 마치 반란이라도 일으키려면 일으키라는 식의 충동질을 할 수가 없지 않겠습니까?"

유광세 상장군은 어이없다는 듯 대꾸했다.

"아무리 믿는 구석이 있다고는 해도 그렇게 해서 좋을 게 뭐가 있다고……."

"병법 중에 타초경사(打草驚蛇)라는 것이 있습니다. 일부러 풀을 쳐서 뱀을 놀라게 하여 뱀의 반응을 살펴보는 거지요."

"흐음…, 그렇다면 내 반응을 살펴보기 위한 첩자들도 있겠군."

"예, 상장군. 그 때문에 상장군을 뫼시고 여기로 와 있는 게 아니겠습니까?"

"자네가 철저하게 내 주위를 한번 점검해 보게. 뭔가 수상쩍은 놈이 있는지 말이야."

그 말에 순우기 장군은 고개를 저었다.

"제가 하는 것보다는 묵 대인에게 부탁하는 게 좋을 것 같습니다."

"묵 대인에게?"

"예, 제가 원하는 것은 은밀하게 첩자를 찾아내자는 것이지 찾아서 죽이자는 게 아니니까요."

"아니, 우리를 감시하는 놈들을 찾아 죽여 버리면 되지, 뭐 하러 그놈들을 살려 두나?"

거칠 것 없이 전장을 휩쓸고 다녔던 상장군으로서는 첩자들의 눈과 귀를 피해 이런 식으로 밀담을 나누는 것이 너무 답답하기만 했다. 순우기 장군은 그런 상장군의 마음을 이해한다는 듯 미소 지으며 차분하게 설명을 했다.

"그들을 찾아서 없앤다는 건 이쪽에서 뭔가 찔리는 일을 행하고 있다는 걸 상대에게 알려 주는 것이나 마찬가지가 아니겠습니까? 대신 첩자들이 누군지 알고 있다면, 암도진창(暗渡陣倉)의 계책을 써먹을 수 있지요. 그래서 묵 대인에게 부탁하여 무공이 뛰어난 자들로 하여금 은밀하게 첩자들을 찾아내자는 말입니다."

암도진창이란 허위 정보를 누설하여 적을 혼란에 빠뜨리는 계책이었다.

"첩자들을 역이용해서 허위 정보를 흘리고 앉아 있을 시간 여유가 있을까? 형부에서 명령서가 날아온 지 꽤나 시간이 지나지 않았나?"

그 말에 순우기 장군은 걱정하지 말라는 듯 씨익 미소 지었다.

"재상이 보낸 이번 공문으로 인해 시간 여유가 충분히 생겼으니, 그리 서두르지 않으셔도 됩니다."

"그건 또 무슨 말인가?"

"형부에서 묵 대인 일행을 체포해서 압송하라고 한 이유는 그들에게 대장군 납치 혐의가 있다고 판단했기 때문이지요. 하지만 재상이 자기가 대장군을 처형했다고 공표했는데 형부의 명령에 따를 이유가 없지 않겠습니까?"

상장군은 그제서야 형부에서 온 명령서의 내용을 기억해 냈다.

"오호라, 그렇구먼. 그럼 이제부터 천천히 기회를 엿보며 일을 추진해도 되겠구먼."

"예, 아무리 시간이 걸리더라도 최대한 조심, 또 조심하는 것만이 최선의 길입니다. 진회가 뭘 믿고 이런 식으로 일을 벌이고 있는지 알기까지는 말입니다. 그동안 우리는 젊은 장수들을 포섭하여 일을 벌일 준비를 해야겠지요."

"일을 벌이다니…, 혹시 자네 말은?"

"얼마 전에 상장군께서 묵 대인에게 들은 말씀이 있지 않습니까. 아직도 마음을 정하지 않으셨습니까?"

그 말에 잠시 상장군은 대답을 하지 못했다. 하지만 곧 침통한 표정으로 고개를 끄덕이지 않을 수 없었다. 악비 대장군을 역모라는 음모로 잡아 죽인 자들이 대장군의 심복인 자신을 가만둘 리가 없기 때문이다.

"해야겠지? 아니, 하겠네. 날 좀 도와줄 수 있겠는가?"

"당연히 도와 드려야지요. 대장군을 죽인 놈들을 치는 일인데 제가 어찌 가만히 있겠습니까? 제 목숨이라도 드리겠습니다."

그런 순우기 장군의 말에 상장군은 감격에 찬 눈빛으로 바라보았다.

"그럼 이제 내가 어찌 행동하면 되겠는가?"

"거사가 성공하기 위해서는 훈련교두(訓練敎頭)이신 여문덕(呂文德) 상장군께서 이 일에 동참해 주셔야 합니다."

여문덕 상장군은 매사에 모든 일을 꼼꼼하게 처리하는 전투보다는 병참 쪽에 더욱 뛰어난 자질을 지닌 장수였다. 그렇기에 악비는 훈련교두라는 직책과 함께 30만 신병의 훈련을 그에게 맡겼던 것이다.

순우기 장군의 말에 상장군은 걱정하지 말라는 듯 빙그레 웃었다.

"나보다 더 대장군께 충성을 다했던 사람이 바로 여문덕이네. 아직 대장군의 죽음에 대한 음모를 알지 못해서 그렇지, 만약 알기만 한다면 당장이라도 한 팔 거들겠다고 뛰어올게 분명해."
 악가군이 흔들릴까, 상장군이 철저하게 악비 대장군의 죽음을 비밀로 했기 때문에 아직까지도 여문덕 상장군은 이런 사실을 전혀 모르고 있었던 것이다. 그 말에 순우기 장군은 고개를 끄덕였다.
 "그렇다면 이번 거사는 거의 성공한 것이나 진배가 없습니다. 여 상장군께도 진회가 보낸 공문이 갔을 테니, 지금쯤은 그분도 일이 어찌 돌아가는 것인지 조금은 눈치 채고 있지 않으시겠습니까? 제가 몇몇 장수들과 이미 접촉해 운을 띄워 보았는데 모두들 분노하며 참여하겠다고 의사를 밝혀 왔습니다. 그럼 저는 본격적으로 나머지 장수들과 접촉해 거사에 참여할 수 있도록 포섭해 나가도록 하겠습니다."
 "허어, 대장군께서 자네를 총애하며 아끼신 이유를 이제야 알 것 같군. 그렇다면 나는 여분덕이를 만나 이야기를 해 보겠네."
 하지만 순우기 장군은 고개를 저었다.
 "현 시점에서 상장군께서 움직이신다면 괜한 의심을 받기 쉬울 겁니다. 차라리 묵 대인을 만나 거사를 도와준다는 확답을 다시 한 번 받으십시오. 그리고 첩자 건에 대한 도움도요."
 "그래, 자네 말대로 하지. 그럼 여문덕이는?"
 "제가 며칠 뒤 병사를 보충받기 위해 무한으로 가야 하니 그때 말씀드리도록 하겠습니다."
 "그래그래, 그럼 자네가 힘 좀 써 주게. 내 자네만 믿겠네."

 잠시 후 총관이 나와 서문길 가주에게로 두 사람을 안내해 갔다. 악비 대장군의 명에 따라 무림인들과의 협조를 얻기 위해 평소 자주 이곳을 들락거렸기에 서문길과도 충분히 안면이 있었다.

두 사람은 서문길과 한동안 봄에 재개될 금과의 전쟁에 대해 이런저런 이야기를 나누다 술 한 동이를 청하며 자리에서 일어났다. 서문길은 흔쾌히 총관을 시켜 술을 가져오게 하면서도 의아하다는 듯 물었다.

"아니, 이곳에서 드시지요. 왜 다른 곳으로 가서 드시려고 하십니까?"

"하하, 마음이 답답한 듯하여 사방이 툭 트인 곳에서 마시려고요."

서문길이 음흉한 미소를 지으며 슬쩍 물었다.

"혹시 아름다운 미인들과 함께 드시려고 그러시는 것은 아닙니까?"

"미인? 핫핫핫, 미인은 없지만 밤이 되었으니 박쥐들은 있겠군요. 그놈들과 같이 술을 마시는 것도 제법 운치가 있을 법합니다그려."

두 사람이 술을 가지고 집무실 밖으로 나가자, 서문길도도 술을 마시고 싶은 생각이 들었는지 시비에게 술상을 차려오라 지시를 내렸다. 그 또한 가슴이 답답했기 때문이다. 어느 날 아무 말도 없이 어딘가로 떠난 아버지 수라도제를 생각하면 말이다.

다음 날 점심 무렵 유광세 상장군은 시찰을 한다는 명목으로 이곳저곳을 기웃거리다가 마교가 있는 장원 안으로 불쑥 들어갔다. 하지만 묵향을 만날 수는 없었다. 뭔가 일이 있어서 한동안 자리를 비웠다는 대답을 들었을 뿐이다.

"무슨 일 때문에 교주님을 찾으시는 겁니까? 교주님께서는 가능하다면 상장군의 요청을 모두 들어 드리라고 명령하셨으니 부담 갖지 마시고 말씀하십시오."

흑풍대주 관지 장로가 그렇게 말했지만 상장군으로서는 선뜻 입을 열기가 곤란했다. 잘못하면 반역죄를 덮어쓸 수도 있는 일이기 때문이다. 하지만 이대로 돌아갈 수만도 없지 않은가. 그렇기에 상장군은 어쩔 수 없이 입을 열었다.

"한 가지 부탁을 하려고 찾아왔소이다."

그러면서 상장군은 추밀원이나 황성사에서 양양성에 집어넣은 첩자들을 찾아 줄 것을 요청했다. 물론 순우기 장군의 말대로 첩자들이 누군지만 파악해 달라는 말도 잊지 않았다.

첩자를 찾아내는 일은 의외로 힘들다. 하지만 그 첩자가 감시할 인물이 누군지만 안다면 의외로 쉽게 찾아낼 수도 있다. 상장군은 첩자가 감시할 가능성이 가장 높은 인물로 자신과 함께 순우기 장군, 그리고 10여 명에 이르는 고위급 장수들을 지명해 주었다. 그리고 그날부터 관지 장로는 그들에게 두 명씩 눈치 빠른 녀석들을 뽑아서 붙여 놨다. 그들의 임무는 상장군이 말해 준 인물들을 감시하는 또 다른 인물들이 있는지 찾아내는 것이었다.

죽여야 할 아군

　며칠 뒤, 순우기 장군은 유광세 상장군의 명을 받고, 여문덕 상장군을 회유하기 위해 무한으로 달려갔다. 평소에도 자주 무한을 들락거리던 그였기에 여 상장군은 순우기 장군을 아무런 의심없이 맞이했다.
　"안녕하셨습니까? 상장군."
　"먼 길을 오느라 수고가 많았네. 그래, 이번에는 무슨 일로 귀관이 직접 달려왔는가?"
　"1천 명 정도 병력을 보충해야 될 것 같습니다. 그리고 봄이 되면 금군과 전투가 재개되지 않겠습니까? 그에 따른 작전 토의를 하기 위해 왔습니다."
　순우기 장군은 품속에서 서신을 꺼내 상장군에게 건네주며 말했다.

"저들의 예상된 이동로와 함께 그것을 저지할 방법에 대해 몇 가지 안을 마련해 봤습니다."

그런 줄로만 알고 서신을 받아 든 상장군은 앞부분을 읽자마자 두 눈이 휘둥그레졌다. 순우기 장군의 설명과는 전혀 다른 내용이 눈에 들어왔기 때문이다. 그 서신은 유광세 상장군이 직접 쓴 것이었는데, 간신배들을 척살하고 황실의 위엄을 드높이자며 이번 거사에 함께 동참할 것을 권유하는 내용이었다.

"이, 이게 도대체 뭔가?"

"요즘 워낙 첩자들이 날뛰다 보니, 보안 유지를 위해 조심을 좀 해 놓은 겁니다."

상장군은 그 말을 즉시 이해했다. 혹시 누군가 엿듣고 있는지 모르니 조심하자는 말인 것이다. 서신을 다 읽은 상장군은 그걸 다시금 순우기 장군에게 돌려주며 떨리는 목소리로 말했다. 아직 서신의 내용이 가져다준 충격에서 벗어나지 못했기 때문이다.

"저, 정말이지…, 파격적인 작전이로구먼."

"과찬이십니다, 상장군."

"다른 장수들도 그 작전에 대해 알고 있나?"

"물론입니다, 상장군. 안 그래도 썩·어·빠·진 금나라를 정벌할 기회이니 특히 젊은 장수들이 적극 지지하고 있습니다."

아마 이들의 대화 내용을 첩자가 엿들었다고 해도 봄이 되면 시작될 금나라와의 전투에 대한 작전 토의를 나누고 있는 줄 알았을 것이다.

잠시 아무런 말이 없던 여문덕 상장군은 한참 후에야 겨우 입을 열었다.

죽여야 할 아군 263

"지금 바로 대답해 줘야 하나?"

"그건 아닙니다만 될 수 있으면 빨리 답을 달라는 유 상장군의 청이셨습니다."

"알겠네. 내 긍정적으로 생각해 봄세."

순우기 장군은 여 상장군이 일단 반쯤 승낙했음을 눈치 챘다. 그로서도 선택의 여지가 없었을 테니까 말이다. 서신에는 요 근래에 중서성에서 날아온 진회의 포고문을 기억해 보라고 쓰여 있었다. 상장군은 그 공문을 찾아내서 다시 읽어 볼 필요도 없었다. 아직까지 그 내용을 모두 기억하고 있었으니 말이다.

진회가 대장군을 모반죄로 참수한 이상, 조만간에 그의 부하들인 자신들도 체포될 것이 확실하다. 진회가 마수를 뻗쳐오기 전에 이쪽에서 먼저 손을 써야만 한다. 그렇지 않으면 자신들도 대장군처럼 개죽음을 당할 게 분명하니 말이다.

여문덕 상장군은 마음이 착잡할 수밖에 없었다. 자신의 목숨이야 어찌 되어도 좋지만 만약 거사가 실패한다면 자신을 믿고 무한으로 모여든 여씨 일가는 모두 머리가 잘려 효수될 것이 아닌가. 역모죄는 삼족이 몰살이니 말이다. 그리고 또 하나 그가 마음을 쉽게 정하지 못하는 이유는 그의 고지식하다고 할 정도로 올곧은 성품 때문이었다. 비록 고위직은 아니었지만 그의 가문은 지금껏 송 황실에 수많은 충신들을 배출하였고, 그 역시 그런 명예로운 자신의 가문을 긍지로 여겼다. 그런 그에게 황성을 향해 같이 진격을 하자니. 잘못되면 가문의 이름에 똥물을 끼얹는 일이 될 것이다.

그랬기에 거사에 동참하겠다는 말을 선뜻 할 수가 없었던 것이다. 하지만 결국은 자신도 유광세 상장군의 진영에 합류해야 할 것이다. 아무리 고민을 해 봐도 선택의 여지가 없었기에.

* * *

재상 진회가 있음에도 불구하고 악비 대장군의 참살을 강행했을 정도로 섭평은 배짱도 컸지만, 그걸 받쳐 줄 만큼 뛰어난 능력의 소유자였다. 그리고 그에게는 진회와 달리 커다란 야심이 있었다.

군권을 추밀원에 귀속하라는 진회의 명령도 있었고, 또 그걸 도와주겠다는 약속도 받아 냈다. 그런데 진회는 무슨 생각인지 자신의 이름으로 각 군벌에 악비 대장군이 역모를 꾀했기에 처형했다는 공문을 발송했다. 그리고 그 공문에는 다시는 악비와 같은 자가 나타나지 않게 하기 위해 모든 군권을 추밀원으로 귀속시키겠다는 내용까지 담았다.

그 사실을 알자마자 섭평은 펄쩍 뛰었다. 공문을 받아 든 각 군벌들의 반응이 불 보듯 뻔했기 때문이다. 살살 꼬드겨도 시원치 않을 판국에 말을 듣지 않으면 악비처럼 죽이겠다는 위협을 했으니. 그리고 무엇보다 35만이라는 엄청난 병력을 보유하고 있는 악가군의 고위급 장수들이 어쩌면 황성을 향해 검을 겨누게 될지도 몰랐다. 역모죄로 처형당한 악비 대장군의 심복들을 황실에서 가만히 두지 않을 것을 그들도 잘 알 테니 말이다.

이런 상황에서 어떻게 군권을 추밀원으로 회수한단 말인가. 섭평은 진회가 자신을 버렸다고 생각했다. 섭평은 한동안 자택에서 아예 나오지도 않았다. 진회가 이제 곧 뭔가 트집을 잡아 자신을 제거하기 전에 그동안 긁어 들인 재산을 들고 먼 이국으로 도망칠 생각이었다.

하지만 어느 날, 섭평은 이 상황이 자신에게 크나큰 기회가 될 수도 있음을 깨달았다. 각 군벌에 보낸 공문의 발송자는 바로 진회였다. 기왕에 진회가 악역을 자처한 이상 섭평으로서는 이 기회를 최대한 이용해야만 했다. 물론 그러기 위해서는 진회의 가슴에 검을 겨눠야 했다.

한동안 칩거하며 궁리에 궁리를 거듭하던 섭평은 한 가지 계책을 생각해 냈다. 진회를 천하의 간신배로 만들어서라도 주인을 잃은 악가군을 자신의 휘하로 끌어들이는 것만이 최선의 길이라고 결론을 내린 것이다.

대신 자신의 계책을 진회가 눈치 채면 곤란하므로 그는 '신임 추밀사로서 군사들의 사기를 점검하기 위해 전선을 시찰하러 가겠다'는 정도로 둘러댔다. 황도에서 출발하여 가장 먼저 송군 최대의 집결지인 무한에 들렀다가 그다음 양양성으로 올라간다. 그런 다음 회하를 따라 내려오며 그 일대에 자리 잡고 있는 군벌들과 만나 회담을 나눈다는 것이었다.

진회 일파가 눈치 채지 못하도록 연막을 치기 위해 모든 군벌들을 다 만난다는 식으로 일정을 보고했지만, 그의 전선 시찰의 핵심은 악가군의 장악이었다. 무한의 여문덕 상장군과 양양성의 유광세 상장군을 직접 만나 그들만 회유할 수 있다면 진회와 어깨를 겨룰 수 있는 위치에 올라선다는 것도 꿈이 아닌 것이다.

섭평의 전선 시찰 계획에 대한 공문은 중서성은 물론이고, 각 군벌들에게도 보내졌다. 추밀사가 방문하는 만큼 경계 태세에 만전을 기하라는 내용과 함께 말이다.

                    *   *   *

그런데 그 공문을 받아 보고 입이 찢어져라 광소를 터트린 인물이 있었는데 그가 바로 유광세 상장군이었다. 혹시 주위에 있는 첩자들이 행여 들을세라 입으로 떠들지는 못했지만, 이건 그에게 하늘이 내려 준 선물이나 다름없었다.

'이 새끼가 죽고 싶어서 환장을 했군. 크흐흐훗.'

섭평은 자신이 대장군을 살해하라는 지시를 내렸다는 사실을 다른 사람이 모르고 있을 거라고 생각하고 이런 대담한 계획을 세운 모양이지만, 유광세 상장군은 이미 묵향에게서 그 사실을 들어 알고 있었다.

이건 복수의 기회임과 동시에 여문덕 상장군을 끌어들일 절호의 기회이기도 했다. 순우기 장군이 무한에 다녀온 이후 아직까지 여문덕 상장군에게서 회신이 없었다. 지금까지도 거사에 동참할지 마음을 정하지 못한 것이다. 하지만 섭평의 목을 벤 후 군사를 일으킨다면 황실에서는 악가군 전체가 반란을 일으켰다고 판단할 것이다.

그렇게 된다면 여문덕 상장군도 어쩔 수 없이 동참할 수밖에 없을 게 분명했다. 아무리 자신은 아니라고 말하려 해도 황실에서 믿어 주지 않을 게 뻔하기 때문이다. 대장군을 모시고 있었다는 원죄(原罪)에 반란의 무리라는 낙인까지. 그렇게 해서라도 여문덕 상장군이 합류할 수만 있다면 무려 31만이라는 엄청난 대군이 아군이 되는 것이다.

유광세 상장군은 '관지 장로와 군무에 관련된 몇 가지 사항에 대해 대화를 나눌 것이 있다'고 둘러댄 후, 마교도들이 머물고 있는 매화 장원으로 향했다. 요즘 들어 순우기 장군과 비밀스런 대화를 나눌 일이 생기면 상장군은 종종 그곳을 애용하곤 했다. 안 그래도 관지 장로가 사방에 첩자가 있음을 알고 있는 처지이니 다른 곳에서 수근거리는 것보다는 그래도 이쪽이 낫다고 말했기 때문이다.

"섭평이 도착하는 날 결행하는 게 좋겠네."

"저도 그렇게 생각했습니다, 상장군. 섭평의 도착에 맞춰 거사를 일으킬 수 있도록 만반의 준비를 해 놓도록 하겠습니다."

"그 전에 여문덕 상장군과 만나 담판을 짓는 게 좋지 않을까?"

"괜히 첩자들을 자극할 만한 행동은 자제하시는 게 좋겠습니다. 그보다는 섭평의 목을 벤 후 곧바로 무한으로 달려가는 게 더 좋지 않겠습니까? 더 이상 선택의 여지가 없다는 걸 알면 곧바로 동참해 오실 겁니다."

"그렇군. 그게 좋겠어. 대장군 휘하에 있었다는 사실 하나만으로도 모반죄에서 벗어날 수 없는 처지에 놓였으니 동참할 수밖에 없겠지."

유광세 상장군의 입가에 흐뭇한 미소가 걸렸다. 첩자들의 눈을 속이기 위해 그동안 대장군의 복수를 아예 포기한 듯 행동해 왔다. 하지만 이제는 그런 짓을 할 날도 얼마 남지 않았다.

유광세 상장군과 순우기 장군은 기밀 유지를 위해 밀실을 빌려 대화를 나누고 있었지만, 사실 그들의 대화를 은밀히 엿듣고 있는 여인이 있었다. 그녀는 두 장군의 회동이 끝난 후에는 언제나 관지 장로를 찾아가 그들이 나눈 대화를 요약해서 보고했다.
　오랜 세월 군부에 몸담았었던 관지 장로는 마화의 보고에 씁쓸한 표정을 감추기 어려웠다.
　"허어, 대장군의 죽음에 이어 이제는 모반이라는 말인가?"
　"정확히 말해 모반은 아닙니다. 그들이 원하는 건 대장군의 복권과 복수, 그리고 썩어 빠진 관료들의 숙청이니까요."
　"하지만 일단 실행이 된 후에는 그렇게 간단하게 끝낼 수 있는 게 아니야. 한 번 군사를 일으키면 그렇게 쉽게 물러설 수가 없는 거지. 저들의 처음 의도는 순수할지 몰라도 나중에 권력을 잡고 나면 어떻게 변질될지 알 수가 없는 일이 아닌가? 또 소기의 복적을 달성하고 물러섰다고 해도 조정에서 저들을 반역도로 규정하고 군사를 일으키지 않을 것이라고 어떻게 장담하겠나? 그런 우려가 있는 한 황도에서 물러서는 것도 쉬운 일이 아니야."
　"그렇다면 어떻게 하는 게 좋겠습니까? 장로님."
　관지 장로는 한동안 말없이 생각에 잠겼다. 자칫 자신의 잘못된 결정에 마교 전체가 반역의 무리로 낙인이 찍힐 수 있기 때문이다.
　"이 일에 대해 교주님께서도 어느 정도 알고 계신 듯했다. 황실에 대한 반란이나 반역이라는 모습으로 비춰질 수도 있기에 나한테 언질을 주지 않으신 듯하지만……. 어찌 되었거나 지금은 그냥 두고 볼 수밖에."
이때 밖에서 경계병이 들어와 고개를 조아리며 말했다.
"절강성에서 전령이 도착했습니다."
"들어오라고 해라."
절강성 분타주가 보내온 두 번째 서신이었다. 이번에도 정상적인 보고 경로를 무시한 것이기는 했지만 관지 장로는 서신을 가져온 전령에게 아무런 문책도 하지 않았다. 첫 번째 서신이 왔을 때 묵향으로부터 왜의 지원군에 대한 처리의 전권을 위임받았을 뿐만 아니라, 지금 묵향은 만통음제를 찾는다고 출타 중이다. 그렇기에 관지 장로는 서신을 묵향에게로 보내는 대신 자신이 읽기 시작했다.
절강성에서 보내온 내용이야 뻔한 것이 아니겠는가? 하지만 서신을 읽어 내려가던 관지의 눈이 곧 화등잔만 해졌다.
"뭐, 뭐야? 1만이라고?"
옆에 앉아 있던 마화가 궁금하다는 듯 질문을 던졌다.
"1만이라니, 무슨 말씀이세요? 장로님."
"허어, 이런 기가 막힌 일이……. 후지와라 영주가 지원군을 보내겠다고 하더니 1만 명이나 되는 완전 무장 병력이 지금 절강성에 도착했다는군. 이걸 어떻게 하지?"
"교주님께서도 알고 계신 일인가요?"
관지 장로는 고개를 끄덕이려다가 곧 좌우로 흔들었다.
"알고는 계시지만 설마 1만 명이나 올 줄은 교주님께서도 모르신다네. 동맹군의 의리상 몇백 명 정도 올 줄 알았지, 설마 이 정도가 올 줄이야."

말을 하던 관지 장로는 갑자기 짜증이 나는지 왈칵 인상을 찌푸 렸다.

"내가 교주님께 받은 지시는 지원군이 오면 적당히 경치 좋은 데로 데리고 가서 유람이나 시키다가 돌려보내라는 것이었는데, 무슨 수로 1만 명이나 되는 놈들을 다 유람을 시켜? 더 골치가 아 픈 것은 이들을 인솔하고 온 장군이라는 놈이 주제 파악도 못 하 고 자신들을 가장 중요한 격전지로 보내 달라고 고집을 부리고 있 는 모양이야."

이야기를 듣던 마화의 눈에 서신의 안쪽에 또 다른 서신이 하나 더 들어 있는 게 보였다. 급히 꺼내 보니 그걸 보낸 인물은 바로 왜에 가 있는 정상(鄭想) 천인대장이었다. 그의 서신을 읽어 본 결과 왜 이렇게 많은 병력이 지원군이랍시고 도착한 것인지 그 이 유를 알 수 있었다.

왜에 파견된 흑풍대는 단기간에 너무나도 엄청난 전공을 세워 버렸다. 그들의 전투력이 얼마나 놀라웠던지, 그들 1천 기마대 가 앞장서기만 해도 웬만한 성주들은 그냥 성문을 열고 항복해 버 렸을 정도였으니 말이다. 당연히 주위에 있는 수많은 영주들이 앞 다투어 동맹을 청해 왔다. 막강한 전력을 지닌 후지와라 영주 와 싸우고 싶지 않았던 것이다.

하지만 후지와라 영주에게도 말 못 할 고민이 있었다. 주위의 영주들이 자신의 핵심 전력이라 믿고 있는 흑풍대가 언젠가는 중 원으로 돌아갈 거라는 점 말이다. 그 때문에 흑풍대원들이 고향 을 잊어버리고 왜에 정착할 수 있도록 수많은 선물을 안기고, 또 예쁜 여자들까지 방에 들여보내 줬지만 결과는 별로 만족스럽지 못했다. 묵향에 대한 그들의 충성심이 너무나도 강했기 때문이다.

그렇기에 후지와라 영주는 차선책을 생각해 냈다. 흑풍대를 왜에 붙잡아 둘 수 없다면, 그들이 중원으로 떠나기 전에 화근거리를 몽땅 다 없애 버리면 될 것이 아니겠는가. 그래서 여러 중신(重臣)들과 머리를 맞대고 고민해서 생각해 낸 계책이 바로 지원군 파병이었다. 물론 말이 좋아 지원군이지, 실상은 충성도를 믿기 힘든 영주라든지 혹은 그 추종자들의 세력 약화가 주 목적이었다.

그렇기에 정상 천인대장은 서신에서 후지와라 영주가 왜에서 파견된 지원군을 가장 지독한 격전장으로 보내 몽땅 다 소모시켜 달라고 묵향에게 부탁하더란 말을 써 놓았다. 그리고 그 대가는 충분히 지불하겠다는 말까지 말이다. 서신 말미에는 그렇게 해야만 하루라도 빨리 자신들이 이곳을 떠나 중원으로 돌아갈 수 있을 거라는 푸념도 적혀 있었다.

"이거 골치 아프게 됐구만. 어쩐지…, 지원군 사령관이라는 자가 격전장으로 보내 달라고 고집을 부렸다는 게 이런 이유 때문이었군."

"교주님께 연락을 보내는 게 좋지 않을까요?"

마화의 말에 관지 장로는 고개를 가로저으며 대답했다.

"겨우 1만밖에 안 되는데 그걸 가지고 교주님의 심기를 어지럽게 할 필요가 있겠나? 안 그래도 만통음제 대협의 실종으로 정신이 없으실 텐데……."

"그렇다면 그들을 중원인으로 변장시켜 양양성으로 이동시키는 건 어떨까요? 무기만 따로 수송한다면 큰 문제없이 해결될 듯도 합니다만."

잠시 생각해 보던 관지 장로는 고개를 가로저었다. 1만이나 되는 중무장 병력이 수십 척의 배에 나눠 타고 상륙했는데 그걸 군부에서 모르고 있을 리 없지 않은가. 조용히 이동시키려고 하다가 오히려 괜한 오해를 살 우려도 있었다.

"아니, 그것보다는 추밀원과 무림맹에 정식으로 통지하는 게 좋을 듯하군. 사실 1만이라고 해 봐야 그리 대단한 전력도 아니니 떳떳하게 밝히고 이동시키는 게 뒤탈이 없을 거야."

"그렇다면 이동로는 어디로 잡을까요?"

관지 장로는 손가락으로 지도 위를 쓱 훑으며 말했다.

"절강성에서 관도를 따라 항주(杭州), 소주(蘇州)를 거쳐 진강(鎭江)까지 간 다음 거기에서 배편으로 무한까지 이동시킨다. 그런 다음 무한에서 양양성까지 행군시키면 되겠지."

"그럼 그렇게 통보하도록 하겠습니다."

마화가 명령을 수행하기 위해 밖으로 뛰어나가자, 관지 장로는 머리가 아픈지 고개를 가로저었다. 전력에 도움도 되지 않을 1만이지만 어쨌든 그들의 뒤치다꺼리는 관지 장로의 몫이기 때문이다.

마교의 모든 정보는 십만대산으로 집결되는 방식을 취하고 있다. 총단에서 홍진과 군사 설민이 정보를 취합한 후 그중 묵향에게 보고할 만한 것들을 골라내어 양양성으로 보내 주는 방식이다.

물론 화급을 다투는 중요한 정보들의 경우 곧바로 관지 장로나 묵향에게 보고 되는 경우도 있었지만, 그건 적군의 이동 같은 더 이상의 가공이나 포장을 필요로 하지 않는 1차적인 정보들이었다. 여기저기서 모은 자잘한 정보들을 종합하여 거기서 추론해 내는 2차적인 정보의 경우, 십만대산에서 취합되고 정리된 후에야 보내오게 된다. 그런 탓에 관지 장로는 쓸 만한 정보를 입수하는 데 있어서 항상 한 박자 느린 처지에 놓일 수밖에 없었고, 정확한 상황 판단에 걸림돌로 작용하고 있었다.

물론 관지 장로도 자신이 처한 문제점을 잘 알고 있었다. 그렇기에 그는 개방과 무영문으로부터 그때그때 최신 정보를 얻어 냄으로써 이러한 문제를 해결하려 하고 있었다. 하지만 그 두 집단에서는 자신들이 얻어 내는 모든 정보를 관지 장로에게 전달해 주는 게 아니라, '마교 쪽에 알려 줘도 무방하다'라고 판단되는 정보들만을 보내 줬고, 그 대부분은 금나라의 동태에 집중되어 있었다.

악비 대장군의 죽음이라는 일이 벌어지기 전까지야 이런 정보 취합 방식으로도 별문제가 없었지만, 황실과 무림맹과의 관계가 악화된 지금으로서는 금나라를 제외한 정보망에 엄청난 구멍이 뚫린 셈이었다. 지금이 바로 그런 경우였다.

관지 장로는 섭평이 류태청에게 악비 대장군을 구금하다 죽이라는 명령을 내렸고, 그의 죽음이 알려지는 것을 우려해 황군으로 하여금 양양성으로 돌아가려는 호위대를 강제로 막다가 충돌이 일어났다는 것을 알았다. 하지만 묵향이 황성에서 어떤 식으로 악비 대장군을 찾고 그의 죽음을 확인할 수 있었는지는 전혀 알지 못했다. 그리고 그로 인해 개방과 아미파, 공동파가 얼마나 마교에 반감을 가지고 있는지도 말이다.

그리고 무엇보다 묵향이 옥령인과의 추억에 젖어 이러한 부분을 관지 장로에게 제대로 말을 해 주지 않았다는 점도 크게 작용했다. 더군다나 만통음제의 실종이라는 급박한 일로 묵향이 자리를 비우게 될 줄 그 누가 알았겠는가.

그 때문에 관지 장로는 현재 관부와 무림맹에서 마교를 어떻게 생각하고 있는지 전혀 짐작조차 하지 못하고 있었던 것이다.

섭평의 승부수

황성에서 무한은 1천5백여 리나 떨어져 있다. 전선 시찰이 화급을 요하는 게 아니었다면 섭평은 양자강(揚子江)을 거슬러 올라가는 뱃길을 이용했을 것이다. 하지만 이번 일은 화급을 요하는 일이었다. 재상 진회가 손을 쓰기 전에 악가군 장수들을 회유하는 것만이 자신이 살길이었다. 만약 진회가 역모를 이유로 그들을 숙청하고, 대신 자신의 심복들을 악가군에 배치한다면 군권은 자신이 아닌 재상에게로 귀속될 우려가 있다.

섭평은 기밀 유지를 위해 자신의 사병(私兵)들을 거느리고 길을 떠났다. 훈련에 아낌없는 투자를 한 강병들이었기에 무예도 뛰어난 데다가 승마 실력들노 좋았다. 더군다나 황병들이 보유한 것보다도 훨씬 더 훌륭한 준마들을 지니고 있었기에 예정보다 반나절이나 빨리 무한에 도착할 수 있었다.

호북성의 성도(省都) 무한에 도착한 첫날, 섭평은 호북성 성주(省主)를 찾아가 머리를 조아리며 안부를 전했다. 무한까지 온 마당에 성주를 만나지 않고 자신의 볼일만 본 뒤 딴 데로 가 버릴 수는 없었기 때문이다.

대신 성주와의 만남을 예의에 어긋나지 않은 선에서 최대한 짧게 끝낸 다음 섭평이 서둘러 달려간 곳은 병영(兵營)이었다. 그는 그곳에서 수많은 병사들과 만나 간단하게나마 그들이 원하는 것을 물어봤고, 또 불편한 사항은 뭔지 들어 주는 척 대화를 나눴다. 그는 특히 젊은 장수들과의 대화에 많은 시간을 할애했다.

밤이 되자 여문덕 상장군이 주최한 조촐한 연회가 벌어졌다. 섭평은 그 자리에서도 장수들과 많은 대화를 나누며 자신은 무인들을 무시하는 고고한 선비와는 거리가 먼 존재임을 알렸다.

밤이 깊어져 연회가 파했을 때, 섭평은 여문덕 상장군에게 술이나 한잔 나누자며 청했다. 섭평과 그 수행원들을 위해 마련해 둔 저택에는 그의 사병들이 형형한 눈빛을 빛내며 사방을 경계하고 있었다. 한눈에 척 봐도 대단히 훈련이 잘된 병사들이었다.

"자자, 이리 오시게. 방금 전 귀관이 베풀어 준 연회에 대한 보답도 할 겸, 여러 장수들 앞에서는 사적인 대화도 나누기 힘들었기에 내 이런 자리를 마련한 것일세. 그러니 부담없이 마음껏 즐기게나."

여문덕 상장군은 섭평이 지나치리만큼 친근하게 자신을 대하자 떨떠름한 표정으로 자리에 앉았다. 자신이 예상했던 것과는 너무나도 달랐기 때문이다. 재상 진회가 보내온 공문에는 분명히 추밀원으로 모든 군권을 귀속시키겠다고 쓰여 있지 않았던가. 더군다나 자신은 역모 혐의를 뒤집어쓰고 죽은 악비 대장군의 심복이다. 당연히 뭔가 트집을 잡아 자신의 목을 날리기 위해 섭평이 애를 쓸 것으로 생각했는데 전혀 그렇지 않으니 여문덕으로서는 혼란스럽기만 했다.

자리를 권하는 섭평의 손짓에 여문덕은 예를 표하며 앉을 수밖에 없었다.

"마음을 써 주셔서 감사할 따름입니다."

술이 몇 순배 돌고 분위기가 한층 부드러워졌을 무렵 섭평은 슬쩍 말을 꺼냈다.

"악비 대장군이 아무리 황실에서 감당하기 힘든 대군벌이었다고는 하지만, 그는 금나라의 침공을 저지한 크나큰 공을 세운 장수였지. 내 귀관만큼 그를 잘 알지는 못하지만 황도에서 몇 번 만나 본 느낌으로도 뛰어난 실력에 비해 참 겸손한 인물이었어."

악비 대장군의 두터운 신임을 받아왔던 장수인 만큼 자신의 상관을 칭찬하는데 기분이 나쁠 리 없다. 딱딱하게 굳어 있던 여문덕 상장군의 표정이 천천히 누그러지기 시작했다.

"일세의 영웅을 그렇게 허무하게 보내야만 했다니…, 참으로 어처구니가 없는 일 아닌가? 그것도 이렇게 중요한 시국에 말일세. 자네는 그렇게 생각하지 않나?"

미끼를 던지는데도 불구하고 여문덕은 여전히 딱딱한 어조로 대꾸했다. 이런 말을 꺼내는 상대의 진의를 알 수 없었기 때문이다.

"재상께서 결정하신 일을, 일개 무장이 어찌 감히 왈가왈부할 수 있겠습니까."

"어허, 황상 폐하께서 임명하신 분인 만큼 뛰어난 실력을 지니셨다는 건 그 누구도 이론의 여지가 없지. 하지만 이번 일은 정말 잘못하신 거야."

"……."

슬쩍 여문덕의 눈치를 살핀 섭평은 상대가 자신의 말에 귀를 기울이고 있음을 본능적으로 느낄 수 있었다. 섭평은 자리에서 벌떡 일어나 여문덕의 앞에 고개를 조아렸다. 갑작스러운 그 행동에 여문덕은 깜짝 놀랐다.

"이, 이게 무슨 행동이시옵니까?"

"자네에게 죄를 청하기 위함일세. 사실 악비 대장군을 감옥에 가두라고 지시를 내린 사람이 바로…, 날세."

"그, 그게 무슨……?"

오랜 세월 음모와 권력 다툼으로 밤을 새우는 황궁에서 지금의 자리에까지 올라온 섭평이었기에 그는 사람을 다룰 줄 알았다. 여문덕 같은 고지식한 자는 쉽게 자신의 마음을 열지 않는다. 하룻밤 사이에 그의 마음을 얻어야 하는 섭평으로서는 시간이 너무 촉박했다. 그래서 상대의 평정심을 일단 흔들어 놔야 했던 것이다.

"악비의 세력이 너무 커지는 것을 두려워한 재상이 그를 제거하려 한다는 정보를 입수한 나는 급한 마음에 일단 류태청으로 하여금 그를 수감하게 하였네. 설마하니 추밀원에 감금되어 있는 사람에게까지 손을 쓸 수 없을 거라 생각한 거지. 시간을 번 뒤 황상 폐하께 고해 악비의 신병을 확보하려 했지만 설마 류태청이 재상의 손에 놀아나는 놈이었을 줄이야. 어찌 되었든 악비의 죽음에는 그것을 막지 못한 내 잘못도 크다는 말일세."

지금까지 대장군의 죽음에 대한 정확한 진실을 알지 못하고 있었던 여문덕에게 그의 고백은 섭평을 다시 보게 만들 정도로 충격을 주었다. 하지만 그럼에도 불구하고 그는 섭평을 완전히 믿을 수 없었다.

섭평은 알고 있었다. 거짓말을 완벽하게 하기 위해서라면 1할의 거짓을 위해 9할의 진실이 포함되어 있어야 한다는 사실을. 류태청이 마교 교주라는 놈에게 고문을 당해 모든 것을 실토했다는 것도 잘 알고 있다. 그렇다면 당연히 악비의 심복들인 유광세 상장군이나 여문덕도 알고 있을 게 아닌가. 하지만 진회가 악비를 처형한 것은 자신이라고 공표를 했다는 것에 생각이 스치자 자신에게 아직 기회가 있다고 생각이 든 것이다.

섭평은 짐짓 씁쓸한 미소를 지으며 말했다.

"재상은 내가 자신에게 반기를 들었다고 생각을 했는지 나를 바로 이 추밀원에 처박아 버리더군."

그 말은 충분히 여문덕으로서도 공감할 수 있는 내용이었다. 사실 섭평은 얼마 전까지만 해도 참지정사, 그러니까 부재상이라는 지고한 위치에 있었던 사람이다. 그런 그가 갑자기 실권도 없는 이름뿐인 추밀사로 좌천된 데는 뭔가 이유가 있을 거라고 상장군은 생각하고 있었는데, 그 이유가 바로 악비 대장군 때문일 줄이야……. 섭평은 그야말로 말 한마디 잘못했다가 진회에게 밉보여 시골 구석으로 좌천당한 거나 다름없는 꼴이 되어 버린 것이다.

"그런 일이 있으셨군요. 돌아가신 대장군을 대신해 추밀사 대인께 감사드립니다."

"나는 응당 해야 할 일을 했을 뿐일세. 좌천당할 것이 두려워 아부만을 일삼는다면 장차 이 나라가 어떻게 되겠나?"

그러면서 섭평은 슬그머니 뭔가를 여문덕 앞에 밀어 놓았다. 여문덕은 그게 뭔가 하고 바라보다 깜짝 놀라고 말았다. 그건 피에 절은 관복과 잘린 머리카락이었다. 그게 누구 것인지 여문덕은 듣지 않아도 알 수 있었다.

"이, 이것은?"

"대장군의 유품일세. 그의 심복이었던 자네와 유광세 상장군에게 전해 주려고 몰래 감춰 뒀었다네. 그걸 이제야 전해 줄 수 있게 되었구먼."

"뭐, 뭐라고 감사를 올려야 할지……."

유품을 받아 드는 여문덕은 두 손을 부들부들 떨고 있었다. 대장군이 죽었다는 사실을 알게 된 후 억울하게 죽은 그의 원혼을 위로하려 제사를 지내려 했으나 시체는 고사하고 유품조차 없었다. 그런데 이렇게 생각지도 못했던 사람에게 대장군의 유품을 받게 될 줄이야. 여문덕의 두 눈에 점차 물기가 어리기 시작했다.

섭평은 잠시 여문덕이 충분히 슬픔에 잠겨 들 시간을 계산한 뒤 비분에 찬 목소리로 말했다.

"재상은 과거에는 청렴하고 사리사욕에 얽매이지 않는 훌륭한 인물이었지만, 지금은 너무 변질되어 버렸다네. 자신의 권력을 더욱 공고히 하기 위해 악비 대장군같은 거목을 찍어 내는 걸 보면 알 수 있지 않나?"

섭평은 여문덕의 손을 덥썩 붙잡으며 간절히 부탁했다.

"장군이 나를 좀 도와주게. 황실의 안녕과 제국의 앞날을 위해

서라도 재상과 같은 썩어 빠진 뿌리는 캐내어야만 하네."

슬픔에 잠겨 있던 여문덕은 당황한 표정으로 주위를 둘러보았다. 사방에 첩자들이 우글거리는 판에 이런 민감한 말을 하다니……. 여문덕은 딱딱하게 굳은 표정으로 대꾸했다.

"아무리 술에 취하셨다고는 하나 말씀이 너무 과하십니다."

"혹시 첩자들에 대한 걱정이라면 접게나."

섭평은 집 주위를 엄중하게 에워싸고 있는 무사들을 가리키며 말했다.

"저들은 오랫동안 본가에서 키운 내 사병들일세. 저들 역시 의기로 가득 찬 사람들이라 절대 첩자 따위는 없음을 내 보증하지. 나는 오늘 상장군의 진심을 알고 싶었기에 이런 자리를 마련한 걸세. 될 수 있다면 숨김없이 허심탄회하게 대답해 줬으면 좋겠군."

진심 어린 섭평의 간청에 여문덕은 난처한 표정으로 대답했다.

"대인을 도와 드리고 싶으나 소장에게 무슨 힘이 있다고 ……."

"그런 소리 하지 말게. 자네와 나는 한배를 탈 수밖에 없는 입장이 아닌가?"

"그게 무슨 말씀이십니까?"

"재상은 악비 대장군을 모반죄로 처형한 것을 만천하에 공포했네. 그런데 그 모반이라는 것이 대장군 혼자서 할 수 있는 것인가?"

이미 숙청의 가능성에 대해서는 유 상장군에게 들은 바 있기에 여문덕은 침착한 어조로 응수했다.

"그런 말씀을 제게 하시는 이유가 뭡니까?"

"자네가 나를 돕는다면 나 또한 자네가 숙청당하지 않도록 최선을 다하겠다고 맹세하겠네. 입술이 없어지면 이가 시린 법일세. 우리 서로가 서로를 도우며 재상을 견제하도록 하세나."

"아무리 추밀사 대인이시라도 그런 약속은 마음대로 할 수가 없……."

여문덕의 말이 채 끝나기도 전에 섭평은 말을 끊었다.

"물론 할 수 없다는 것은 잘 아네. 하지만 악비 대장군의 무죄를 증명하고 그를 복권시킬 수만 있다면 그 누구도 자네에게 모반죄 따위를 물을 수는 없을 걸세."

대장군의 복권이라는 말에 여문덕 상장군은 동요하지 않을 수 없었다.

"그게…, 가능하겠습니까?"

"가능하네. 현재 송제국 최강의 군사력을 보유하고 있는 악가군이 나를 밀어만 준다면 말일세. 그렇게만 해 준다면 나는 군제를 개편, 이름뿐인 추밀사가 아니라 신성한 군부의 수상으로 서듭날 수가 있지. 그렇게만 된다면 그 힘을 이용해서 재상을 탄핵할 수 있지 않겠나?"

충분히 가능성이 있는 말이었다. 과거 군권을 지니고 있을 때 추밀원은 중서성과 쌍벽을 이뤘었다. 즉, 중서성의 수장인 재상과 추밀원의 수장인 추밀사는 거의 동등한 힘을 지니고 있었다는 말이다. 평화시에도 그렇게 추밀사의 권력이 막강했었는데 지금은 금나라를 앞에 둔 전시가 아닌가?

"……."

"내일 본관은 양양성으로 떠나 유광세 상장군도 설득할 생각일세. 자네가 동참해 준다면 양양성으로 향하는 내 마음도 가벼워

질 텐데······. 부디 대장군과 같은 사람이 반역자의 오명을 후세에 남기는 일은 없었으면 좋겠구먼. 허허이, 참으로 난제로구먼. 난제야."

 밤이 깊었음에도 불구하고 여문덕 상장군은 쉽사리 잠을 이룰 수가 없었다. 섭평이 한 제의 때문이었다. 고지식하기는 했지만, 그 역시 현재의 조정을 개혁할 필요성을 느끼고 있었다. 오랜 전란을 종식시키기 위해 모든 대소신료들이 힘을 합치기는커녕, 저마다 사리사욕을 채우기 위해 광분하고 있었으니 말이다.
 이제는 떨치고 일어나야 할 때라는 것도 알았다. 하지만 어떤 모습으로 떨치고 일어나야 할지 판단이 서질 않았다. 분명한 건 더 이상 고민을 할 시간적 여유가 없다는 사실이었다.
 여문덕은 대장군의 유품을 앞에 놓고 무릎을 꿇으며 중얼거렸다.
 "장군, 소장 어찌하면 좋겠습니까. 대장군이 아니 계시니 전혀 앞이 보이지가 않습니다. 장군, 소장 어찌하면 좋겠난 말입니다."
 중얼거리는 그의 얼굴에는 굵은 눈물방울이 하염없이 흘러내렸다.
 밤이 깊어갈수록 가슴을 메이는 여문덕의 비통한 음성 또한 켜켜이 쌓여만 갔다.

 아침 일찍 잠자리에서 일어난 섭평은 숙취로 인한 두통을 억누르기 위해 관자놀이를 지그시 누르며 침음성을 흘렸다.
 "으윽······."

술을 그렇게 많이 마신 것은 아니었지만 황도에서 이곳까지 강행군을 한 탓에 피로가 쌓여 있었던 모양이다. 그 때문에 주량에 훨씬 못 미치게 술을 마셨음에도 불구하고 섭평은 크게 취했다.

"대인, 기침하셨습니까? 시비들에게 식사를 준비하라 이를까요?"

"아니다. 그나저나 상장군은 기침하셨느냐?"

"지금 당장 달려가 알아 보고 오겠습니다."

그 말에 섭평은 자리에서 벌떡 일어섰다.

"아, 아니다. 내가 직접 가 보마."

여문덕을 찾아가는 섭평의 발걸음은 무겁기만 했다. 그토록 구슬렸는데도 여문덕은 단 한 마디도 승낙의 뜻을 표시하지 않았기 때문이다.

섭평이 여문덕의 방 앞에 도착하자 기침을 하며 입을 열었다.

"흠흠. 상군, 기침하셨소?"

그러자 잠시 후 목이 잔뜩 쉰 목소리가 흘러나왔다.

"들어오시죠."

문도 열어 보지 않고 감히 자신에게 들어오라고 하다니. 섭평의 안색이 불쾌감으로 붉게 달아올랐지만 애써 참고 방 안으로 들어갔다. 방 안에는 관복을 단정하게 차려입은 여문덕이 대장군의 유품을 앞에 두고 좌정을 하고 있었다. 밤을 꼬박 새웠는지 그의 안색은 초췌했다. 섭평은 뭔가 말을 꺼내려 했으나 입이 열리지 않았다. 무겁게 가라앉은 여문덕의 얼굴을 보니 왠지 말을 꺼내서는 안 될 것 같다는 생각이 들었기 때문이다.

잠시 어색한 시간이 흐르는가 싶더니 여문덕이 천천히 자리에서 일어섰다. 그리고는 섭평을 향해 정중하게 절을 하는 것이었다.

"대인, 부족한 몸이지만 제가 필요하시다면 그 뜻을 따르도록 하겠습니다."

"이, 이런, 갑자기 왜 이러시오? 어서 일어나시오."

섭평은 기쁨에 환히 웃으며 여문덕을 서둘러 일으켜 세웠다.

"우리들은 송의 정기를 다시 세우기 위해 뜻을 모은 동지가 아니겠소. 절대 장군에게 실망을 끼치지 않도록 내 노력하리다."

"대인, 소장의 목숨을 바치오리다."

흡족한 기분으로 여문덕과 함께 아침을 먹은 후 섭평은 양양성에서 유광세 상장군이 칼을 갈고 있는 줄도 모르고 그곳으로 갈 준비를 서두르고 있었다. 한 건 처리했다는 뿌듯함에 가슴이 벅차오른 것도 잠시, 곧이어 그의 머릿속은 유광세 상장군은 어떻게 요리하는 것이 좋을지에 대한 생각으로 복잡하게 얽혀 들고 있었다.

바로 이때였다. 자신을 향해 급히 달려오고 있는 여문덕 상장군의 모습이 보였다. 섭평은 자리에서 일어나 온화한 미소를 보냈다.

"어허, 아직 출발하려면 멀었는데, 벌써 배웅을 나오셨소?"

"큰일 났습니다, 대인."

무슨 일인가 싶어 어리둥절해하는 섭평에게 여문덕은 전서를 내밀며 외쳤다.

"대규모의 왜구가 절강성에 상륙했다고 합니다."

"뭣이?!"

섭평은 급히 전서를 읽기 시작했다. 놀랍게도 절강성에 상륙한 왜구의 규모는 무려 1만. 그야말로 전례가 없는 엄청난 규모였다. 추밀원에서는 그에게 순시를 중지하고 당장 황도로 돌아올 것을 청하고 있었다.

순간 섭평의 마음속에는 갈등이 일었다. 그에게 있어서 유광세를 포섭하는 일은 무엇보다도 중요했다. 여문덕의 휘하에 있는 병사들의 수가 훨씬 많지만, 그들은 아직 제대로 훈련이 안 된 신병들이다. 하지만 유광세의 휘하에 있는 병사들은 대 송제국 최고의 정예인 것이다. 그런 엄청난 세력을 보유한 유광세 상장군의 포섭을 포기하고 황도로 되돌아가야 한다는 것은 너무나도 분통이 터지는 일이었다.

하지만 돌아가지 않을 수도 없는 입장이다. 만약 이 공문을 무시한다면 곧바로 재상 진회에게 보고가 올라길 게 뻔하지 않은가? 그렇다면 진회가 자신이 이쪽으로 온 진정한 의도를 눈치 챌 우려가 있다. 만약 그렇다면 진회는 자신을 가만히 둘 리가 없다. 결국 섭평은 두 가지 중 하나를 선택할 수밖에 없었다. 목숨을 걸고 유광세 상장군을 포섭하러 가든지 아니면 아직까지는 자신의 힘이 모자람을 통감하며 진회의 눈치를 살펴야 할지…….

"크으으…, 이걸 어찌해야 된단 말인가?"

『〈묵향〉 24권에 계속』